SOPHIE SEIDEL

Are you finished?
No, we are from Norway

W0023635

Buch

Als Sophie Seidel im *Bräufassl*, einer Top-Location an der Münchner Touristenmeile, als Kellnerin beginnt, ahnt sie nicht, welcher Irrsinn ihr bevorsteht: Sie landet in einer skurrilen Welt mit verrückten Kollegen und noch verrückteren Gästen. Der Ton der Kellner untereinander ist hart, aber herzlich; das Geschrei des Küchenchefs mehr als gewöhnungsbedürftig. Doch es sind vor allem die lieben Gäste, über die sich Sophie Seidel täglich wundert, ärgert und amüsiert. Und nicht zu vergessen: die Prominenz. Von Günter Grass bis Woody Allen – Sophie Seidel hat sie alle bedient und die lustigsten und schrägsten Anekdoten aufgeschrieben. Sie lässt uns teilhaben an der an puren Wahnsinn grenzenden Welt einer bayerischen Kellnerin – ein Buch, das jeder Gast lesen sollte!

Autorin

Sophie Seidel ist Autorin und Journalistin. Sie schreibt in verschiedenen Genres unter Pseudonym. Zusätzlich zu ihrer publizistischen Tätigkeit arbeitet sie seit Jahren als Kellnerin in der Münchner Gastronomie. *Are you finished? No, we are from Norway* ist ihr erstes Sachbuch und schildert den selbst erlebten Wahnsinn, dem eine Kellnerin täglich ausgesetzt ist.

SOPHIE SEIDEL

Are you finished?

No, we are from Norway

EINE KELLNERIN
AM RANDE DES WAHNSINNS

blanvalet

Verlagsgruppe Random House FSC® N001967
Das für dieses Buch verwendete FSC®-zertifizierte Papier
Holmen Book Cream liefert Holmen Paper, Hallstavik, Schweden.

1. Auflage
Copyright © der Originalausgabe 2015 by Blanvalet Verlag,
einem Unternehmen der Verlagsgruppe
Random House GmbH, München
Dieses Werk wurde vermittelt durch die
Literaturagentur Kai Gathemann
Umschlaggestaltung: semper smile, München
Umschlagmotive: © Shutterstock/Marish (3);
Shutterstock/ONiONAstudio; Shutterstock/Vector pro
Redaktion: Judith Weißschnur
Herstellung: sam
Satz: Uhl + Massopust, Aalen
Druck und Einband: GGP Media GmbH, Pößneck
Printed in Germany
ISBN: 978-3-7341-0053-6

Besuchen Sie uns auch auf www.facebook.com/blanvalet
und www.twitter.com/BlanvaletVerlag.
www.blanvalet.de

Für D. S., die im Buch Leni heißt, meine Chefin.

Du hattest recht: »Wenn du das hier schaffen willst, musst du deinen Kaffeehaus-Service ablegen.« Du hast mir eine Chance gegeben und an mich geglaubt, als ich selbst an mir gezweifelt habe. Irgendwie hast du es geschafft, aus mir eine bayerische Bedienung zu machen. Manches wird mir für immer in Erinnerung bleiben; ich sage nur: Malaysia-Tisch.

Ich verdanke dir so viel! Deshalb sei dir dieses Buch gewidmet.

Inhalt

Prolog 9

Mein Weg zu Weisswürst' und Schweinsbraten 15

Vorhang auf – unsere tägliche Freakshow 30

Die Schwierigkeit, eine Bestellung aufzugeben 42

Dates und Desaster 69

Fragen von Gästen, auf die es keine Antwort gibt 90

»She is in se Soß« – broken English 114

Von Kinderwagen, Hundenäpfen und Regenschirmen –
Dinge, die herumstehen 125

VIPs und solche, die es gerne wären 143

Wirt unser, der du bist in München 156

Typisch männliche und typisch weibliche Marotten 176

»Mei bin i froh, dass i koa Japaner bin« –
andere Länder, andere (Un)Sitten 201

Kellnern – von Status, Ausrastern und verpassten Chancen ... 216

Warum Restaurantbewertungen häufig unbrauchbar sind ... 240

Letzte Runde – Servus, schön war's ... 253

Epilog ... 265

Glossar ... 267

Dank ... 269

Alle Personennamen sind geändert, um die Persönlichkeitsrechte zu wahren. Ebenso habe ich bestimmte Merkmale und Lebensumstände verändert oder mehrere Personen zu einer verschmelzen lassen. Einige der Begebenheiten sind mir in einem anderen Lokal passiert.

Das hier beschriebene Lokal, das jedoch einen anderen Namen hat, liegt in der Touristenmeile Münchens. Also: Suchen Sie bitte nicht nach einem *Bräufassl* in der Münchner Innenstadt.

Kollegin, mit der Absicht abzuräumen:
»Are you finished?«
Gast: »No, we are from Norway.«

Prolog

Es ist sechzehn Uhr und das *Bräufassl* ist leer, wie meistens um diese Zeit. Lilly und ich sitzen uns an Tisch vierzehn gegenüber und falten Servietten. Das ist eine ziemlich stupide Angelegenheit und es dauert ewig, weshalb man dabei über alles Mögliche plaudern kann. Man hat die Zeit dafür und ist auch in der richtigen Stimmung, weil die ewig gleichen Handbewegungen etwas Hypnotisches haben.

»Du schreibst doch«, sagt Lilly unvermittelt.

»Was?«

»Na, du bist doch so was wie 'ne Schriftstellerin oder so.«

Ich nicke. »Eine Schriftstellerin, die kellnert, oder eine Kellnerin, die schreibt.«

Lilly wirft mir einen amüsierten Blick zu und schiebt sich ein Pfefferminzbonbon in den Mund. Lilly ist einundfünfzig und seit Jahrzehnten auf der Suche nach Mr. Right, schlittert von einer Beziehung in die nächste, aber es ist nie jemand dabei, der ihr die Sterne vom Himmel holt, wie sie es sich wünscht. Sie ist eine schöne Frau, hat aber nie einen müden Cent in der Tasche, weil sie so ziemlich alles in Klamotten, Kosmetik und den Friseur investiert, der ihr diese honigfarbenen Strähnen macht. Lilly hat beinahe azurblaue Augen und tolle Zähne, die sie nach jedem Essen mit Zahnseide reinigt. Ich frage mich, wie viel Zeit sie morgens im Bad verbringt, denn sie ist immer perfekt geschminkt: Smokey Eyes, keine Pore zu sehen, rosa Lipgloss, die Lippen mit einem Konturenstift in einer leicht dunkleren Schattierung umrandet ... Nach ihrer eigenen Aussage hat sie zwei beste Freunde: Domenico Dolce und Stefano Gabbana. Natürlich *gebraucht, aber in gutem Zustand*. Lilly ist eine großartige Kellnerin: schnell, zuvorkommend und immer freundlich. Sie ist smart, charmant, hat eine Ausbildung als Einzelhandelskauffrau und ist bei ihrem Vater aufgewachsen, der seine elterliche Liebe eher seinem Sohn schenkte. Lilly hat diese Kälte nie verkraftet, und als sie sich mit zwanzig auf die Suche nach der Mutter machte, war diese kürzlich verstorben. Kinder hat sie keine, da die Jahre dafür draufgingen, den perfekten Mann zu finden.

»Wieso schreibst'n nicht ein Buch über uns?«, fragt sie plötzlich.

»Über uns?«

»Du weißt schon. Diese verrückten Sachen, die wir hier erleben.«

Ich winke ab. »Weißt du, was ich glaube? Manche Geschichten sind so verrückt, dass sie uns niemand glaubt.«

Lilly lacht kurz auf. »Ja, wie die Geschichte mit der Japanerin, die vor der Klotür gestanden ist und verwundert die Klinke angestarrt und abgetastet hat.« Lilly nimmt einen Stapel Servietten und legt ihn in die Kiste neben sich. »Oder der Chinese, der an seiner Haxe knabbernd durch das Lokal spaziert ist.«

»Schreib das Buch!«, befiehlt Lilly. »Der Chef hat gestern auch gesagt: ›Die Leute sind so deppert, da muss mal jemand ein Buch schreiben.‹«

»Na, wenn das der Chef gesagt hat«, meine ich ironisch, »sein Wunsch ist mir Befehl.«

»Ach, du wieder.«

Im Grunde habe ich gar nichts gegen unseren Wirt. Er taucht nur ein- bis zweimal täglich kurz auf und lässt uns sonst in Ruhe. Manchmal ist er sogar ganz nett. Übel nehmen wir ihm, dass er unsere Namen nicht kennt. Er beschreibt uns immer nur mit *die Schwarzhaarige, der Große* oder *die Sommersprossige*.

»Also gut, ich werde ein Buch darüber schreiben. Ehrlich gesagt, der Gedanke ist mir schon mal durch den Kopf geschossen.«

Lilly scheint zufrieden und lächelt. »Weißt du, ich würd's ja selbst machen, aber ich kann das verdammte *das* nicht vom *dass* unterscheiden, und den Unterschied zwischen *den* und *dem* kapier ich immer noch nicht. Und irgendjemand muss es ja machen! Die Leute müssen erfahren, was wir mit denen so durchmachen. Verstehst?«

Vier Stunden später ist das Lokal brechend voll. Es ist ein typischer Freitagabend. Die Anzugträger haben wieder einmal eine Woche hinter sich gebracht und beschließen, das ausgiebig zu feiern, bevor sie ins Wochenende starten.

Ich stelle gerade zwei Weißbier vor Stan und Olli. Sie heißen natürlich nicht wirklich so, aber der eine ist klein und dick und der andere groß und hager. Also haben wir sie irgendwann Stan und Olli genannt. Manchmal beschreibt man die Gäste dadurch, dass sie jemandem ähnlich sehen oder bestimmte Assoziationen wecken. »Lenny

Kravitz will zahlen« oder »Bonnie und Clyde« brauchen noch Ketchup« oder »der Axtmörder will noch einen Jack Daniels« oder auch »ZZ Top wollen noch Brezen«.

Stan und Olli kommen immer freitags gegen sieben und essen einen Zwiebelrostbraten und trinken ein paar Weißbier. Der Freitagabend gehört eindeutig den Anzugträgern, oder wie mein Kollege Basti sie nennt: BWLer. Vielleicht liegt es daran, dass er selbst mal BWL studiert hat. Um sich das Studium zu finanzieren, hatte er angefangen zu kellnern, und irgendwann wurde das Studium zur Nebensache statt umgekehrt. Außerdem wollte er nach seinem Outing und der intoleranten Reaktion seiner Eltern seinem akademischen Vater eins auswischen. Ich weiß nicht, ob ich es mir einbilde, aber es scheint mir, als würde er die Anzugträger manchmal wehmütig aus den Augenwinkeln betrachten. Wahrscheinlich bereut er seinen eingeschlagenen Weg. Das tun übrigens die meisten Kellner: Sie bereuen es, Kellner geworden zu sein. Es gibt eine Handvoll, die diesen Job aus Überzeugung machen – oder es behaupten. Viele andere haben irgendwann eine falsche Abzweigung gewählt und sind beim Kellnern geblieben. Allerdings bleibt es nicht dabei, Getränke und Essen an die jeweiligen Tische zu bringen. So ganz nebenbei wird man auch Ernährungsberater, Dolmetscher, Sozialpädagoge, Putzfrau und eine Art Profiler. Und das ist keine Übertreibung! Wer Menschenkenntnis entwickeln möchte, sollte entweder Psychologie studieren oder in die Gastronomie gehen. Es sind Begegnungen zwischen Himmel und Hölle. Menschen mit Güte und Herz werden Ihren Weg kreuzen, ebenso wie verrückte Exzentriker mit kaum vorstellbaren Abgründen.

Olli steht auf und tippt an seinem Handy herum, während er sich in die Abgeschiedenheit der Garderobe stellt. Ich stehe mit Basti in der Nähe, und wir hören jedes Wort von Olli. »Ja, Schatz. Mir tut es doch auch furchtbar leid«, meint er bedauernd, »du weißt doch, dass Freitagabend immer diese lästigen Besprechungen stattfinden. Glaubst du etwa, mir macht es Spaß hier zu sitzen?«

Basti und ich sehen uns an und schmunzeln. Im nächsten Augenblick kommt Olli um die Ecke und bestellt freudestrahlend noch zwei Schnäpse bei mir. Dann setzt er sich wieder zu Stan und wir hören, wie er sagt: »Erledigt.«

Stan lacht.

Ich sage es doch: menschliche Abgründe.

Während ich die zwei Schnäpse in die Kasse tippe, kommentiert Basti: »Es könnte schlimmer sein. Olli könnte auch Affären haben und da ist es doch besser, wenn er sich mit seinem Kumpel den Bauch vollschlägt und sich zuschüttet.«

»Ehre, wem Ehre gebührt«, murmle ich.

Auf meinem Weg zur Schänke kommt mir Lilly entgegengelaufen. »Sophie!« Sie packt mich am Arm und ich denke, dass gerade irgendetwas Aufregendes passiert sein muss.

»Was ist los?«, will ich wissen.

»Gerade hat bei mir einer Preiselbeeren im Eierbecher bestellt. Das musst du in deinem Buch schreiben.«

»Welches Buch?«, fragt Basti, der gerade vorbeiläuft.

»Die Sophie schreibt ein Buch über uns«, erklärt Lilly.

»Echt?« Basti sieht mich belustigt an.

»Ja«, sagt Lilly, »über die Gäste und was uns mit denen so passiert.«

Basti denkt eine Weile nach, dann sagt er: »Ein Buch,

soso.« Er breitet die Arme aus und legt seine Hände auf meine Schultern. »Ach, Schätzchen. Ich bin mir nicht sicher, ob die Gäste die Wahnsinnigen sind oder wir.«

Gast zeigt mir in der Speisekarte den Satz Ente nur auf Bestellung und sagt: »Ich bestelle hiermit die Ente.«

MEIN WEG ZU WEISSWÜRST' UND SCHWEINSBRATEN

Ich stehe in der Umkleide und will eigentlich noch entspannt eine Zigarette rauchen, bevor ich meinen ersten Arbeitstag beginne. Nichts mit Entspannung. Kaum dass ich mich umgezogen habe, kommt die Putzfrau herein und wischt um mich herum, was dazu führt, dass ich ständig ausweichen muss. »Da drieben hinstellen!«, befiehlt sie, dann: »Zurick!« Ich setze mich auf den Stuhl in die Ecke und hoffe, dass ich wenigstens noch die halbe Zigarette in Ruhe rauchen kann. »Du neu?«, fragt sie.

Ich nicke.

»Deine Name?«

»Sophie.«

»Aha.« Sie wringt den Putzlappen aus und sieht mich an.

Keine Ahnung, was ich sagen soll, aber irgendwie ist so eine komische Spannung in der Luft, die ich beenden will. Deshalb sage ich das Erste, das mir einfällt. »Sie sind die Putzfrau hier?« Als es raus ist, denke ich: *Das kommt von der Nervosität an meinem ersten Arbeitstag.*

»Nein, bin ich hier Hausbesitzer und mach ich bisschen sauber, weißt du.«

Okay, das ist die passende Antwort auf meine blöde Frage.

Ich schätze sie auf sechzig. Sie ist mollig und ihre

Hände schrumpelig, wahrscheinlich vom vielen Arbeiten mit Wasser.

»Und wie heißt *du*?«, frage ich.

»Eleni.«

Ich lächle sie freundlich an. »Nett, dich kennenzulernen, Eleni.«

»Nett, ja, ja. Putzen, putzen, immer putzen. Scheiße nett...«

»Verstehe.«

»Verstehst du, ja?«

Ich nicke.

»Fuße hoch.«

»Wie bitte?«

Sie zeigt in die Ecke, wo ich sitze. »Da noch nix wische. Fuße hoch!«

Die Tür geht auf und eine Frau kommt herein. Wahrscheinlich meine Kollegin, überlege ich. Sie hat mittellanges dunkelblondes Haar und ist elegant gekleidet. Allerdings ist ihr Schmollmund das Erste, was mir an ihr auffällt.

»Hallo«, begrüßt sie Eleni und mich.

»Gottes Wille.« Eleni hält mit dem Putzen inne und legt sich schockiert die Hand auf die Brust. »Was passiere mit dir?«

Ich sehe diese Frau zum ersten Mal, habe demnach keine Vergleichsmöglichkeit, aber wie es scheint, sieht sie normalerweise anders aus.

»Ich hab mir die Lippen aufspritzen lassen«, erklärt sie und stellt ihre Tasche auf den Tisch.

»Hä?« In Elenis Welt gibt es *Lippen aufspritzen* wohl nicht.

»Das vergeht«, winkt die Frau ab, »in ein paar Tagen sieht es nicht mehr so aus.«

»Aber was mache?« Eleni wirft den Putzlappen in den Eimer, ohne den Blick von ihr losreißen zu können.

»Meine Gott, bist du gefalle auf die Maul?«

»Lippen aufspritzen lassen«, sagt diese nun etwas lauter.

»Hä?«

»Spritze. Große Lippen. Hat Arzt gemacht. Später wird besser. Später schöne Mund.«

»Meeeeiiiine Gott ...« Sie bekreuzigt sich.

Die Frau verdreht die Augen, dann streckt sie mir die Hand entgegen. »Übrigens, ich bin Bärbel.«

Eleni geht mit ihrem Eimer kopfschüttelnd aus der Umkleide, und ich höre, wie sie etwas murmelt, das sich anhört wie »alle ballaballa hier«.

»Manchmal spinnt sie schon ein bisschen«, kommentiert Bärbel, »aber was will man machen; die ist schon ewig hier.« Als sie ihre Pumps von den Füßen streift, erwarte ich, dass sie sich nun Sneakers, Ballerinas oder Bedienungsschuhe anzieht. Aber nein, sie zieht andere Pumps an. Geschätzt von zehn Zentimeter auf fünf; sind wohl ihre Arbeitsschuhe.

»Hältst du es mit diesen Schuhen aus?«, frage ich verblüfft.

»Ja, klar.«

Ich stehe vom Stuhl auf. »Ich geh schon mal runter ...«

»Warte, ich komme mit.« Sie bürstet sich die Haare, korrigiert den Nagellack an einem ihrer Finger, trägt Lipgloss auf, zieht sich die Augenbrauen nach ...

Als wir nach unten kommen, wird Bärbel von einer Bedienung namens Monika mit den Worten begrüßt: »Wie schaust'n du aus? Bist du in eine Schlägerei geraten?«

»Wie heißt'n du?« Nicole, meine neue Kollegin, steht vor mir und sieht mich direkt an. Sie ist mittelgroß und korpulent, hat eine dominante Art und schwarzes, lockiges Haar. An ihrer Wange ist eine Narbe. Ich schätze sie auf Mitte vierzig. Ihr Ausschnitt ist ziemlich tief, und ich komme mir wie Fräulein Rottenmeier aus *Heidi* vor, weil meine Spitzenbluse bis oben zugeknöpft ist.

»Sophie.«

»Sophie, aha«, meint Nicole und nickt, während sie mich weiter mit ihren haselnussbraunen Augen fixiert. »Wo hast'n vorher gearbeitet?«

Ich zähle meine Café-Restaurants auf. Ich bin fast ein wenig stolz, dass ich diese renommierten Namen aufzählen darf.

Nicole scheint darüber eine andere Meinung zu haben, denn sie runzelt die Stirn und schüttelt den Kopf. »Deine Cafés kannst du vergessen!«, meint sie ernüchternd. »Das hier, meine Liebe«, sie zeigt mit dem Finger gen Boden, »ist Hardcorekellnern.«

»Ach so?« Ich bin seit zwei Stunden hier und hatte erst zwei Gäste. Es ist siebzehn Uhr.

Nicole wirft einen Blick auf ihre Armbanduhr. »In ein bis zwei Stunden geht es los, dann kannst du zeigen, was du drauf hast.«

Plötzlich überkommt mich nackte Panik, die sich noch steigert, als sie hinzusetzt: »Wenn du drei Monate durchhältst, hast du's geschafft. Ich geb dir zwei Wochen.«

Als sie sich umdreht und geht, bin ich erleichtert. Ich weiß nicht, was ich von ihr und den anderen halten soll. Permanent beobachten mich alle, zumindest kommt es mir so vor. Es ist keine besonders homogene Gruppe.

Hier arbeiten Jüngere und Ältere, ein Schwuler, Missmutige und Nette...

Monika scheint mir doch ziemlich direkt zu sein. Was ihre Aussage »Heute kotzen mich alle irgendwie an« bestätigt. Sie ist schon älter und ihr Gesicht wirkt etwas abgespannt.

Um meine Nervosität nicht offen zu zeigen, laufe ich durchs Lokal. Es ist ein rustikales und schönes Restaurant. Das Besteck steckt nicht in Bierkrügen, sondern wird vor dem Essen gebracht. Besonderes Augenmerk gilt den hellen Tischdecken, und Leni, die Chefin, macht mich darauf aufmerksam, dass die Kanten in einer geraden Linie zueinander liegen müssen. »Die Station wird nach Schichtende so verlassen, wie du sie vorgefunden hast.«

Ich sehe sie an und nicke nur. Sie ist eine attraktive und aparte Frau, hat aber auch eine Art, die streng und fordernd wirkt. Ich glaube, sie kann mich nicht leiden. Ich mag sie auch nicht besonders.

Nicole hat nicht zu viel versprochen. Um neunzehn Uhr weiß ich nicht mehr, wo mir der Kopf steht. Leni hat mir eine normale Station gegeben, was heißt: vier große Tische drinnen und fünf Tische draußen im Garten. Es ist Spätsommer und die Gäste sitzen sowohl draußen als auch drinnen gern. Ich habe insgesamt fünfzig Sitzplätze zu betreuen, und um halb acht sagt Nicole im Vorbeigehen zu mir: »Gib Gas und trag nicht immer nur zwei fucking Teller raus.«

In meinen Cafés musste ich maximal drei Kuchenteller tragen. Im *Bräufassl* tragen die Bedienungen vier Speiseteller.

Tisch eins und zwei haben ihre Getränke, möchten aber

bestellen. Die vier Japaner auf Tisch drei winken, kaum dass sie sich gesetzt haben.

Cornelia, offenbar die Netteste von allen, legt mir kurz die Hand auf die Schulter und schreit gegen den Lärm an: »Das kannst du erst mal ignorieren. Japaner winken nämlich immer.«

Tisch vier muss abgeräumt werden, aber ich muss jetzt das Essen für den Garten rausbringen und dafür mehrmals laufen. Ich funktioniere nur noch. Mein Mund ist ganz trocken, dafür zittern meine Hände vor Nervosität. Als ich meine neue Bestellung vom Garten in die Kasse getippt habe und zu Tisch drei will, sehe ich, dass die Japaner schon ihre Getränke haben und auch die Speisekarten, die Cornelia ihnen gebracht hatte, nicht mehr am Tisch sind.

»Ich hab das boniert und hingebracht«, meint Leni und es hört sich vorwurfsvoll an. Ich spüre ihren Blick bei jedem Schritt, den ich mache.

Bärbel, die Kollegin mit den hohen Absätzen und dem neuen Schmollmund, rempelt mich im Vorbeigehen an und schnauzt: »Jetzt steh halt nicht dauernd im Weg rum.« So was. Dabei war sie in der Umkleide eigentlich noch ganz normal...

Basti, der schwule Kellner mit dem unnahbaren Gesicht, schubst mich beinahe jedes Mal an, wenn er an mir vorbeigeht. Mittlerweile hege ich den Verdacht, er tut es absichtlich.

Hier geht es rau zu, soviel ist klar. Meine früheren Lokale glichen allesamt indischen Ashrams, wo man sich mit Freundlichkeit an den anderen wandte und sich auch ab und an ein Lächeln zuwarf, nur um der guten Atmosphäre willen. Im *Bräufassl* steigt man einander auf die

Füße, weil der Platz am Küchenpass so klein ist. Für Entschuldigungen ist kaum Zeit. Es wird gerempelt, geschubst, und Erwartungen an mich formuliert man so: »Bring das endlich weg!« oder »Mach halt schneller!« Auf meine Frage, wo ich die Tischdecken finde, bekomme ich zur Antwort: »Mach die Schränke auf, dann siehst du es schon!«

Auf diesen Gedanken wäre ich auch gekommen, aber ich wollte eigentlich Zeit sparen.

Das penetrante Klingeln aus der Küche dringt an mein Ohr.

Ich laufe zum Küchenpass, aber da kommt auch schon Basti angelaufen und lädt sich die Teller auf die Arme. Ein Teller bleibt übrig, aber den gibt er lieber Cornelia, die erst jetzt hinzukommt. Er ignoriert mich mit voller Absicht.

Plötzlich fällt mir ein, dass ich bei meinem bestellten Sauerbraten vergessen habe, Kartoffelknödel statt Semmelknödel draufzuschreiben. Verdammt, jetzt muss ich mit dem Küchenchef reden, und der hat bisher keinen freundlichen Eindruck auf mich gemacht.

»Äh, Herr Hansen?« Ich bücke mich, um Einblick in die Küche zu bekommen. Die Küchenhelfer sind in voller Aktion, und niemand nimmt mich wahr. Herr Hansen steht seitlich zu mir, und ich sehe, wie er gerade einen Semmelknödel auf einen Sauerbraten tut. Mist, das ist bestimmt meiner. Entweder hat er mich nicht gehört, oder er hat mich absichtlich überhört.

Ich räuspere mich ein wenig, und es klingt krächzend, als ich sage: »Herr Hansen?«

Er dreht sich um, stellt den Teller ab, nimmt den Bestellbon und legt ihn auf den Teller. Als er das Essen nach vorne schiebt, sehe ich bedauerlicherweise meinen Namen darauf. »Herr Hansen? Ich... hab da ein Problem.«

»Ihre Probleme interessieren mich einen Scheißdreck.« Oh, der Küchenchef scheint ein authentischer Typ zu sein. Normalerweise mag ich das, aber im Moment wäre mir aufgesetzte Freundlichkeit lieber.

»Nun ja, es geht um dieses Essen hier.« Ich zeige auf den Sauerbraten, worauf er mich hasserfüllt ansieht.

»Was ist damit?«, schreit er.

»Der Gast wollte lieber Kartoffelknödel statt Semmelknödel. Macht es Ihnen etwas aus, wenn...«

»Wollen Sie mich verarschen?« Herr Hansen klingt leise und ruhig, und das ist das Unheimliche daran.

»Nein.« Ich schüttle energisch den Kopf. »Ich hab einfach verge...«

»Ja, glauben Sie denn, ich hab nix Besseres zu tun, als hier die Beilagen auszutauschen, oder was?« Er starrt mich an und wartet tatsächlich auf eine Antwort. Und ich dachte, das sei reine Rhetorik.

»Tut mir leid«, sage ich. Hinter mir steht Merve, eine Halbtürkin Anfang zwanzig, und schreit über meine Schulter hinweg in die Küche: »Herr Hansen, können Sie die Kräutersoße zum Kotelett bitte nicht über das Fleisch gießen, sondern in einer Sauciere...«

»Ihr könnt mich mal am Arsch lecken!«, kommt es brüllend aus der Küche.

Ich lächle Merve unsicher an. Sie lächelt zurück und winkt ab in Richtung Küche. Vor zwei Stunden hat Merve mir erzählt, sie habe eine deutsche Mutter und einen türkischen Vater. Ihr Vater ist letztes Jahr gestorben, und irgendwie habe die türkische Kultur auf ihre deutsche Mutter ein bisschen abgefärbt. Die habe jetzt einen deutschen Freund, und als er kürzlich sagte, er würde heute das Essen kochen, hat die Mutter ihren Finger Richtung Tür ausgestreckt und gefordert: »Raus aus meiner Küche!«

Jedenfalls macht Merve in diesem Chaos einen recht ausgeglichenen Eindruck, wofür ich dankbar bin. Noch vor zwei Stunden, als das Lokal leer war, kamen sie mir alle recht umgänglich vor. Aber jetzt, wo das Essen sich stapelt und die Bons an der Schänke immer mehr werden, scheinen alle durchzudrehen.

Ich nehme meine bestellten Essen an mich, als gerade Berta um die Ecke biegt, um die schmutzigen Teller abzugeben. Sie ist Anfang sechzig, sieht aber älter und chronisch müde aus. Wie ich erfahren habe, macht sie diesen Job seit sie vierzehn ist. Nachdem sie das Geschirr über den Pass der anderen Seite zum Spüler geschoben hat, nimmt sie aus einer Ecke ein kleines Bierglas und nippt daran. Schlagartig wird mir klar, zu wem die kleinen Dunklen gehören, die irgendwie überall herumstehen. Einer meiner Teller wackelt, und Berta nimmt ihn und wartet, bis ich alles noch mal geordnet habe. »Die Teller sind so schwer«, jammere ich.

Sie nickt. »Ein Teller allein, ohne Essen drauf, wiegt 1,3 Kilo.«

»Oh, Gott«, sage ich nur, und sie nimmt einen großen Schluck, während ich an ihr vorbeiwackle.

Nachdem ich alles wohlbehalten zum Tisch gebracht habe, atme ich erst mal erleichtert auf. Die Erleichterung wird von Harry, dem Schankkellner, jäh unterbrochen. Er sieht mich wütend an und zeigt auf die Krüge, in denen der Schaum schon zusammengefallen ist.

Als ich angelaufen komme, sagt er: »Jetzt kann ich

jedes verdammte Glas noch mal auffüllen, verdammte Scheiße.« Er nimmt den ersten Krug und zapft noch einmal nach.

»Ich nehme erst einmal vier«, sage ich freundlich, »weil ich zehn unmöglich tragen kann.«

Harry sieht mich an, als hätte ich gerade gesagt, dass ich eine Couch zum Ausruhen bräuchte.

Leni kommt näher und stellt sich neben mich. Mit ihrem Blick gibt sie mir zu verstehen, was sie von meiner Leistung hält: »Das fängst du gar nicht erst an. Was glaubst du, wie viel Zeit dadurch verloren geht und wie oft du laufen musst, wenn du dir so eine Arbeitsweise angewöhnst?«

Ich weiß, dass sie recht hat, aber ich kann doch nicht zehn Halbliterkrüge schleppen! Aus den Augenwinkeln sehe ich die Gäste, die auf ihr Bier warten und schon ungeduldig in meine Richtung blicken. Während mein Herz klopft und der Schaum schon wieder langsam zusammenzufallen beginnt, während ich darauf starre, schreit Harry mich an: »Bring's endlich weg!«

Mit einer Hand nehme ich die einen fünf, mit der anderen Hand die anderen fünf Gläser. Sie hängen in alle Richtungen, und während ich zum Tisch renne, läuft der Schaum an den Krügen entlang und tropft auf meine neue Schürze und das teure Dirndl, das ich mir gestern gekauft habe.

Die nächste Stunde sehe ich in meiner Station nur noch winkende Arme und leere Teller, die ich abräumen muss. Ich versuche, das alles irgendwie zu schaffen und hinter mich zu bringen. Von der Geräuschkulisse bekomme ich Kopfschmerzen. Die Stimmen verschmelzen zu einem einzigen großen Murmeln.

Während ich eine Bestellung in die Kasse tippe, stehen Monika und Cornelia neben mir und tuscheln. »Polizei ist aber schon unterwegs«, sagt Cornelia gerade zu Monika.

»Polizei?«, frage ich, »warum?«

»Der Kerl auf zwanzig...«, sagt Cornelia.

Ich drehe mich um und sehe einen normal aussehenden Mann, etwa Mitte vierzig. »Was ist mit ihm?«

»Er will nicht bezahlen, weil es ihm nicht geschmeckt hat.«

»Ach? Kommt das öfter vor?«

»Nein, nein«, lacht Cornelia. »Keine Sorge.«

»Wo bleiben die Bullen?« Monika scheint Angst zu haben, dass der zahlungsunwillige Gast aufsteht und geht. Würde ihn jemand zurückhalten? Die Tür zusperren? Gewalt anwenden?

Die Tür geht auf und plötzlich stehen zwei uniformierte Polizisten im Raum. »Hallo, Leni«, begrüßen sie die Chefin im Chor.

»Hallo.«

Oh, die scheinen sich zu kennen. Ob die Polizei hier öfter anrücken muss? Aber vielleicht kommen sie auch manchmal zum Essen ins Lokal.

»Wo ist denn der Zechpreller?«, fragt der Ältere von beiden.

»Der da drüben, mit der Platte auf'm Kopf.« Monika zeigt mit dem Finger in seine Richtung, aber der Mann sitzt mit dem Rücken zu uns und bekommt nichts mit.

Die beiden Polizisten sehen sich an, dann ruft der Jüngere: »Hey, das ist doch der Kerl aus Zelle drei.«

Der Ältere nickt. »Der ist doch erst seit zwei Stunden wieder draußen.«

Monika macht eine Grimasse. »Wieso ist er denn gesessen?«

Der Ältere kratzt sich am Kopf. »Äh... Diebstahl und Zechprellerei und so.«

»Na super«, meint Monika. »Ich geh mal hin und sag ›Hopp, hopp, zurück in Zelle drei.‹«

»Nein, nein«, hält sie der Ältere zurück. »Das machen wir lieber selbst.«

Meine Verwunderung über diese Situation währt nicht lange, denn eine halbe Stunde später wundere ich mich noch viel mehr: Ein Paar in mittleren Jahren sitzt am Tisch und verzehrt gerade sein Dessert. Sie trinkt Apfelsaft und er Mineralwasser. Die Frau steht auf und geht zur Toilette. Kaum, dass sie durch die Toilettentür verschwunden ist, steht der Mann ruckartig auf und kommt zur Schänke gerannt. »Schnell, geben Sie mir einen doppelten Obstler! Ich bezahle gleich, damit es nicht auf der Rechnung steht.«

Nachdem der Schankkellner in Windeseile den Doppelten eingeschenkt hat, ist das Getränk auch schon im gierigen Rachen des Gastes verschwunden. Hektisch drückt er Berta das Geld in die Hand und rennt wieder zurück zum Tisch, wo er lässig an seinem Dessert weiterisst, als seine Frau zurückkommt.

Eine Viertelstunde später geht der Mann zur Toilette. Die Frau stürmt nach vorne und fordert geschwind eine doppelte Williamsbirne. Unnötig zu erwähnen, dass auch sie gleich bezahlen möchte.

Als Berta später die Dessertteller abräumt, fragt sie in leicht provokantem Tonfall: »Noch was zu trinken? Apfelsaft? Wasser? Oder vielleicht lieber ein Schnäpschen?«

Die beiden winken angewidert ab. »Nein, nein, auf keinen Fall!«

Am nächsten Tisch frage ich, ob es geschmeckt hat. Eine der Frauen sieht mich mit feuchten Augen (!) an, dann sagt sie mit zittriger Stimme: »Ich hatte mich so auf die Käsespätzle gefreut.«

Ich bin mir nicht ganz sicher, welche Reaktion meinerseits gerade erwartet wird, deshalb warte ich einfach, ob sie weiterredet. Sie tut es, und zwar sehr weinerlich. »Die haben sich gar nicht gezogen. Die Käsespätzle. Der Käse, meine ich. Und ich hatte mich so darauf gefreut.« Ihr Gesicht ist von Gram gezeichnet.

Da berichten die Nachrichten tagtäglich über solchen Fliegendreck wie Erdbeben und Kriege, dabei erfahren Journalisten nie etwas über so elementare Alltagsprobleme wie *Der Käse auf meinen Käsespätzle hat sich nicht gezogen*.

Irgendwann geht dieser erste Tag doch zu Ende. Cornelia zeigt mir an der Kasse, wie ich die Abrechnung machen muss. Mit dem Abrechnungszettel, dem Bargeld und den Kreditkartenabrechnungen gehe ich ins Büro. Leni sitzt am Computer und tippt die Tageskarte für morgen. Ich gehe hinein und lege ihr alles auf den Schreibtisch. Sie zählt es noch mal nach und sagt: »Okay.«

Nervös beiße ich auf meiner Unterlippe herum. Will sie mir denn nicht sagen, ob ich den Probetag bestanden habe?

Stattdessen sperrt sie in aller Seelenruhe den Safe auf und legt das abgezählte Geld hinein. Sie hat mir den Rücken zugewandt, und so muss ich ihr zumindest nicht ins

Gesicht sehen, als ich verhalten frage: »Bekomme ich den Job?« Ich bin nicht besonders zuversichtlich und recht gut auf ein »Nein« vorbereitet. Ich werde mich einfach brav bedanken und erhobenen Hauptes hinausgehen. Sie dreht sich zu mir um, wirft ihr langes Haar nach hinten und meint: »Wir sehen uns morgen zum Spätdienst.«

An diesem Abend sitze ich auf dem Metallstuhl der Trambahnhaltestelle und warte. Ich kann nicht aufhören nachzudenken. Gleichzeitig fallen mir die Augen zu, und ich habe Angst einzuschlafen. Ob es eine gute Entscheidung ist, dort anzufangen? Es ist ein ziemlich raues Gewerbe, nicht vergleichbar mit einem Café.

Als die Tram näherkommt, schaffe ich es nicht aufzustehen. Ich kann mich nicht bewegen und komme nicht vom Fleck. Die Straßenbahn fängt an zu bremsen. Wenn ich es jetzt nicht schaffe aufzustehen, werde ich nachts um halb eins an der Maximilianstraße sitzen und auf die nächste Tram warten müssen, und die kommt erst in einer halben Stunde. Also nehme ich alle verbliebene Kraft zusammen, bewege zuerst meine Arme und schaffe es doch irgendwie in die Tram.

Top Five der Bestellungen:

»Bringen Sie mir in fünfzehn Minuten zwei Espressi und die Rechnung. Und in zwanzig Minuten rufen Sie mir ein Taxi.«
Wichtigtuer, der Deutsch mit italienischer Grammatik spricht. Das Gewünschte erledige ich gerne zu dem Zeitpunkt, zu dem es bestellt wird. Wir haben nämlich keine Eieruhr in der Tasche.

»Ein Weißbier mit einer schönen Schaumkrone und dazu eine nicht zu dicke und nicht zu dünne Zitronenscheibe. Kernlos.«
Aus biologischem Anbau und mit Liebe handgepflückt?

»Wir haben auf der Karte nichts gefunden. Bringen Sie uns einfach irgendwas.«
Ich schau mal, ob ich ein paar Reste von gestern zusammenkratzen kann.

»Ich hätte gerne eine Portion Emmentaler. Aber bitte nicht so viele Löcher, ja?«
Wie viele denn genau, damit ich es dem Hilfskoch sagen kann? Der hat eh nichts zu tun und sortiert den Käse immer nach Löchern.

»Ich nehme nur einen kleinen Beilagensalat ohne Dressing, weil ich auf Diät bin. Nein, warten Sie! Ich nehme doch lieber die Schweinshaxe. Mit drei Knödeln.«
Diät gerade in dieser Sekunde abgelaufen?

Zwei Frauen kommen zur Tür herein. Eine der beiden fragt:
»Haben Sie noch freie Plätze für zwei schöne Menschen?«
Kollegin: »Freilich. Wann kommen die denn?«

Vorhang auf – unsere tägliche Freakshow

Die nächsten Tage verbringe ich mit einem chronisch erhöhten Adrenalinspiegel. Ich arbeite ständig mit hoher Konzentration, und es ist ein ewiges Kopf-über-Wasser-Funktionieren. Wenn ich spätabends nach Hause komme, brauche ich etwas zur Beruhigung. Manche Kellner kompensieren das mit Alkohol, manche mit Essen, Shopping oder wechselnden Affären. Ich beruhige mich mit Musik. Nach dem Duschen liege ich im Bett und bin vom Stresspegel der Arbeit noch immer aufgedreht. Manchmal hilft mir Mozart, manchmal Pink Floyd, aber meistens Metallica. Bilder schwirren durch meinen Kopf. Immer wieder kleine Szenen des Arbeitstages, Wortfetzen und grelle Eindrücke, die ich nicht immer verarbeiten kann.

Tatsächlich sollte Nicole recht behalten: Es dauert ziemlich genau drei Monate, bis ich fit bin. Leni zeigt mir, wie man vier Teller trägt, die Krüge so fixiert, dass sie nicht in alle Richtungen zeigen, und wie man ein Manager im Kopf wird, wie sie es nennt. Das heißt, den Arbeitsablauf effektiv und zeitsparend zu gestalten.

Nicole legt irgendwann ihren Arm um meine Schultern und sagt: »So. Jetzt bist du eine von uns.«

Ich komme mir ein bisschen wie ein Cheerleader-Mädchen aus amerikanischen Filmen vor, die es geschafft hat, weil sie jetzt mit dem Kapitän aus dem Footballteam geht.

Manchmal schießt mir ein Gedanke durch den Kopf: Hoffentlich kommt niemand, der mich kennt. Jemand aus dem Schriftstellerkreis; Lehrer meiner Kinder; Nachbarn... Es ist immer wieder ein ambivalentes Gefühl: Ich weiß, dass mir nichts an diesem Job unangenehm sein muss, und trotzdem will ich es nicht an die große Glocke hängen.

Im Garten sitzen drei Franzosen, und als ich an ihren Tisch trete, bestellt einer von ihnen drei Kaffee. Ein anderer sitzt zusammengesunken da und fasst sich mit beiden Händen an den Kopf.
»Geht es ihm gut?«, frage ich und mache eine Kopfbewegung zu dem Leidenden.
»Er hat ganz furchtbare Kopfschmerzen, aber die Apotheken haben schon geschlossen.«
Ich nicke verständnisvoll und überlege, was zu tun ist. Zur Sicherheit habe ich immer zwei Aspirin in meinem Arbeitsgeldbeutel. Es ist verboten, eigene Medikamente an Gäste auszugeben. Vielleicht könnte ich deshalb sogar gefeuert werden, ich weiß es nicht genau.
»Sie haben nicht zufällig Schmerzmittel da?«, fragt der Dritte plötzlich.
»Im Büro haben wir keine, aber ich... also, eigentlich darf ich das nicht, wissen Sie.«
»Bitte!«, fleht mich der Erste an. »Es geht ihm ganz schlecht.«
Also tut eine Frau, was eine Frau tun muss. Sie hilft.

Ich nehme die zwei Aspirin aus meinem Geldbeutel, gehe noch mal ins Lokal, um ein großes Glas Leitungswasser zu holen und bringe es ihnen.

»Vielen Dank. Das ist wirklich nett von Ihnen.«

Merve plaudert mit einer netten, älteren Dame über Merves hübsches Dirndl. Die Frau ist entzückt über Merves Attraktivität und äußert sich darüber, wie gut ihr das Dirndl steht. »Sind Sie Türkin?«, fragt die Frau.

Sie ist zwar Halbtürkin, aber wahrscheinlich nimmt sie es damit nicht so genau, deshalb sagt sie einfach: »Ja.«

»Und was sagt Ihr türkischer Mann dazu, dass Sie hier arbeiten?« Die Frau lacht kurz auf. »Mit all dem Schweinefleisch und so.«

»Mein Mann?« Merve hebt die Augenbrauen. »Ich habe keinen Mann. Ich bin mit einer Frau zusammen.«

Der Frau fällt die Gabel aus der Hand.

An einem Tisch, der mit sechs Personen besetzt ist, räume ich gerade die Teller ab und frage, ob es geschmeckt hat. Einer der Herren meint: »Es war ausgezeichnet. Sagen Sie, kann mir der Koch das Rezept aufschreiben?«

Ich lächle und staple weiter die Teller auf meinen Arm. Es kommt vor, dass die Menschen, wenn sie satt und zufrieden sind, einen kleinen Scherz vom Stapel lassen.

»Kann er das machen?«, beharrt der Gast.

Ich versuche, in seinem Gesicht zu lesen, ob er das wirklich ernst meint. Das Lokal ist bis auf den letzten Platz besetzt und somit bin ich ziemlich im Stress – und der Koch auch.

»Tut mir leid, aber so etwas geht nicht.«

Er sieht mich erstaunt an. »Aber wo ist denn da das

Problem, dass er sich kurz an den Computer setzt und mir das Rezept aufschreibt?«

Das Gewicht der Teller auf meinem Arm wird langsam unerträglich, und den langen Weg zur Küche habe ich auch noch vor mir. »Restaurants geben ihre Rezepte nicht heraus«, erkläre ich geduldig, »abgesehen davon ist es ihm zeitlich völlig unmöglich.«

Er wendet sich schmollend ab und schüttelt verständnislos den Kopf. »Tsss ...«

Nachdem ich endlich das Gewicht des schmutzigen Geschirrs losgeworden bin, gehe ich in den Garten und an den Tisch mit dem Kopfschmerzpatienten.

»Geht es Ihnen besser?«, frage ich.

Der Franzose nickt und sagt: »Ja, danke. Ich würde gerne bezahlen.«

Als ich ihnen kurz darauf die Rechnung von sechzehn Euro vierzig hinlege, gibt er mir zwanzig Euro. Ich warte darauf, dass er sagt: »Stimmt so« oder »Achtzehn, bitte«, aber nichts dergleichen. Also gebe ich ihm sein Restgeld. Wahrscheinlich ist er gerade nicht konzentriert und lässt das Trinkgeld später auf dem Tisch.

Aber als ich später den Tisch abräume, liegt da kein Cent! Er hat es nicht mal für nötig befunden, die Tabletten zu bezahlen.

Leni kommt auf mich zu und sagt: »Zwanzig Gäste in einer halben Stunde. Schau, dass du bis dahin den Garten einigermaßen leer hast und die Leute zahlen.«

Ich weiß nicht, ob ich lachen oder weinen soll. »Was?«

Sie sieht mich mit ihren grünen Augen scharf an. »Die sind sowieso fast im Aufbruch, sitzen doch schon lange.

Du musst nur freundlich nachfragen, ob sie noch etwas wollen.«

In meinem Kopf drehen sich nur die Worte: *Zwanzig Leute in einer halben Stunde.*

»Wenn der Chef mitbekommt, dass wir zwanzig Leute wegschicken mussten, dann...«

Ich sehe sie an. »Dann?«

»Dann ist Polen offen.«

Also gehe ich in den Garten und frage an den Tischen, ob jemand noch etwas trinken möchte. Ich habe Glück. Denn drei Tische möchten zahlen, also habe ich bald vierundzwanzig Sitzplätze frei. Gott sei Dank. Mir fällt ein Stein vom Herzen. Nachdem sie bezahlt haben, stelle ich an jeden Tisch ein Reservierungsschild. Dann habe ich gerade noch genügend Zeit, die Tische abzuräumen und in Ordnung zu bringen, bevor die zwanzig Leute kommen.

Einige Stunden später machen die besagten zwanzig Leute sich langsam zum Aufbruch bereit. Ich bin froh, dass sie nicht einzeln bezahlen. Obwohl es bei Einzelzahlern ein besseres Trinkgeld gibt als ein pauschales Trinkgeld auf einer Rechnung. Vielleicht kann ich bald nach Hause gehen und diesen schrecklichen Tag vergessen. Der Mann, der die Rechnung der zwanzig Personen übernehmen will, eilt nach vorne und sagt: »So, jetzt passen Sie mal gut auf!« Er hält mir den Zeigefinger unter die Nase, lächelt aber dabei.

Ich sehe ihn erstaunt an, weil ich keine Vorstellung davon habe, was er vorhat.

»Ich bezahle jetzt die Rechnung, ja? Aber wahrscheinlich wird mein Kollege später auch zu ihnen kommen und bezahlen wollen.«

»Ja?«

Was ist die Pointe?

»Und dann tun Sie Folgendes.« Er ist total in seinem Element und begeistert ohne Ende, als er weiter ausführt: »Sie tun ganz erstaunt und rufen: ›Bezahlen? Aber nein, es ist doch schon alles bezahlt.‹« Als er meinen verwirrten Gesichtsausdruck bemerkt, fragt er unsicher: »Verstehen Sie das?«

Ich nicke mechanisch und frage mich, ob er besoffen ist, aber er hat nur zwei Spezi getrunken.

»Aber vergessen Sie nicht, erstaunt die Augen aufzureißen, ja?«

Ganz klar, der Kerl hat einen Knall!

Tatsächlich kommt der zweite Zahlungswillige nach zehn Minuten und möchte die Rechnung begleichen.

Mister Enthusiasmus steht hinter ihm und reckt beide Daumen nach oben, während er mit lachendem Gesicht nickend in meine Richtung sieht. Es fehlen nur noch die Fernsehklappe und die Worte: drei, zwei, eins, Action.

Ich sage also: »Bezahlen? Es wurde schon bezahlt.« Zugegeben, ich klinge nicht begeistert. Mister Enthusiasmus sagt mir später beim Hinausgehen: »War ehrlich gesagt nicht so toll.« Er blickt drein wie ein kleiner Junge, der enttäuscht von seinem Weihnachtsgeschenk ist.

Ein Mann und eine Frau studieren seit geschlagenen zwanzig Minuten die Speisekarte und wissen auch beim dritten Mal nicht, was sie möchten. Schließlich klappen sie die Karten zu, und die Frau sagt: »Wir möchten doch nichts, danke.«

Ich stehe etwas betreten da und frage: »Haben Sie nichts gefunden, das Ihnen zusagt?«

»Offen gesagt, ist es uns nicht italienisch genug.«

Darauf fällt mir nichts mehr ein. Das Lokal heißt *Zum Bräufassl*, das Personal trägt Tracht und an den Wänden hängen Hirschgeweihe. Noch bayerischer geht es eigentlich kaum. »Wir können aber bleiben«, meint der Mann, »wenn der Koch uns eine Lasagne macht.«

Ich stelle mir gerade Herrn Hansen, unseren cholerischen Küchenchef vor, wie er auf meine Bitte reagieren würde. Nein, ich stelle es mir lieber nicht vor. »Das geht nicht, leider.«

»Schade, aber der Gast ist ja längst nicht mehr König in diesem Land.«

Ich habe eigentlich nie verstanden, warum ich mich als Gast oder Kunde auf einen Thron erheben muss. Wenn ich als Kunde in einem Geschäft König bin, so ist die Verkäuferin doch demnach automatisch zum Untergebenen degradiert. Vielleicht bin ich Idealistin, aber ich finde es schöner, wenn man aus jeder Position heraus dem anderen auf Augenhöhe begegnet.

»Das Königs-Gequatsche kommt meistens von Leuten, die sich wie Grattler benehmen«, sagt Berta zu diesem Thema.

Bärbel stellt das Kreditkartengerät vor einen alten Herrn, damit er seine PIN eingeben kann. Sie besieht sich derweil ihre Fingernägel. Der Mann nimmt das Gerät, legt es ans Ohr und sagt verunsichert zum Kartengerät: »Hallooo? Ich würde gerne bezahlen.«

Bärbel beißt sich auf die Unterlippe, um nicht zu lachen. »Benutzen Sie die Karte zum ersten Mal?«

»Ja. Warum?« Er nimmt das Gerät vom Ohr, sieht es an und sagt zu Bärbel: »Da antwortet niemand.«

Sie beugt sich zu ihm hinunter und erklärt: »Da ist niemand drin, der antworten kann.«

»Im Telefon ist ja auch niemand drin, und ich kann mit jemandem reden.«

»Na gut«, meint Nicole gnädig. »Haben Sie Ihre PIN im Kopf?«

»Meine was?«

Cornelias Gruppe mit dreißig Personen hat einen leeren Brezenkorb herumreichen lassen, um das Trinkgeld für sie zu sammeln. Die dreißig Leute haben sie ziemlich gefordert. Viele Extrabestellungen à la *Hugo mit viel Holunder, wenig Prosecco, viel Minze und wenig Eis*. Als der klirrende Brezenkorb bei der letzten Person ankommt, greift sie in den Korb und lässt Cornelias Trinkgeld in ihrer Hosentasche verschwinden.

Wir können es nicht fassen.

Bärbel schlägt ihr vor, sie solle hingehen und der Gruppe sagen, was die Frau gemacht hat, aber es ist Cornelia unangenehm und sie schämt sich fremd. Also lässt sie es.

»Soll ich hingehen?«, fragt Monika.

»Nein, lieber nicht.« Cornelia schüttelt nachdrücklich den Kopf.

»Die Frau hat Glück, dass *ich* nicht ihre Bedienung bin«, meint Monika.

Ein älteres Ehepaar will endlich bezahlen, und als ich zu dem Herrn sage: »Siebenunddreißig zwanzig, bitte«, meint er, ich solle auf vierzig aufrunden. Er gibt mir einen Fünfzigeuroschein.

»Danke.« Ich sehe in meinen Geldbeutel und entdecke,

dass ich zwar viele Zwanzigeuroscheine habe, aber nur noch einen Zehneuroschein.

»Haben Sie vielleicht einen Zehneuroschein, dann gebe ich Ihnen zwanzig raus.«

Der Herr sieht mich stirnrunzelnd an. »Aber dann machen Sie doch Verlust.«

Ich schüttle den Kopf. »Nein. Wir sind bei vierzig Euro, und ich habe kaum mehr Zehneuroscheine, aber wenn Sie mir einen geben, dann habe ich sechzig von Ihnen, und Sie bekommen zwanzig zurück.«

»Aber dann mache *ich* ja Verlust.« Offenbar hat der liebe Mann beschlossen, dass hier irgendjemand Verlust machen muss. Anders kann's wohl nicht sein.

»Niemand macht hier Verlust«, erkläre ich geduldig. »Es ist nur so, dass ich ein Problem mit Zehneuroscheinen habe, und deshalb wäre es nett, wenn Sie mir einen geben, dafür bekommen Sie statt zehn dann zwanzig zurück.«

»Aber warum soll ich Ihnen denn noch zehn Euro geben? Ich hab Ihnen doch schon fünfzig gegeben, und die Rechnung macht vierzig Euro.«

Ich sehe ihn ein paar Sekunden an, dann komme ich zu der Erkenntnis, dass dieses Gespräch keinen Sinn ergibt. »Alles klar«, sage ich, hole den letzten Zehneuroschein aus meinem Geldbeutel und lege ihn auf den Tisch. »Danke, und schönen…«

»Aber Sie haben doch zehn Euro. Warum sagen Sie dann…«

»Den hab ich wohl übersehen.« Ich mache, dass ich wegkomme.

Zwei Männer in Flanellhemden setzen sich in meine Station. Ich bringe die Speisekarten und frage: »Möchten Sie schon etwas zu trinken bestellen?«

Der eine Mann zum anderen: »Wos mogst'n tringa?«

»Ha?«

»Wos'd tringa mechst«, wiederholt dieser etwas lauter.

»I woaß ned.«

»Sog hoid!«

»I woaß aber ned.«

Der Geduldsfaden reißt: »Ja, Kruzifix, irgendwos wird da doch eifoin, Depp damischer!«, schreit dieser.

»Tring ma a Bier mitanand?«

»Wos mitanand? Du host dei Bier und i meins.«

Soll das jetzt ewig so weitergehen? »Also zwei Helle?«, frage ich.

»Ha?«

»Zwei Heeelleee?«

»Ja, freilich.«

Na endlich, in Gottes Namen.

Später reicht mir der Unentschlossene die Pfeffermühle und sagt, da sei kein Pfeffer drin.

»Doch, wurde heute aufgefüllt.«

»Na, do is koa Pfeffer drin.«

»Die Kollegin hat es aufgefüllt, hab's selbst gesehen.«

»Na, is leer.«

Ich nehme die Pfeffermühle, laufe damit zum Küchenpass, lehne mich an die Wand und warte, bis die Zeit vergeht. Merve kommt herbei und will den Teller mit Rinderroulade an sich nehmen, als sie ihn sogleich wieder loslässt und ruft: »Aaaa! Heiß!«

Der Küchenhelfer dreht sich um, fährt sich durch die Haare und sagt: »Oh, danke. Du auch!«

Ich laufe wieder zum Tisch und reiche dem Gast die Pfeffermühle.

»Aufg'füllt?«, fragt er.

»Klar, was sonst.«

Er dreht daran, Abrakadabra, da kommt der Pfeffer raus, was vorhin angeblich nicht geschehen ist. »Passt«, meint er.

Am Nebentisch hat Monika ein anderes Problem. In der Karte sind zwei Größen aufgeführt. Der halbe Liter in 0,5 l und das kleinere Bier in 0,3 l. Offenbar sieht der Gast das Literkürzel als eine Eins an, denn er bestellt: »A oanerdreißger Weißbier.«

Manchmal ist die Flucht zur Toilette auch keine Alternative, um ein paar Minuten dieser surrealen Welt zu entfliehen. Einmal singt in der Kabine neben mir eine Frau *Country Roads* in voller Lautstärke, und ein paarmal habe ich die Ehre, beim Händewaschen einen Auszug aus den Lebensgeschichten der Gäste zu erfahren. Wie die Dame, die mich gar nicht mehr rausgehen lassen will, weil sie mir unbedingt noch ihre Geschichte über ihre »Erleuchtung« zu Ende erzählen möchte. Als ich es irgendwie geschafft habe zu fliehen, ruft sie mir nach – und mitten ins Lokal: »Sie haben eine gute Aura! Ich werde für Sie beten!«

Top Five der Kollegen-Kommentare:

»Wenn die Gäste hacke sind, werden sie immer so belesen und philosophisch.«
Vor allen Dingen hören sie einander gar nicht mehr zu, sondern jeder philosophiert für sich allein.

»Den Rest bring ich ja gleich. Hab nur zwei Hände, hätte ich vier, würd ich im Zirkus arbeiten.«
Ein Running Gag, den jeder Kellner schon tausend Mal gehört hat, aber die Gäste finden's immer noch lustig.

»Wenn Köche denken könnten, wären sie Kellner.«
Manche Köche vertauschen gerne die beiden Berufe im Satz.

»Nix mehr gibt's. Für heid is finish.«
Die Touristen verstehen »finish« – und das genügt.

»Scheiß Umbestellungen. Jetzt hat er mir aus'm Filetsteak a Backhendl g'macht.«
Eine Umbestellung ist in Ordnung, fünf dagegen sind eine Zumutung.

Ein älterer Herr setzt sich an einen freien Tisch.
Kollegin kommt mit der Speisekarte.
»Grüß Gott«, sagt sie freundlich.
»A Bier!«
Kollegin (nun etwas forscher): »Grüß Gott!«
»Wos? Hob doch scho g'sogt, i mecht a Bier!«

DIE SCHWIERIGKEIT, EINE BESTELLUNG AUFZUGEBEN

Es braucht eine halbe Stunde, bis ich mich in der Garderobe umgezogen habe. Raus aus den Klamotten, rein in das Trachtenkostüm. Gut, wenn man dabei seine Ruhe hat, nebenbei gemächlich eine rauchen und sich darauf konzentrieren kann, ob man alles dabeihat, bevor man hinunter ins *Bräufassl* geht. Pech, wenn Eleni um einen herumstrawanzelt und nörgelt. Ich mag sie mittlerweile gerne, und sie hat mir erzählt, dass sie diesen Job seit vierzig Jahren macht und die Tage bis zu ihrer Rente zählt. Sie hat drei Kinder, aus denen etwas geworden ist, wie sie stolz hinzufügt. Eines der Kinder hat das Studium beendet und ist erfolgreich. Sie wischt viel zu oft um mich herum, erzählt mir aus ihrem Leben, und nebenbei jammert sie: »Putzen, putzen, immer putzen. Bei Chef in Wohnung auch putzen. Hat Kamin und weiße Teppich, scheiße weiße Teppich.«

»Hmm ... Das glaube ich dir, Eleni.«

»Kannst du glaube.«

Als sie fertig ist, macht sie sich auf den Weg in die Männerumkleide. Sie hat wohl nicht bedacht, dass Basti seinen Dienst anfängt, und so macht sie einfach die Tür auf.

»Oooh!«, höre ich sie ausrufen, »Schuldigung.«

»Ist ja nicht schlimm«, kommt es von Basti, »du hast ja wohl schon mal einen nackten Mann gesehen.«

»Dreimal. Jedes Mal nach neun Monate Baby gekomme.«

Leni erzählt mir von ihrem ehemaligen Kollegen, der auf die Beschwerde »In der Wachtel ist eine Bleikugel« mit den Worten reagiert hat: »Tja, wir haben das Viech schließlich nicht totgekitzelt.«

Das erinnert mich an den Gast, der mich gefragt hat, was denn eine Surhaxe sei.

»Eisbein«, erklärte ich.

»Ist das vom Rind?«

»Nein, das ist vom Schwein.«

»Von welchem Teil des Körpers ist das?«

»Es ist das Bein.«

»Aha. Na, dann bringen Sie mir das mal. Aber ein schönes Stück, ja? Ich bin nämlich Fachmann.«

Natürlich. Das hab ich gleich gemerkt.

Später bestellt eine Dame bei Cornelia einen Lambrusco und Pasta Arrabiata. »Haben wir beides nicht«, sagt Cornelia.

Leni, die neben mir steht, denkt laut nach: »Ob diese Frau bei *Casa di Mario* eine Mass, eine Leberknödelsuppe und einen Schweinsbraten bestellt?«

An einem der großen Tische habe ich heute eine Gruppe mit zehn Personen. Die Getränkebestellung geht zügig voran, bis ich bei dem letzten Herrn ankomme. Nummer zehn sagt: »Ich hätte gerne eine Tasse heißes Wasser.« Ich wirke wohl etwas verdutzt, so klopft er mit der Hand auf seine Hosentasche und fügt hinzu: »Meinen Teebeutel habe ich dabei.«

»Sie haben Ihren eigenen Teebeutel dabei?« Kann das wahr sein? Wie muss man sich das vorstellen? Ruft da ein Freund bei ihm an und schlägt vor, ins *Bräufassl* zu gehen, und Nummer zehn sagt: »Du, gerne, ich muss nur noch schnell meinen Teebeutel einstecken.«

Auf meine Frage bekomme ich ein Nicken zur Antwort.

»Also, ich weiß auch nicht...«, stammle ich, »aber die Maschine ist so eingestellt, dass das heiße Wasser genau für einen Tee berechnet wird. Sie müssten also den vollen Preis bezahlen.«

»Hmm...«, überlegt er, »dann bringen Sie mir in einer Tasse heißes Wasser aus dem Wasserhahn.«

Ah ja.

Später bestellen alle wieder ganz unkompliziert, bis auf Nummer zehn. »Ich möchte ein Stück Brot.«

»Okay«, meine ich, »und was dazu? Brotzeitbrett? Obatzter? Wurstsalat?«

»Nein, nur ein Stück Brot, bitte.«

Ich hatte zwar schon mal eine Dame, deren Tee ich noch einmal aufgießen sollte, aber die hat zumindest etwas gegessen und den Betrag später großzügig aufgerundet.

Wie es aussieht, verstehen manche Leute nicht, dass ein Wirt mit solchen Gästen nicht nur keinen Gewinn macht, sondern sogar Verlust. Und dass Bedienungen umsatzbeteiligt sind, also ist der Verdienst bei Nummer zehn 0,0. Wäre er alleine, würde man ihn höflich bitten zu gehen, aber da er am Tisch mit neun anderen Leuten sitzt, kann man das nicht tun. Den anderen ist sein Benehmen sichtlich peinlich. Sie lächeln verkniffen, und am Ende gibt mir jeder von ihnen ein anständiges Trinkgeld. Von Nummer zehn bekomme ich natürlich nichts, denn er hat ja keine Rechnung.

Die junge Frau, die allein an einem Tisch sitzt, bestellt einen kleinen Beilagensalat und ein »großes Glas Leitungswasser mit Eis und Zitrone«.

Leitungswasser – ein leidiges Thema. Ein Gast, der eine Tablette nehmen muss oder zum Kaffee oder Wein ein Glas Leitungswasser möchte, bekommt das auch. Leider bestellen manche Gäste aber ein großes Glas Leitungswasser, um Geld zu sparen. Auf den Vorschlag hin, eine Flasche stilles Wasser zu bestellen, reagieren sie mit Ekel. Das schmecke ihnen überhaupt nicht. In einer renommierten Wochenzeitung konnte ich lesen, wie ein Journalist und seine Frau sich jedes Mal darüber amüsieren, wenn der Kellner auf ihren Wunsch nach Leitungswasser nicht so gut reagiere. Ich kann dem leider nichts Amüsantes abgewinnen. Gäste regen sich darüber in Internetforen auf und meinen, dann bekäme die Bedienung halt auch kein Trinkgeld; oder sie sind darüber verwundert, denn schließlich gehe kein Lokal bankrott wegen einem Glas Leitungswasser.

Was die Trinkgeld-Rache angeht: Die Bedienung kann nichts dafür, denn die Anordnung kommt von oben (in jedem Lokal, in dem ich gearbeitet habe!). Wenn ich dem Gast sage, dass ich ihm kein Leitungswasser bringen *darf*, ist es natürlich immer noch sein gutes Recht, mir kein Trinkgeld zu geben, schon klar.

Aber was erwartet der Gast von mir? Viele der Gäste sind in einem Angestelltenverhältnis. Würden sie sich mit dem Chef streiten, um es dem Klienten/Kunden/Patienten recht zu machen? Und diejenigen, die selbst Chefs sind: Würde es ihnen gefallen, wenn ihre Angestellten sich über ihre Anordnungen hinwegsetzen, weil sie einfach eine andere Meinung dazu haben?

Zum Nicht-bankrott-wegen-einem-Glas-Argument: Wegen einem Glas macht der Laden natürlich nicht dicht. Allerdings bleibt es nicht bei einem Glas. So hat einmal ein Gast in einer Runde von acht Personen bei meiner Kollegin ein Glas Leitungswasser bestellt, eine halbe Stunde später waren es schon drei, und irgendwann wollten sie zwei Karaffen und weitere Gläser. Als sie das nächste Mal kamen, wollten sie gleich zwei Karaffen. Als die Kollegin ihnen dann freundlich zu erklären versuchte, dass das so nicht geht, waren sie erbost und drohten, nicht mehr wiederzukommen. Das Problem bei einmal gemachten Zugeständnissen ist stets, dass der Gast solche nicht als einmaliges Entgegenkommen wahrnimmt und das nächste Mal sagt: »Das letzte Mal hab ich das aber bekommen.«

Auch in der Gastronomie gilt das Prinzip von Angebot und Nachfrage. Das Lokal bietet Ware und Leistung. Der Gast bezahlt dafür. Wie kommt jemand dazu, *gratis* etwas zu fordern? So auch die Leute, die für abends reserviert haben und dann nichts essen wollen. »Sie können mich doch nicht zwingen«, rufen sie aufgebracht.

»Doch«, meinte Leni einmal zu einem Gast, »im Kino müssen Sie sich den Film auch anschauen. Oder können Sie sich da auch nur reinsetzen, um eine Cola zu trinken?«

Niemand regt sich im Supermarkt darüber auf, dass die Tüte etwas kostet, auch dann nicht, wenn man für fünfhundert Euro einkauft. Wenn aber für Preiselbeeren oder Soße ein Aufschlag von sechzig oder achtzig Cent verlangt wird, verstehen die Leute das nicht. In der Gastronomie sollen plötzlich andere Gesetze herrschen. Ware kostet Geld – egal in welcher Branche.

Manche Gäste belehren uns, dass es gesetzlich vorgeschrieben ist, dem Gast Leitungswasser zu bringen. Ist es nicht! Im Gaststättengesetz kann man nachlesen, dass der Wirt sogar einen Betrag für Leitungswasser festlegen und auf die Rechnung setzen kann.

Es gibt aber auch Gäste, die das einsehen. An einem Samstagnachmittag kommen zehn Senioren. Sie bestellen: »Zehn kleine Schweinsbraten und zehn Leitungswasser.«

Als Bärbel ihnen die Auswirkungen einer solchen Bestellung erklärt, sind sie einsichtig und bestellen zwei große Flaschen stilles Wasser und zehn Gläser.

Als ich einen älteren Herrn im Rollstuhl und seinen Sohn bediene, will der alte Herr ein Glas Leitungswasser. Ich finde ihn nett, und er ist schon sehr alt, also sage ich: »Na ja, eigentlich darf ich das nicht, aber ich nehme an, Sie müssen eine Tablette nehmen.«

Er schüttelt den Kopf. »Nein, muss ich nicht.«

»Doch, doch, Sie müssen eine Tablette nehmen.«

Sein Sohn lacht leise auf.

Der alte Mann sieht mich an und sagt noch mal nachdrücklich: »Ich muss keine Tablette nehmen.«

Sein Sohn legt ihm die Hand auf den Arm. »Doch, Papa, du musst eine Tablette nehmen.«

Der alte Mann sieht von mir zu seinem Sohn, als seien wir nicht ganz dicht. Ich erkläre ihm, dass ich ihm nur so das Leitungswasser bringen kann.

»Ach so. Ja, dann muss ich wohl a Tablett'n nehma.«

Er bedankt sich freundlich, als ich später das Glas vor ihn hinstelle.

Ich bin gerade dabei, den Tisch hinter ihnen abzuräumen, da höre ich, wie der Sohn zu ihm sagt: »Aber du siehst gut aus. Hast eine frische Farbe im Gesicht...«

»Ja, mei«, antwortet der Alte, »im G'sicht fehlt mir ja nix.«

Auf der Karte haben wir heute Hirschfetzen. Eine junge Frau fragt mich: »Was sind Hirschfetzen?«

»Das Fleisch vom Hirsch in kleinen Fetzen.« *Wie will man es, in Gottes Namen, auch sonst erklären?*

Sie sieht mich ernst an. Sie senkt die Lider und meint mit melodramatischer Stimme: »Wissen Sie, was mich daran so irritiert?«

»Was denn?«

»Das Wort *Fetzen*. Also... ich meine... warum Fetzen?«

Ich sehe sie an und lächle. Die Frau lächelt nicht, sondern wartet auf eine Stellungnahme.

»Mei, was soll ich sagen? Sie können auch Fleischstückchen sagen oder Geschnetzeltes.«

Sie reicht mir die Karte und bestellt: »Einmal Hirschgeschnetzeltes.«

Ich laufe in den Garten zu drei Österreicherinnen und frage, ob sie schon gewählt haben.

Zwei der Damen geben bei mir problemlos ihre Bestellung auf. Sie sind sehr nett. Die Dritte allerdings scheint generell eine Aversion gegen Bedienungspersonal zu haben.

»Ich hätte gerne drei Weißwürste«, sagt sie schnippisch.

»Weißwürste haben wir leider nur bis achtzehn Uhr.« Ich zeige auf den entsprechenden fettgedruckten Satz in der Karte.

»Und die kann ich jetzt nicht mehr haben, oder was?«

Den anderen beiden scheint das Verhalten ihrer Freundin unangenehm zu sein. Die eine rutscht nervös auf dem Stuhl herum, die andere lächelt gezwungen und macht gute Miene zum bösen Spiel.

»Nein«, erwidere ich freundlich, »es ist Viertel nach sechs. Die Küche bringt die Weißwürste in die Kühlung, runter in den Keller.«

»Na gut, dann bringen Sie mir halt das Bierbratl.«

»Das ist leider aus. Sonst kann ich Ihnen alles anbieten.«

Sie schließt für einen Augenblick die Augen, als müsse sie sich zusammenreißen, mich nicht zu erwürgen. »Machen wir es doch umgekehrt. Was haben Sie denn?«

Eine der Damen hüstelt, und die andere starrt auf die Tischplatte.

»Alles außer Bierbratl«, erkläre ich geduldig.

Sie schüttelt den Kopf. »Aber die Weißwürste haben Sie auch nicht.«

»Es ist nicht so, dass wir sie nicht haben, sondern nur bis achtzehn Uhr anbieten. Wie es auf der Karte steht.«

»Ich möchte nichts.« Sie ist kurz vorm Platzen, als sie mir die Speisekarte zuwirft. Das kommt manchmal vor, dass verärgerte Gäste (die sich selbst auf 180 bringen, ohne dass man ihnen etwas getan hat) meinen, uns damit eins auszuwischen, indem sie nichts bestellen. Uns ist es doch egal, ob sie wegen ihrer schlechten Laune Hunger leiden oder nicht. Sie schaden damit nur sich selbst.

Mit den Speisekarten in der Hand laufe ich Richtung

Kasse. Basti steht da und hat nichts zu tun. Offenbar hat er die Szene mitbekommen, denn er meint, während ich an ihm vorbeilaufe: »Ich würde dieser Schnepfe ganz versehentlich das Getränk über den Schoß schütten.«

Abrupt bleibe ich stehen und sehe ihn an, um in seinem Gesicht zu ergründen, ob er es ernst meint. »Das kommt mir doch ein bisschen hart vor.«

»Auge um Auge, Zahn um Zahn. Ich jedenfalls behandle solche Arschlöcher so, wie sie es verdienen.«

Eine Stunde später räume ich gerade den Tisch der Österreicherinnen auf und decke ihn neu ein, als sich ein einzelner Herr an diesen Tisch setzt, ohne abzuwarten, bis ich fertig bin. Er bestellt ein alkoholfreies Bier, und als ich es vor ihn hinstelle, meint er: »Ich bestelle einfach das Wiener Schnitzel, denn was ich eigentlich möchte, schaffen Sie ja sowieso nicht, mir zu bringen.« Da werden einfach Unterstellungen in den Raum geworfen, ohne der Servicekraft eine Chance zu geben. In solchen Situationen treibt mich die Neugier. Was ist so kompliziert, dass es die Bedienung nicht schafft, es möglich zu machen?

»Was wäre es denn, das Sie eigentlich möchten?«, frage ich also.

»Na ja, ich würde gerne das Hirschgulasch bestellen, aber statt den Spätzle möchte ich lieber Püree.«

»Püree kann ich Ihnen heute nicht anbieten, leider.«

»Na, da sehen Sie mal!« Er bedauert es nicht, sondern triumphiert vielmehr. »Und Salzkartoffeln?«

Ich nicke. »Gerne.«

»Und statt dem grünen Salat mag ich lieber gemischten Salat.«

»Kein Problem.«

»Ach, es geht sowieso schief«, winkt er ab. »Das geht immer schief, egal was ich bestelle.«

Als ich ihm fünfzehn Minuten später sein Essen serviere, meint er ganz überrascht: »Unglaublich! Das hat ja funktioniert!« Er scheint sich ehrlich darüber zu freuen, deshalb wage ich den Kommentar: »Sie sind aber ziemlich pessimistisch.«

Der Gast sieht zu mir hoch und dann lächelt er ein wenig. »Ja, ich weiß.« Er zuckt mit den Schultern. »Wissen Sie, das war nicht immer so. Eigentlich war ich immer ein fröhlicher Mensch, aber die letzten Jahre habe ich so viel Schlechtes und Schlimmes durchgemacht. Alles geht schief, und je älter ich werde, desto griesgrämiger bin ich. Ich merke es zwar, aber das hat schon so eine Art Eigendynamik entwickelt.«

Ich weiß nicht recht, was ich darauf sagen soll, deshalb nicke ich und wünsche ihm einen guten Appetit.

Als ich später abräume und ihn frage, ob es geschmeckt hat, meint er: »Es war vorzüglich. Ich bin froh, dass ich nicht einfach das Wiener Schnitzel bestellt habe.«

»Das freut mich«, sage ich und füge hinzu: »Und ich hoffe, dass Ihre Pechsträhne bald zu Ende geht.«

»Sie sind nett«, meint er.

Überrascht sehe ich ihn an. »Danke.«

»Nein, nein. Ich meine das ganz ehrlich. Sie sind nicht einfach freundlich, weil Sie in der Dienstleistung arbeiten und so tun müssen. Ich meine, Sie sind einfach ein netter Mensch.«

Das Kompliment kommt unerwartet und ich bin gerührt.

Lilly hat heute vier junge Männer mit Aktentaschen an einem ihrer Tische. Sie war schon zweimal am Tisch, und sie wissen immer noch nicht, was sie trinken wollen. Lilly ist um die Ecke zum Küchenpass verschwunden, weil langsam der Hunger an ihr nagt, aber die Gäste haben Vorrang, deshalb kann sie nicht in Ruhe am Tisch sitzen und essen. Ich stehe neben der Schänke und mache gerade die Personalschublade auf, um eine Zigarette aus meiner Packung zu nehmen, als ich ein »Hallo?« neben mir höre. Es ist einer von Lillys Aktentaschentypen.

»Ja, bitte?« Ich stecke die Zigarette wieder in die Packung zurück und mache die Schublade zu.

»Sagen Sie Ihrer Kollegin, dass sie eine heiße Zitrone bringt?«

»Tut mir leid, aber heiße Zitrone haben wir nicht.« Es ist schon komisch. Wir haben eine dermaßen umfangreiche Speisekarte mit einem breiten Getränkeangebot, aber manche Gäste schaffen es, eine Lücke zu finden.

Der Gast wirkt uneinsichtig. »Haben Sie heißes Wasser?«, fragt er mich, als sei ich drei Jahre alt.

»Ja, wir haben heißes Wasser.«

»Haben Sie Zitronen?«

Ich bin müde, habe keine Lust auf eine ewig lange Diskussion und schon gar nicht auf diese Alphatier-Profilierung. Deshalb sage ich einfach: »Wir machen Ihnen eine heiße Zitrone.«

»Na sehen Sie, geht doch«, meint er in Gewinnerpose.

Oje. Ein Vierzigjähriger, der gegenüber einer Frau solche Muskelspiele nötig hat.

Lilly ist nicht begeistert, und ich verstehe auch weshalb. Dinge, die nicht auf der Karte stehen, bedeuten eine Menge Aufwand, und es kann einem Ärger bringen. Weil sie eben nicht in der Karte stehen, haben sie somit auch keinen Preis. Also muss man sich einen Preis ausdenken, und dieser kann entweder zu hoch oder zu niedrig sein. Beides ist schlecht. Wenn ein Wirt das mitbekommt, kann es Ärger geben.

Als Lilly ihm seine heiße Zitrone bringt, ist der Herr nicht etwa zufrieden oder gar dankbar. Nichts liegt ihm ferner. Er lässt sich lang und breit darüber aus, wie unverständlich es sei, dass wir so etwas nicht anbieten. Lilly erklärt ihm ganz freundlich die Sachlage und fügt versöhnlich hinzu: »Aber Sie haben Ihre heiße Zitrone ja bekommen, gell?«

Der Gast hält einen weiteren Monolog darüber, wie unverständlich ihm das Fehlen der heißen Zitrone auf der Karte ist. Offensichtlich spielt heiße Zitrone in seinem Leben eine große Rolle. Oder geht es hier gerade gar nicht mehr um die Sache selbst, sondern nur noch ums Prinzip?

Ich merke, dass Lilly allmählich nervös wird. Sie will das Ganze zu einem Ende bringen, ist müde und hungrig. Lilly ist eine der zuvorkommendsten und freundlichsten Bedienungen, mit denen ich jemals zusammengearbeitet habe. Sie lächelt und geht einfach nicht mehr darauf ein, dann entschuldigt sie sich mit den Worten, sie habe noch zu tun. Zehn Minuten später wird sie wieder an den Tisch gerufen. Der Gast sagt: »Eine Tasse Kaffee. Der steht doch wohl auf der Karte, oder? Den können Sie doch bringen? Der hat doch bestimmt einen Preis?« Die anderen drei lachen.

Lilly muss nun ihr Gesicht wahren, was die drei gar nicht kapieren, denn sie sind so egozentrisch, dass sie immer noch ihre heiße Zitrone im Kopf haben. Sie läuft vor Wut knallrot an, und dann stellt sie sich vor ihn hin und sagt laut: »Ich habe versucht, es Ihnen zu erklären. Welchen Teil von *nicht im Angebot* haben Sie denn nicht verstanden? So schwer kann das doch nicht sein! Und jetzt würde ich gerne weiter meine Arbeit machen, ohne Ihren Sarkasmus!« Sie sieht ihm noch ein paar Sekunden ins Gesicht, dann dreht sie sich langsam um und geht. Ich höre, wie der Kerl zu den drei anderen sagt: »So was von unverschämt.«

»Hast du heute auch so bescheuerte Gäste wie ich?«, fragt Cornelia, während wir an der Schänke auf unsere Getränke warten.

»Ehrlich gesagt ja. Neunzig Prozent der Gäste sind heute irgendwie neben der Spur.«

Cornelia wird, neben Monika, meine Lieblingskollegin. Sie hat ein offenes Lachen, immer gute Laune und ist so... gesund. Sie kommt aus einer intakten Familie, hat einen kleinen Sohn und ist mit ihrem Mann seit zwölf Jahren zusammen. Cornelia sieht mit ihren neunundzwanzig Jahren wie zwanzig aus, was zum Großteil an ihrer jugendlichen Ausstrahlung liegt. Cornelia hat die schönsten Dirndl und sieht immer strahlend aus, ohne dass sie viel dafür tut. Ihre Natürlichkeit ist einfach einzigartig.

Einmal frage ich sie, ob sie das Kellnern ihr Leben lang machen will.

Sie lächelt mich an und sagt dann: »Bis jetzt macht es mir noch Spaß. Aber in dreißig Jahren immer noch Teller schleppen? Ich weiß nicht...«

Nun nimmt Cornelia ihre Krüge und meint: »Vielleicht ist Vollmond oder so was.«

»Ja, vielleicht.«

Mein nächster Gast scheint sehr viel Zeit zu haben. Anscheinend versucht er diese zu überbrücken, indem er einen müßigen Dialog mit mir zu führen beginnt.

»Was haben Sie denn für Bier?«

»Vom Fass haben wir Helles, Weißbier und Dunkles.«

»Aha. Und das Helle, was is'n das für 'ne Marke?«

»Spaten.«

»Und das Weißbier?«

»Franziskaner.«

»Und das Dunkle?«

»Löwenbräu.«

»Aha. Und dann haben Sie auch noch andere Biere, die nicht vom Fass sind?«

»Ja.«

»Was denn für welche?«

»Alkoholfreies Helles, alkoholfreies Weißbier, dunkles Weißbier, leichtes Weißbier und Triumphator. Das alkoholfreie Helle ist von Löwenbräu und die Weißbiere von Franziskaner.«

»Ah ja. Ach, ich glaube, ich nehme ein Spezi. Das ist doch Orangenlimonade mit...«

»Cola«, ergänze ich.

»Oder... ach, wissen Sie was?«

»Was?«

»Ich nehme ein Mineralwasser.«

»Mit oder ohne?«

»???«

»Kohlensäure. Mit oder ohne Kohlensäure?«

»Äh, das mit Kohlensäure ist von welcher Marke?«

Allmählich fühle ich mich etwas verarscht, und deshalb blinzle ich, um ihm begreiflich zu machen, dass ich zu keiner weiteren Beratung mehr bereit bin.

»Ich nehme eine Rhabarberschorle, bitte.«

Manche Leute befassen sich Stunden mit der Speisekarte. Bevor sie Getränke und Speisen studieren, lesen sie sich erst mal die Geschichte des Lokals durch, die auf der Rückseite umfangreich beschrieben ist. Jedenfalls ist das immer noch besser als Paris Hilton, die in einem Restaurant in Los Angeles genörgelt haben soll: »Ich hasse lesen! Jemand soll mir sagen, was auf der Speisekarte steht!« Ich habe nur einmal die Speisekarte vorgelesen, und das war für einen Blinden. Es hat mir nicht das Geringste ausgemacht und war für mich eine Selbstverständlichkeit. Zum Glück saßen an den Nebentischen verständnisvolle Gäste, die eine ganze Weile vor ihren leeren Gläsern warteten, bis ich mich ihnen wieder widmen konnte.

Ich weiß nicht, ob Paris Hilton die Karte danach vorgelesen bekam, aber ich glaube, ich würde ihr mit dem Ding lieber eins überbraten und eine Kündigung in Kauf nehmen, als ihr die Karte vorzulesen. Sachen gibt's …

Bei bestimmten Gerichten informiere ich die Gäste manchmal, weil sie sich unter dem Gericht etwas anderes vorgestellt haben. Besonders bei *Brezenknödeln* sind manche enttäuscht, dass es sich hier um ein kaltes Gericht handelt. Um das zu vermeiden, sage ich dazu: »Sie wissen, dass das ein kaltes Gericht ist?«

Manchmal bedanken sie sich und bestellen dann etwas anderes, und manche Leute sagen: »Ja, das weiß ich, danke.«

Ein Gast reagiert auf meine Information äußerst pikiert und sagt: »Also bitte! Ich weiß doch, was Brezenknödel sind. Die hat meine Oma schon gemacht!«

Nun ja, ich kenne die Leute nicht persönlich, weiß nichts über ihre Biografie und die Essgewohnheiten. Es ist nur gut gemeint und ein einfaches »Das weiß ich« genügt schon.

So auch der Gast, der mir im Vorbeigehen mit gestrecktem Arm sein leeres Bierglas entgegenhält, weil die Kollegin gerade nicht in der Nähe ist.

»Ein Helles?«, frage ich.

»Nee«, antwortet er sarkastisch, »ich bin die Freiheitsstatue.«

Okay, Scherzkeks. Es könnte ja auch sein, dass da vorher ein Dunkles, Radler oder Alkoholfreies drin war.

Wenn es draußen regnet, sitzen die Raucher im Sommer gerne im Garten, zusammengepfercht unter einem Sonnenschirm. Dann kann es vorkommen, dass sie der Bedienung, die im Eingang steht und etwas in die Kommode sortiert, zurufen: »Bringen Sie uns zwei Apfelschorle und drei Weißbier?«

Ja, natürlich. Die Bedienung soll bei strömendem Regen mit den Getränken durch den ganzen Garten laufen und klitschnass werden. Ebenso die Erwartung des Gastes, man möge bei dem schönen Wetter den Tisch draußen bedienen. Schönes Wetter ist relativ, denn wir haben November, es ist sonnig – und äußerst kühl. Basti sagt deshalb geradeheraus: »Sie sitzen mit Mantel und Schal draußen, aber ich habe keinen Mantel.«

Erschütternd, dass man so etwas vom anderen überhaupt erwartet.

Manche Gäste hören uns überhaupt nicht zu. Wir fragen: »Möchten Sie schon etwas zu trinken?«

Zur Antwort bekommt man: »Ja. Einen Schweinsbraten.«

Monika fragt wie selbstverständlich: »Mit oder ohne Strohhalm?«

Ich mag ihre Sprüche. Monika ist der Typ Mensch, den man nicht auf Anhieb ins Herz schließt, sondern entdecken muss. Monika ist neunundfünfzig. Sie schminkt sich nicht, verwendet nicht mal Gesichtscreme, denn ihr Motto ist: Die Menschen müssen mich so lieben, wie ich bin. Das fällt nicht immer leicht, wahrlich nicht wegen ihres Äußeren, vielmehr liegt es daran, dass sie immer sagt, was sie denkt. Ein Gast sagte ihr einmal, sie habe ein Taktdefizit. Sei meint das überhaupt nicht böse, und manchmal versteht sie gar nicht, warum die Leute erschrocken über sie sind. Monika hat als Teenager die Studentenbewegung miterlebt, was sie stark geprägt hat. Ihr Vater war ein Kämpfer, der während des Zweiten Weltkriegs wegen Verdacht auf Widerstand gegen den Nationalsozialismus eingesessen hat. Monika ist – so ein bisschen – in den Sechzigern und Siebzigern stecken geblieben. Sie hat studiert und danach eine Buchhändlerlehre gemacht. Wir unterhalten uns viel über Literatur, und ihr Lieblingsautor ist John Irving.

Die »Kapitalistenschweine« findet sie nur dann erträglich, wenn sie auch etwas abgeben oder spenden. Und: »Das Establishment, das sich als Elite bezeichnet, besteht zum Großteil aus Parasiten.«

Monika muss eine ziemlich freche Göre gewesen sein. »Nach der Kaufhausbrandstiftung der RAF«, erzählt sie, »bin ich mit meinen Freundinnen in ein Kaufhaus gegangen, und wir haben in der Uhrenabteilung sämtliche Wecker auf zwei Uhr gestellt. Du kannst dir gar nicht vorstellen, was da für 'ne Panik ausgebrochen ist, als das angefangen hat.«

»Die armen Verkäuferinnen«, gebe ich zu bedenken.

»Na jaaa... ich war jung. So was würde ich heute nicht mehr machen.«

»Ach was.«

Ich finde, es hat was, wenn sie mit ihren knapp sechzig Jahren erzählt: »Gestern Abend fahre ich nach der Arbeit nach Hause, da hält mich die Schmier auf. Die sehen mein Dirndl und fragen, woher ich jetzt komme. Ich sage, aus der Arbeit, bin Bedienung. Darauf der Bulle: ›Aah, da haben Sie bestimmt etwas getrunken, gell?‹ Ich sage: ›Nee, wie kommen Sie darauf?‹ Er lächelt so verschmitzt, dann sagt er: ›Ach, geben Sie doch zu, dass Sie ein wenig betrunken sind!‹ Ich glaub, ich hab mich verhört, dann erkläre ich ihm, dass ich nie Alkohol trinke, worauf er meint: ›Ich hab doch gesehen, dass Sie das Fahrzeug nicht in der Gewalt haben. Sie sind betrunken.‹ Und dann reicht's mir mit dem, und ich sage: ›Kann es sein, dass *Sie* derjenige sind, der betrunken ist?‹«

Superklasse ist es, wenn fünfzehn Leute zum Dessert gemischtes Eis bestellen. Da hat jeder so seine Wünsche, wie viele Kugeln und welcher Geschmack und mit oder ohne Sahne... Der Bestellblock ist vollgekritzelt, die Küchenhelfer haben die Bons vor sich liegen und brauchen zwanzig Minuten, um jedes einzelne Eis dementsprechend zu portionieren, aber wenn man dann zum Tisch kommt, den Eisbecher in der Hand, und anfängt: »Zwei Kugeln Schoko, eine Erdbeere und eine Zitrone ohne Sahne«, schauen sie sich gegenseitig an, keiner hat mehr eine Ahnung, und dann zucken sie mit den Schultern und sagen: »Ach, egal, geben Sie her.«

Ein Traum sind auch die Murmler. Das muss man sich so vorstellen:

Frau murmelt in Richtung Mann: »Glaub, ich nehm' den Zander.«

Er murmelt zurück: »Sauerbraten...«

Sie klappen die Speisekarten zu und sehen mich an.

»Zander und Sauerbraten?« Schließlich haben sie nicht mit mir geredet, sondern miteinander. Ich kann also nicht sicher sein, ob es dabei bleibt.

»Ja.« Sie sind ganz überrascht, dass ich noch mal nachfrage. »Wie gesagt, Zander und Sauerbraten.«

Nee, nicht wie gesagt, sondern wie gemurmelt.

Arrogant und wichtigtuerisch, ohne mich anzusehen, sagt ein Gast: »Die Ente.«

»Ente haben wir heute nicht, die gibt es nur auf Bestellung.«

Gelangweilter Augenaufschlag. »Ist der Chef da? Ich kenne ihn.«

Warum soll mich das beeindrucken? Ich kenne ihn auch.

»Nein, der ist nicht da. Und wenn er da wäre, würden Sie deshalb auch keine Ente bekommen, weil wir die gar nicht vorrätig haben.«

»So, so. Was haben Sie denn vorrätig?«

»Alles.«

»Dann nehme ich zwei Paar Wiener.«

Von Ente zu zwei Paar Wiener? Wow. Das ist ungefähr so, als wenn die Hermès-Tasche nicht zu bekommen ist und man sich deshalb die Leinentasche vom Discounter kauft. Na ja, muss jeder selbst wissen.

Die Dame im Garten sagt zu Nicole: »Ich hätte gerne den Sauerbraten, aber ohne Fleisch…«

»Äh…?«

»…dafür mit Schwammerlsoße.«

»Da bleibt dann der Semmelknödel…«, überlegt Nicole, »also möchten Sie Rahmschwammerl mit Semmelknödel?«

»Ganz genau.«

Logo. Warum einfach, wenn es auch umständlich geht?

Im *Bräufassl* gibt es eine separate Karte, aus der man verschiedene Fleischsorten bestellen kann, dazu gibt es drei Zeilen mit Beilagen. In der ersten Zeile stehen die verschiedenen Kartoffelgerichte, in der zweiten Zeile die Gemüsegerichte und in der dritten Zeile die Soßen.

»Ich hätte gerne den Brustkern«, lässt mich der Gast wissen.

»Und welche Beilagen?«, frage ich.

»Beilagen?«

»Sie können sich aus jeder Zeile eine Beilage aussuchen.«

»Dann nehme ich Zeile drei.«

»Also Apfelmeerrettich, Rahmsoße und Schnittlauchsoße.«

»Nee, das sind mir zu viele Soßen.«

»Sie wählen aus jeder Zeile jeweils eine Beilage.«

»Also ich weiß auch nicht« Er stiert in die Karte und ich auf seinen Hinterkopf.

»Darf ich etwas vorschlagen? Wie wäre es mit Rostkartoffeln, Gurkensalat und Apfelmeerrettich?«

»Welche Zeile is'n das?«

Soll ich ihm eine Kopfnuss geben? Hallo!? Jemand zu Hause?

Als ich zur Kasse gehe, steht Merve neben mir. Sie hat diesen schrägen Dialog gerade mitangehört. Kopfschüttelnd meint sie: »Manchmal frage ich mich, ob die Leute irgendwelche Medikamente nehmen.«

Monika bemerkt: »Vielleicht ist es umgekehrt. Manche bräuchten welche.«

Ausgerechnet bei diesem Gast passiert mir ein Malheur. Als ich seinem Tischnachbarn das Essen serviere, kleckere ich ihn mit Schnittlauchsoße voll. Die Sauciere war etwas zu gut gefüllt. Auf seinem hellbraunen Cordsakko ist ein großer Fleck, mit Schnittlauchröllchen. »Entschuldigen Sie bitte.«

Er guckt angewidert auf den Fleck. Durch die blöden Schnittlauchröllchen sieht es etwas dramatischer aus, als es eigentlich ist. Außerdem geht das beim Waschen wieder raus; das weiß ich aus Erfahrung. Weil er so furchtbar entsetzt auf den Fleck schaut, äußere ich die rhetorische Frage: »Sollen wir Ihnen das Sakko reinigen?«

Er sagt »ja« und zieht es sogleich aus.

»Äh, ja ... also ... dann schreiben Sie mir mal die Adresse auf, wohin ich es schicken soll.« Ich reiche ihm Stift und Block.

Er schreibt mir hochmotiviert seine Adresse auf.

Die Gäste dürfen natürlich ihre Fragen stellen, und wir versuchen, jede Frage zu beantworten. Schließlich kann nicht jeder wissen, dass es sich bei einem Bierbratl um Schweinebauch handelt, und wenn jemand lange in der Speisekarte nach Surhaxn sucht und sie nicht findet, dann sind wir auch gerne behilflich. Das alles ist kein Problem, denn ein Teil des Jobs ist eben auch die beratende Tätigkeit. Allerdings gibt es Fragen, die einfach nur unangebracht oder unnütz sind. Wenn ein Gast fragt, woher der Spargel kommt, und ich »Schrobenhausen« antworte, dann weiß eigentlich jeder, der sich mit Spargel auch nur minimal auskennt, dass dieser Ort seinen Bekanntheitsgrad hauptsächlich dem Spargelanbau verdankt. Dieser Gast allerdings meint darauf: »Schrobenhausen? Nie gehört. Wo ist denn das?«

»So genau weiß ich das nicht«, gebe ich zu, »irgendwo in Bayern.«

Danach möchte selbiger Gast wissen, ob die Butter dazu irisch oder deutsch ist. Ich renne in die Küche und frage den Hilfskoch. Er sieht mich stirnrunzelnd an, macht den Kühlschrank auf und wirft einen Blick auf die Verpackung. »Deutsch«, sagt er. Darauf renne ich wieder an den Tisch und kläre den Gast über die Herkunft der Butter auf. Als er sich später für das Dessert interessiert, will er wissen: »Woher kommen denn die Erdbeeren?«

Ich habe weder Zeit noch Lust, wieder wie ein Volltrottel in die Küche zu rennen und danach zu fragen. Deshalb sage ich einfach »Spanien«.

Diese Art Gäste sind Zeitfresser, denn man muss diese Sinnlosdialoge führen, und andere, nette Gäste leiden darunter und sind gezwungen zu warten. Dennoch ist diese Art von Gästen harmlos, wenn auch mitunter ärgerlich. Als Bedienung wird man aber manchmal vor ein unmögliches Problem gestellt, indem Gäste einem Verantwortung zuschieben möchten. »Ich bin Allergiker. Was darf ich essen?« oder »Ich habe es seit Tagen mit dem Magen. Was darf ich essen?« oder auch »Ich habe gerade eine Operation hinter mir. Was kann ich essen?« Ich habe sowohl selbst als auch familiär Erfahrungen mit schwerer Krankheit und weiß deshalb, dass man als Patient diese

Probleme nicht auf andere abwälzen sollte. So wurde einmal eine Kollegin von einer Schwangeren gefragt: »Wenn ich das Spanferkel mit Dunkelbiersoße esse, können Sie mir dann versichern (!), dass meinem ungeborenen Kind nichts passiert?« Meine Kollegin war über diese Frage so erschrocken, dass sie gar nicht wusste, wie sie reagieren sollte.

Bei allem Mitgefühl und Sympathie für die jeweiligen Gäste, aber es kann nicht sein, dass die Bedienung sich mit Fragen herumschlagen soll, die ansonsten ausschließlich in der Kompetenz eines Mediziners liegen.

Dann gibt es noch die amüsante Variante des Bestellenvergessens. Das passiert meistens bei Gästen, die sich lange nicht gesehen und sich viel zu erzählen haben. So geschieht es bei zwei Paaren mittleren Alters aus dem hohen Norden. Schnatter, Schnatter …

»Möchten Sie schon etwas zu trinken bestellen?«, frage ich.

Es wird weiter geschnattert.

»Hallo?« Ich versuche, mich bemerkbar zu machen.

»Was?« Einer der Herren blickt auf.

»Ob Sie vielleicht schon etwas zu trinken möchten.

»Ach so, ja. Ein Radler, bitte.«

»Radler?«, fragt der andere Mann in seine Richtung. »Was ist das denn?«

»Du, das ist super gegen den Durst.«

Ich stehe da und warte, aber der Radler-Mann fährt fort: »Da ist halb Zitronenlimonade drin und halb Bier.«

»Alsterwasser?«, hakt der andere Mann nach.

Der Radler-Mann nickt. »Genau. Aber hier schmeckt es irgendwie besser.« Er lacht. »Ist wahrscheinlich Einbildung. Haha. Aber dann gibt es noch die Variante Russenhalbe. Das ist halb Zitronenlimonade und halb Weizen. Das nennen sie hier Weißbier. Aber ich glaube, mit dem dunklen Bier, das mir persönlich eigentlich am besten schmeckt, machen die das nicht. Wahrscheinlich ...«

Ich räuspere mich und lächle ein wenig.

Sie blicken zu mir auf und sehen mich an, als seien sie erstaunt, was ich da mache. »Alles klar«, sage ich, »die Frau mit Block und Stift steht immer noch da und wartet.«

»Wer?«, fragt einer der Herren.

Wortlos hebe ich meine linke Hand mit dem Block und die rechte mit dem Stift hoch.

Sie lachen, dann sagt eine der Frauen: »Entschuldigen Sie. Aber wir alle wissen doch, was Männer für Plaudertaschen sein können.«

Ich sitze zu Hause in der Küche und schreibe meinen Einkaufszettel. Mein Mann kommt herein und sagt verwundert: »Da hängt ein braunes Cordsakko im Bad.«

»Ja«, sage ich, ohne aufzublicken.

»Wem gehört denn das?«

»Einem Gast.«

»Einem Gast, aha. Wäscht du jetzt auch die Wäsche für die?«

»Sieht so aus, ja.«

»Ist die Einkaufsliste für uns – oder erledigst du jetzt auch Einkäufe für die Gäste?«

Wir schließen um zwölf. Eigentlich. Es gibt nämlich immer wieder Gäste, die sich um diese Tatsache keinen Pfifferling scheren. Es ist müßig, immer wieder an den Tisch zu gehen und die Gäste daran zu erinnern, dass man schon vor einer halben Stunde hätte schließen sollen. Das Personal, bereits umgezogen und in Jacken, mittlerweile todmüde nach acht bis zwölf Stunden schwerer Arbeit, wirft immer wieder Blicke zum Tisch hin.

So auch jetzt, an einem Freitagabend. Ich war bereits drei Mal am Tisch und habe höflich gebeten, auszutrinken und zu gehen. Die zwei Männer und zwei Frauen plappern munter weiter. Leni, Harry, Merve und ich sitzen auf der Bank neben der Schänke, Jacken angezogen und Taschen neben uns.

Da die vier Leute offenbar hier übernachten wollen, müssen wir wohl aufstuhlen, damit sie es begreifen.

Nach dem Aufstuhlen sitzen sie immer noch da und quatschen. Es ist bereits zehn Minuten vor eins. Wir brauchen Schlaf, damit wir am nächsten Tag fit sind – und ganz nebenbei: Die letzte U-Bahn oder Tram zu erwischen wäre auch ganz toll, damit wir nicht Geld fürs Taxi ausgeben müssen, bloß weil die Leute hier nicht nach Hause gehen wollen.

Ich stehe auf und gehe zum vierten Mal an den Tisch. »Wir schließen um zwölf, es ist fast eins, wir möchten nach Hause gehen.«

Sie heben die Köpfe und sehen mich an. »Das kann man aber auch freundlicher sagen«, meint eine der Frauen.

»Nee, kann man nicht.«

»Bitte?«

»Wir sitzen seit einer Stunde rum und warten nur noch auf Sie. Ist Ihnen das nicht aufgefallen?«

»Also, das ist ja eine Unverschämtheit. Wir rufen Ihren Chef an; wir kennen ihn.«

Ach Gottchen.

»Ja, rufen Sie ihn an und erzählen Sie ihm, dass er wegen Ihnen eine Stunde länger geöffnet hatte; na, der wird sich freuen.«

Sie stehen auf und gehen sehr langsam Richtung Ausgang, während sie schimpfen und sich beschweren. Statt sich zu entschuldigen gibt es Vorwürfe.

Leni erklärt noch mal das Gleiche, was ich schon erklärt habe.

Diskussion – ohne Ende in Sicht.

Harry schnauft genervt.

Merve verdreht die Augen.

Leni dreht sich um.

Ich lasse mich auf die Bank fallen.

Die vier halten einen Vortrag.

»Wir möchten jetzt nach Hause gehen!«, ruft Harry.

»Können Sie doch«, sagt einer der Männer.

»Nee, können wir nicht«, sage ich, »weil Sie immer noch hier stehen und palavern.« Wenn sie den Chef anrufen, sich über mich beschweren und ich deshalb gefeuert werde, dann soll es halt so sein.

Sie drehen sich um und gehen, immer noch schimpfend, hinaus.

Die nächsten Tage warte ich darauf, dass der Chef mich auf den Vorfall anspricht und mich hinauswirft. Aber es kommt nichts.

Top Five der schrägsten bayerischen Gerichte:

Lumpensalat
Klingt komisch, ist aber lecker: Käse, Wurst, Leberkäse, Gurken und Tomaten.

Kälberfüße in Butter gebacken mit gemischtem Salat
Sehr beliebt bei älteren Gästen.

Kalbskopf mit Remouladensoße und Kartoffel-Gurken-Salat
Nein, man bekommt nicht einen ganzen Kalbskopf serviert, wie viele meinen, sondern das Fleisch aus den Wangen.

Milzwurst aus dem Wurzelsud mit frischem Meerrettich
Ratlosigkeit bei vielen Gästen: Was ist wohl eine Milzwurst? Hier ein kleiner Tipp: Die Betonung liegt auf Milz.

Ochsenaugen
Ob das echte Augen seien, fragt so mancher Gast fassungslos. Nein, es sind Spiegeleier. Panierte Augen wären wohl doch eine Spur zu krass.

Eine vierköpfige Familie ist mit dem Essen fertig.
Der Kollege will die Teller abräumen, als der Vater sagt:
»Packen Sie uns die ganzen Reste ein, ja? Für'n Hund.«
Der Sohn des Gastes reckt die Arme gen Himmel und ruft
freudestrahlend: »Echt Papa!? Kriegen wir einen Hund?«

DATES UND DESASTER

Es ist ein ruhiger Samstagnachmittag. Der Januar ist ein beschaulicher Monat, denn die Weihnachtsfeiertage liegen den meisten Leuten finanziell oder auch in Form ausufernder Festmahle noch schwer im Magen.

Wir stehen tatenlos herum und quatschen. Leni kommt aus dem Büro und hält ein DIN-A-4-Blatt in der Hand. »Lilly?«

Diese sieht in Lenis Richtung. »Ja?«

»Ich habe hier eine Beschwerde über dich, kam gerade per Fax.«

»Was? Wieso?« Lilly klimpert mit ihren falschen Wimpern. Sie ist nun einmal der Inbegriff einer Diva: Schön, zickig und eine Laufmasche hat sie vor ein paar Tagen beinahe in einen Nervenzusammenbruch getrieben. Lilly wohnt in einer WG mit zwei anderen Frauen, um genug Geld für Kosmetik und Klamotten ausgeben zu können. Ihre Duftwolke durchweht das halbe Lokal. Das Coccinelle-Täschchen und das Prada-Jäckchen werden in der Garderobe im Spind mit zwei Schlössern gesichert.

»Ich les' mal vor«, sagt Leni und blickt auf das Blatt, dessen Inhalt sie wiedergibt:

»Sehr geehrte Geschäftsführung,
 gestern war ich beim Essen im *Bräufassl* und Ihre Servicekraft kippte mir ein Glas Apfelschorle über den Schoß. Das ist zwar keine Katastrophe und solche Dinge können durchaus passieren. Ärgerlich ist aber die Tatsache, dass das Getränk dann auf meiner Rechnung aufgeführt war. Die Bedienung – schlank, blond, attraktiv …«

Lilly bringt sich gerade in Pose wie Victoria Beckham.
»… etwa fünfzig«, liest Leni weiter.
Lilly erstarrt. Sie legt schockiert ihre Hand auf die Brust.
»… sollte hierauf ermahnt werden, denn aus dem Malheur will ich kein Aufhebens machen, allerdings sollte ich nicht für ein Getränk bezahlen, das auf meiner Hose gelandet ist. Bedauerlicherweise fiel mir das alles erst auf, als ich schon zu Hause war und mir die Rechnung angesehen habe.« Leni faltet das Papier zusammen und sieht Lilly streng an.
»Frechheit!«, stößt Lilly aus. Sie ist außer sich.
»Was?« Leni versteht wohl nicht, was Lilly meint. Wir sehen neugierig zu Lilly.
Sie ringt nach Luft und schüttelt entrüstet den Kopf. »Fünfzig?«
»Wie bitte?«, hakt Leni nach.
»Seh' ich vielleicht aus wie fünfzig?«
»Lilly?«
»Ja?«

»Du bist einundfünfzig.«

»Darum geht's hier aber nicht!« Ihre Lippen zittern.

Leni verzieht den Mund, dann meint sie: »Richtig. Es geht um die Apfelschorle, die ...«

»Seh' ich etwa aus wie fünfzig?« Sie sieht uns wutschnaubend an, und wir schütteln alle brav die Köpfe. »Natürlich nicht« und »sowas von daneben« murmeln wir vor uns hin.

Leni wirkt mittlerweile leicht genervt und sieht Lilly noch mal mahnend an. »Warum hast du die Apfelschorle nicht stornieren lassen und ...«

»Fünfzig!?« Offenbar hat dieses Wort bei Lilly gerade eine Art Trauma hinterlassen. »Boah! Ich glaub', ich häng'!«

Leni gibt auf. Sie dreht sich um und geht wieder ins Büro.

Berta geht zu Lilly, legt ihr die Hand auf die Schulter und sagt: »Ist doch nicht so schlimm.« Wahrscheinlich ist für Berta das Problem als solches überhaupt nicht erkennbar.

Lilly sieht Berta von oben bis unten an. »Nicht schlimm? Sieh mich an. Ich sehe doch nicht älter aus als fünfunddreißig. Maximal!«

»Ja, ja, klar«, meint Berta, schlägt ihr rabiat auf die Schulter und geht davon.

In meiner Station sitzt ein ungepflegter Mann, etwa Anfang vierzig. Er trägt ein rotkariertes, speckiges Hemd, das bis zu den Ellenbogen aufgekrempelt ist. Seine Haare hat er längere Zeit nicht gewaschen, und sein Bart ist mehr als drei Tage alt. Bei der Getränkebestellung konnte ich sehen, dass ihm ein Eckzahn fehlt. Er sitzt vor seinem alten Laptop und tippt pausenlos, ohne Unterbrechung.

Die Tür geht auf und herein kommt eine gutaussehende Mittdreißigerin, gut gekleidet und mit netter Ausstrahlung. Sie lässt ihren Blick durchs Lokal schweifen, geht an dem leicht verwahrlosten Laptop-Mann vorbei, streift ihn nur kurz mit einem desinteressierten Blick und hält dann weiter Ausschau.

Der Laptop-Mann glotzt sie an, dann sagt er: »Sabrina?«

Die Frau bleibt stehen und blickt zu ihm runter. Sie reißt schockiert die Augen auf, als hätte sie etwas total Unfassbares gesehen (was wohl auch stimmt). Sie zeigt mit dem Zeigefinger in seine Richtung und fragt mit brüchiger Stimme: »Frauenversteher666?«

Der Laptop-Mann nickt.

»Äh…«

»Setz dich doch, Sabrina.«

Sie tut es widerwillig. »Du hast dich aber ganz anders beschrieben«, wirft sie ihm sogleich vor.

»Na ja«, winkt der Laptop-Mann lachend ab und zeigt seine Zahnlücke, »am Anfang flunkert doch jeder ein bisschen. Haha.«

Der Frau ist gar nicht nach Lachen zumute.

Ich gehe zum Tisch und frage sie: »Was möchten Sie trinken?«

»Eine… äh…«, stottert sie, während sie den Blick von ihrem Gegenüber nicht losreißen kann, »… Cola… light.«

»Cola light«, wiederhole ich, »kommt sofort.« Als ich mich gerade umdrehen will, krallt sie sich an meiner Dirndlschürze fest und ruft: »Aber eine kleine!«

Als ich kurz darauf ihr Getränk an den Tisch bringe, höre ich, wie sie fragt: »Was soll denn der Laptop?« Da hat sie nicht unrecht. Wer geht denn zu einem Date, mit einem Laptop unterm Arm? Aber wie es aussieht, gibt es Ausnahmen.

»Ich schreibe ein Drehbuch«, antwortet er.

»Ähä«, meint sie und wirkt so gar nicht beeindruckt.

»Es soll eine Thrillerkomödie werden.«

Sie nickt total gelangweilt, dann trinkt sie ihre Cola light, beinahe auf Ex, und verlässt das Lokal.

Am folgenden Samstag wiederholt sich das Szenario mit einer anderen Frau – die gar nicht erst ein Getränk bestellt, sondern sagt, sie müsse nur kurz noch mal raus, um zu telefonieren. Natürlich kommt sie nicht zurück.

Am dritten Samstag taucht er nicht mehr auf und Berta meint: »Ich glaub, unser Frauenversteher hat die Hoffnung aufgegeben. Irgendwie tut er mir leid.«

»Mir nicht«, sagt Cornelia, »wenn er sich nicht einmal die Mühe macht, sich zu rasieren und seine Haare zu waschen! Ich verstehe aber auch die Frauen nicht, die sich auf einen Kerl einlassen, der im Internet als Frauenversteher unterwegs ist.«

Bärbel nickt und spitzt ihren Schmollmund. »Mir würd eher des 666 zu denken geben.«

Ein junges Pärchen, beide Mitte zwanzig, sitzt an unserem einzigen Zweiertisch. Er hatte den Tisch telefonisch reserviert und explizit um diesen Tisch gebeten.

Die Frau war zuerst da, wirkte sehr nervös und zupft immer wieder an ihrer Bluse herum. Sie ist mehr als mollig, gänzlich ungeschminkt, und ihre Haare fliegen in alle Richtungen. Als der Mann sich zu ihr gesellt, sieht man ihm schon an, dass er nicht vollauf begeistert ist, aber er ist höflich und versucht wohl, das Beste daraus zu machen.

Als sie später beim Essen sind, erzählt er etwas, und sie hört zu. Dann, plötzlich: Sie steckt sich den Finger ins rechte Ohr, pult darin herum, holt den Finger wieder aus dem Ohr und besieht sich den Inhalt auf ihrer Fingerkuppe.

Dem Mann fällt die Kinnlade herunter. Er hört mit seinem Monolog auf, sieht fassungslos und abwechselnd von ihrem Finger in ihr Gesicht.

Sie wischt ihren Finger an der Serviette ab, dann sieht sie ihn wieder an und sagt etwas, das ich nicht verstehen kann.

Er schaufelt den Rest des Essens in sich hinein und verlangt mampfend nach der Rechnung.

Manchmal befindet sich ein Mann in Flirtbereitschaft, obwohl er einen Ehering am Finger trägt. Den Ring am Finger der Bedienung sieht er dann wohl nicht. Ich frage mich, was jemand damit bezweckt, wenn er Name und Handynummer auf eine Serviette schreibt. Welche Bedienung dieser Welt, und sei sie seit zwanzig Jahren solo, ruft da an und sagt: »Hähä, hallöchen, du hast mir doch deine Nummer auf die Serviette geschrieben …«

An einem Samstagabend lässt ein Mann jedes Mal ein Witzchen los, wenn ich an seinem Tisch vorbeikomme, untermalt mit charmant-gewolltem Lächeln. Ich war schon zweimal am Tisch, aber er weiß immer noch nicht, was er trinken möchte. Irgendwann legt er die Speisekarte zur Seite, was bedeutet, dass er jetzt wohl so weit ist, um zu bestellen. Ich gehe hin, und er sagt, während er auf meine Schuhe blickt: »Nikes zum Dirndl. Interessant. Tragen Sie auch Motorradstiefel zum Abendkleid?«

»Sie sind ein Comedian?«

Er nickt heftig. »Ja.«

»Nun, ich nicht.«

»Oh, das kann ich sehen.« Er kneift den Mund zusammen.

»Möchten Sie jetzt bestellen?«

»Unbedingt. Ansonsten rammen Sie mir gleich ein Steakmesser in die Brust.«

»Also?«

»Ein Glas Zweigelt und den Sauerbraten, bitte, wenn es keine Umstände macht.«

Ich drehe mich um, da sagt er noch: »Ach, und noch was.«

Also drehe ich mich wieder um. »Ja?«

»Spucken Sie mir bitte nicht ins Essen, ja?«

Eine Kollegin wurde drei Abende hintereinander von einem Gast nach Feierabend belästigt, nur weil sie einen harmlosen Scherz gemacht hatte, den dieser als Flirt interpretierte.

Ich mache gerne Komplimente, wenn mir etwas gefällt. Aber nie bei einem Mann. Das Erlebnis der Kollegin mit dem wartenden Mann und ihrem harmlosen Scherz spricht für sich.

Ein molliger Mann in mittleren Jahren steht neben der Tür und sieht sich suchend um.

»Kann ich Ihnen helfen?«, frage ich.

»Ich bin hier mit einer Dame verabredet, aber ich weiß nicht, wie sie aussieht. Hach, das ist jetzt blöd.«

»Hmmm... hätten Sie mal an die Nelke im Knopfloch gedacht.«

Er sieht mich an, dann lacht er. »Das habe ich nicht vorzuschlagen gewagt. Sie ist eine Geschäftspartnerin.«

Manche Paare haben extreme Wohlstandsprobleme. Die beiden kommen zur Tür herein und nennen ihren Namen, damit ich ihnen den für sie reservierten Tisch zeige. Ich führe sie hin, und ihre Gesichter verziehen sich.

»Diesen Tisch wollen wir nicht«, sagt die Frau entschieden.

»Und warum nicht?«, will ich wissen.

»Der steht ja beinahe mitten im Raum.«

»Eigentlich nicht, aber selbst wenn?«

»Wir brauchen eine Wand.«

»Sie *brauchen* eine Wand?« Nun gut, man muss nicht alles verstehen.

»Ja, wir brauchen eine Wand.«

Nun könnte ich entgegnen, wir haben hier vier Wände, aber ... lieber nicht, die scheinen mir nicht zu Scherzen aufgelegt zu sein. »Die Vor-der-Wand-Tische (den Begriff habe ich gerade erfunden) sind alle besetzt.«

»Dann warten wir, bis ein Vor-der-Wand-Tisch frei wird«, meint der Mann.

»Aller klar«, sage ich.

Die Frau sieht mich an, während sie ihre exklusive Sonnenbrille aus dem Etui holt. »Informieren Sie uns, sobald ein Tisch frei wird. Wir setzen uns nach draußen auf die Bank.« Ohne meine Bestätigung abzuwarten, drehen sie sich um und gehen hinaus. Berta stellt sich mit ihrer kleinen Statur neben mich, sieht ihnen nach und meint: »Verdammtes Gesindel.«

Ich pruste in mich hinein.

»Ja, was denn?« Sie blickt zu mir auf, dann reibt sie

Daumen und Zeigefinger aneinander, um das Zeichen für Geld zu machen. »Nicht da musst du's haben«, dann tippt sie sich auf die Stirn, »sondern da«, und tippt sich aufs Herz, »und da.«

Wenn Männer sich vor ihrer Auserwählten profilieren wollen, dann sollen sie das tun, aber da gibt es die Wichtigtuer, die nach dem Du-bekommst-alles-was-du-willst-Schatz-Motto verfahren.

Die Frau will einen Cappuccino.

»Tut mir leid, aber die Kaffeemaschine ist bereits ausgeschaltet«, erkläre ich.

»Ach«, meint der Mann und hebt die Augenbrauen, »aber Sie haben doch noch geöffnet.«

»Ja, schon, aber wir schließen in einer halben Stunde.«

Er sieht mich ermahnend an. Dann geht es los. Es ist der Vortrag von Leuten, die einem die Welt erklären wollen. »Aber wenn Sie geöffnet haben, dann sollten Sie auch solange die Getränke anbieten...« und so weiter. Wenn wir erst mit allem anfangen würden, wenn wir schließen, dann wären wir um zwei Uhr nachts noch im Lokal. Kaffeemaschine saubermachen, nachdem man geschlossen hat? Vielleicht gibt es das, aber ich habe von so einem Lokal noch nie gehört. Trotzdem erkläre ich auch diesem Gast freundlich, dass wir die Kaffeemaschine eine halbe Stunde vor Schließung reinigen.

»Na dann...«, überlegt er vor sich hin, »gehen Sie halt mit der Milch in die Küche, und der Koch soll sie in der Mikrowelle heiß machen.«

Die Mikrowelle ist auch schon geputzt und ausgeschaltet, so kurz vor der Schließung, aber das lasse ich lieber unerwähnt, damit er uns nicht für faule Säcke hält. »Nun ja«, meine ich, »bleibt immer noch der Kaffee.« Ich lächle ein wenig, denn ich gebe die Hoffnung nicht auf, dass er vielleicht noch zur Einsicht kommt, dass es nicht sein kann, dass die Lust seiner Liebsten auf Kaffee uns so viele Umstände machen soll.

Er schüttelt seufzend den Kopf und sieht die Frau an, die total frustriert wirkt, dass ihr Herzblatt ihr nicht den Cappuccino-Wunsch erfüllen kann.

»Möchten Sie eine Schorle oder Saft?«, schlage ich vor. »Oder ein Glas Wein? Bier? Cola? Longdrink?«

Sie sieht mich an, während ich alles aufzähle, dann sieht sie wieder zu dem Mann. »Trink doch dann ein Glas Wein, Schatz«, schlägt er mit trauriger Stimme vor.

»Ich hätte gerne ein Glas trockenen Weißwein, aber nicht gekühlt.«

Die beiden sind wirklich anstrengend. »Weißweine sind alle gekühlt.«

Der Mann klinkt sich wieder ein: »Aber Sie haben doch wohl Flaschen von draußen!«

Dazu müsste der Schankkellner seine Putz- und Auffüllaktion unterbrechen, in den Keller gehen, der mittlerweile abgesperrt ist, und eine neue Flasche anbrechen – weil die beiden sich das hier gerade einbilden!

»Nein«, sage ich bloß.

Wenn er jetzt noch die Kurve gekriegt und freundlich geäußert hätte: »Ach, wir wissen ja, dass wir es kompliziert machen, und wir haben ja auch Verständnis, aber könnten Sie nicht vielleicht einen Wein von draußen organisieren? Das wäre wirklich sehr nett!«, dann hätte ich den Schlüssel genommen, wäre in den Keller hinabgestiegen und hätte den blöden Wein halt gebracht. Wenn Gäste über ihre Wünsche oder Skurrilitäten auch die Fähigkeit zur Selbstreflexion haben und nett fragen, so erfülle ich dem Gast seinen Wunsch und engagiere mich auch bei Schänke und Küche. Aber in diesem Moment sagte der Mann den ultimativen No-Go-Einleitungssatz: »Wo ist denn da das Problem, wenn man...«

Wenn jemand so zu seinem Ziel kommen will, sind bei mir alle Schotten dicht. Als ob eine Bedienung, die auch nur ansatzweise Stolz besitzt, darauf sagt: »Ach ja, jetzt wo Sie's sagen, sehe ich da auch kein Problem.«

Mir reicht es mit den beiden. »Wo das Problem ist, mag ich Ihnen jetzt nicht groß und breit erklären, aber wenn es kein Problem wäre, dann wäre es zu verwirklichen. Ist es aber nicht. Möchten Sie jetzt etwas trinken oder nicht?«

»Nein«, kommt es trotzig von der Frau, »möchte ich nicht.«

Tja, dann halt nicht.

Nicht jeder Gast, der uns mit »Sie sollten« und »Sie müssten« über etwas aufklären möchte, meint es belehrend. Natürlich kommt es immer auf den Ton an, und manchmal haben die Gäste auch nicht unbedingt unrecht. Aber es ist ungünstig mit Belehrungen, da es so gut wie immer einen Grund gibt, warum etwas so ist, wie es ist. Wenn ein Gast mir sagt: »Sie sollten doch aber mindestens einen Kinderstuhl haben«, dann hat er absolut recht. Es wurde dem Chef schon mehrmals gesagt. Ja, was will man da machen, wenn der Chef nicht will? Mich würde nur mal interessieren, wie die Leute reagieren würden, wenn man an ihrem Arbeitsplatz anklopfen würde und anfangen mit: »Sie sollten, Sie müssten, Sie könnten.« Auch wenn man als Gast oder Kunde inhaltlich im Recht ist, so kommen Belehrungen nie gut beim Gegenüber an. Schon gar nicht in rauer Tonart.

Bei Paaren, die über das erste Date längst hinaus sind, gibt es mitunter seltsame Phänomene. Nicht selten spricht der Mann für die Frau. Ich finde es zwar bescheuert, wenn ich sie direkt anspreche und sie die Antwort an ihren Mann weitergibt, der wiederum die Antwort an mich weitergibt, aber ich akzeptiere es. Da stellt man sich zwangsläufig die Frage: *Redet die nicht mit jedem?* Oder auch *Ist die Emanzipation nicht in Europa angekommen?* Es handelt sich hier nämlich oft um Frauen jüngerer Generation.

Befremdlich sind auch Frauen, die total unselbstständig sind und die Lösung des kleinsten Problems in die Hände ihrer Männer legen. Auf die Frage, ob sie das gewünschte Sauerkraut lieber statt der Röstkartoffeln oder dem Salat möchte, sieht die Frau ihren Mann an und sagt: »Karlheinz, mach, dass die Bedienung mir Sauerkraut bringt.«

Karlheinz sieht mich unsicher an und sagt: »Bringen Sie meiner Frau Sauerkraut.«

Klar doch, dann entscheide ich halt selber, welche Beilage für das Sauerkraut ausgetauscht wird.

Das alte Pärchen an Tisch elf braucht eine Weile, bis es sich gemütlich gemacht hat, da der Mann eine Beinschiene trägt und seine Frau ihm dabei hilft, das Bein auf die Bank zu heben. Sie setzt sich ihm gegenüber, und dann gehe ich zum Tisch.

»Stört es Sie, wenn ich mein Bein hier auf der Bank ausstrecke?«, fragt er.

Ich schüttle den Kopf. »Selbstverständlich nicht.«

»Ein Bier für mich, bitte«, sagt der Mann.

»Ein kleines«, kommt es von der Frau.

»Sie möchten ein kleines Bier?«, frage ich nach.

»Nein, mein Mann bekommt das kleine, mir bringen Sie ein großes.«

»Ich will auch ein großes«, protestiert er.

»Du kriegst ein kleines, sonst liegt dir das wieder so schwer im Magen.«

Als ich später das kleine Bier vor ihn hinstelle, trinkt er es in einem Zug leer. »So, und jetzt hätte ich gerne ein großes!«, sagt er trotzig.

»Egon!«, ermahnt ihn die Frau.

Ich stehe da und weiß nicht so recht, auf wen ich hören soll. Irgendwie bin ich auf der Seite von Egon. »Also, ein großes Bier, ja?«, frage ich ihn.

»Genau.«

Die Frau scheint zuerst sauer, aber dann sagt sie: »Na gut. Bringen Sie uns auch gleich zwei Obstler.«

»Doppelte«, ergänzt Egon.

Die Leute sind getrennter Meinung darüber, was sie bei Frauen oder bei Männern nicht mögen. Bei Männern finde ich es seltsam, wenn sie schnell auf beleidigte Leberwurst machen. An einem Abend bediene ich zwei Frauen und einen Mann, alle drei um die dreißig. Die beiden Frauen sind total nett, der Mann ist den ganzen Abend über stinkig, weil er sein Essen fünf Minuten später als die Frauen bekommen hat. Er bemängelt, dass die Haut der Haxe nicht besonders knusprig ist. Das stimmt, weshalb ich sie umgehend reklamiere, und er bekommt nun eine große, knusprige Haxe. Das sieht er aber anders. »Die ist auch nicht viel besser.« Es ist nicht wahr, aber gut. Die Wartezeit und der Reinfall der ersten Haxe lässt ihn den ganzen Abend lang schmollen. »Möchten Sie vielleicht einen Schnaps aufs Haus? Oder einen Espresso?« Ich würde es Leni erklären, und sie wäre hoffentlich einverstanden.

»Nein«, sagt er gepresst und dreht beleidigt den Kopf weg.

Werd erwachsen!

Ein anderes Mal hat ein junger Mann den Teller leergegessen, ich frage, ob es gut war, und er zeigt auf den Teller und sagt: »Da! Schauen S' mal! Ein Stück schimmliger Tomate!«

Zunächst kann ich auf dem Teller nichts sehen, dann entdecke ich ein winziges rotes Stückchen Tomate, in der Größe eines Pfefferkorns. Da hat er also ein kaum wahrnehmbares Stück entdeckt, das nicht frisch war. Kann sein, dass es stimmt. Kann sein, dass der Küchenhilfe das entgangen ist. Worüber reden wir hier eigentlich?

»Ich möchte den Küchenchef sprechen!«

Ich überschlage den Gedanken im Kopf. Wenn ich das jetzt dem Hansen erzähle, dann bin ich mir ziemlich sicher, dass er sich dieser Situation durchaus stellt – und aus seiner Küche geschossen kommt. Ich weiß nur nicht, ob dieser Gast hier dem gewachsen ist.

Ich sehe ihn freundlich an und sage: »Warum lassen wir es nicht gut sein? Der Küchenchef hat so viel zu tun, und die Küchenhilfe hat es einfach übersehen...«

»Ich will ihn sprechen.«

Glaub mir, Kumpel, das willst du nicht!

»Können Sie ihn jetzt endlich holen?«

Tja, manche müssen unbedingt ins offene Messer laufen. Selbst schuld.

Ich erfahre aus der Küche, dass Hansen nicht mehr da

ist. Er ist vor fünf Minuten gegangen. Ich sage das dem Gast.

»Dann komme ich morgen wieder.«

Tatsächlich tut er das auch. Was ich allerdings nicht wusste: Hansen ist ab heute zwei Wochen im Urlaub.

»Dann komme ich in zwei Wochen wieder.«

Wow! Es gibt Leute, die engagieren sich für Umweltschutz und faire Löhne – der hier bündelt Zeit und Energie für eine nicht einwandfreie Tomate!

Kann mir bitte jemand erklären, warum diese Frau mit ihrem Mann zusammen ist, den sie so beschreibt: »Bin hier mit meinem Mann verabredet. Kurze graue Haare, total hässlicher Kerl mit einer Monsternase.«

Neben mir steht Nicole und sagt: »Verdammte Scheiße!«

Ich sehe sie an und meine, dass sie die Aussage der Frau kommentiert. »Unglaublich, oder?« Ich schüttle den Kopf.

Sie starrt vor sich hin und ist leichenblass. Nimmt sie das Ganze denn so sehr mit? »Ich spiele seit zwanzig Jahren Lotto, und heute habe ich zum ersten Mal vergessen, den Schein abzugeben.«

»Äh... ach so?«, entgegne ich verwirrt.

Nach einer halben Stunde hab ich ihr Lottoproblem längst vergessen. Wir stehen nebeneinander und polieren das Besteck. Sie starrt stupide in den Eimer und brabbelt: »Hey, ich schwör's dir, wenn heute meine Zahlen kommen, schmeiß ich mich vor die S-Bahn.«

Berta steht hinter uns und nuckelt an ihrem Bier. »Nicole?«

Sie hebt den Kopf. »Ja?«

»Du hast ganz andere Probleme.«
»Was?«
»Dei Schürzenschleif'n hängt schiaf.«

An einem Freitagabend ist es brechend voll. Das Paar mittleren Alters an Tisch zwei scheint sich noch nicht lange zu kennen. Es wird viel gelächelt, kokettiert, tiefe Blicke in die Augen und alles, was sonst noch dazugehört.

Als der Mann auf Toilette geht, winkt die Frau mir hektisch zu. Ich gehe zu ihr an den Tisch. »Möchten Sie noch etwas?«, frage ich.

»Wo ist hier ein billiges Hotel?« Sie klingt geradezu atemlos.

»Ein...was?«

»Auch wenn's nicht so billig ist, aber in der Nähe muss es sein.«

Die beiden scheinen es wirklich eilig zu haben. Ich zucke die Schultern. »Keine Ahnung.«

»Fragen Sie Ihre Kollegen. Schnell!« Sie scheucht mich beinahe weg.

Ich gehe zu Cornelia und Berta, die an der Schänke auf ihre Getränke warten. »Die Frau an Tisch zwei will wissen, wo hier in der Nähe ein billiges Hotel ist – und zwar schnell, während der Typ auf der Toilette ist. Und guckt nicht gleich hin...«

Zu spät. Sie spähen um die Ecke. Ich kann sehen, wie die Frau an ihren Fingernägeln kaut.

»Woher sollen wir das wissen?«, sagt Berta. »Wir wohnen schließlich in dieser Stadt.«

»Sag ihr, hier gibt's nur teure Hotels«, meint Cornelia, »ist halt 'ne teure Ecke.«

Ich gehe wieder an den Tisch und berichte, was meine Recherchen ergeben haben.

»Scheiße«, meint sie, »na ja, wir finden eine Lösung.«

Das ist wohl anzunehmen.

Am Ende des Gartens, in der hinteren Ecke, hat Monika ein Problem. Ein Pärchen ist so intensiv bei der Sache, dass es langsam sowohl den Gästen als auch uns peinlich wird. Zwischen dem Gefummel hebt der Mann kurz die Hand und schreit: »Zahlen!« Er schiebt seine Hand unter den Rock der Frau, und sie machen den Eindruck, als hätten sie die letzten zehn Jahre im Knast verbracht. Während Monika wieder ins Lokal geht, um die Rechnung herauszulassen, höre ich, wie der Mann zu der Frau sagt: »Übrigens, ich bin der Dieter.«

Basti und ich sehen uns verblüfft an, worauf Basti murmelt: »Ja, leck mich doch am Arsch. Diese Heteros werden auch immer perverser.«

An einem Montag zu später Stunde setzt sich ein Paar in die dunkelste Ecke des Restaurants. Ich gehe hin, um die Getränkebestellung entgegenzunehmen. Der Mann sieht mich an, ich sehe ihn an, dann versuchen wir, das Beste aus dieser unangenehmen Situation zu machen. Ich kenne ihn. Die Frau kenne ich nicht – es ist nämlich nicht seine Ehefrau.

»Äh, du arbeitest hier? Echt? Ja?«

Ich nicke und versuche so zu tun, als sei das hier alles total normal und so. »Ja, ja, genau, ich arbeite hier.«

»Und wie geht's?« Irgendwas muss er ja fragen.

»Klasse. Und dir?«

»Ja, bestens.«

So geht das die nächsten zwei Stunden. Ich würde ihm ja gerne sagen: »Geht mich ja nichts an, was du tust«, kann das aber schlecht vor seiner Begleitung sagen. Womöglich weiß sie gar nicht, dass er verheiratet ist. Er ist kein übler Mensch, und ich kenne den Grund hierfür nicht. Als er draußen ist, bin ich jedenfalls ziemlich erleichtert, und er wahrscheinlich auch.

Es ist traurig mitanzusehen, wenn Paare sich nichts mehr zu sagen haben. Er liest Zeitung, und sie tippt auf dem Handy herum. Manchmal sitzen sie sich schweigend gegenüber wie Fremde; jeder hängt seinen eigenen Gedanken nach. Hin und wieder stelle ich sie mir vor, wie sie früher zueinander standen, und frage mich, welche Gründe und Umstände dazu geführt haben, dass sich zwei Menschen so gut kennen und doch so weit entfernt voneinander sind.

So steht Basti irgendwann neben mir und Merve, als wir gerade so ein frustriertes, sich anschweigendes Ehepaar betrachten. Er sieht in dieselbe Richtung und gibt ein »Hmm« von sich.

»Was ist?«, frage ich.

»Ich stelle mir die beiden gerade im Bett vor.«

»Ach ja?« Das gibt Merve die Gelegenheit, ihm ein bisschen Sarkasmus zurückzugeben, den er manchmal so gerne an uns verteilt. »Ja mei, wenn dich das anturnt...«, ruft sie ihm zu und geht weg.

»Was?«, läuft er hinter ihr her. »Bist du verrückt? Das turnt mich doch nicht an. Ich meinte bloß...«

Sie betritt die Damentoilette, und hinter ihr fällt die Tür zu. Als sie später wieder nach vorne kommt, läuft er auf sie zu und fängt an: »Ich wollte vorhin damit nur sagen, dass die beiden so weit weg voneinander sind, dass da unmöglich noch was laufen kann.«

»Wie ich sehe, scheint dir die Geschichte ein großes Anliegen zu sein. Möchtest du darüber sprechen?«

»Ph«, macht er zickig, »du bist heute irgendwie blöd.«

Aber es gibt auch schöne Geschichten von älteren Paaren. Manche erzählen mir, dass sie seit vierzig oder fünfzig Jahren verheiratet sind. Man sieht die Zufriedenheit an ihren Gesichtern; Gesichter und Augen lügen nicht. Wenn ich an ihrem Tisch vorbeigehe, höre ich, wie sie über einen Scherz von ihm lacht – und er behandelt sie mit Respekt, sieht sie liebevoll an, wenn sie spricht.

Eine der berührendsten Geschichten ereignete sich im Spätsommer im Garten. Ein amerikanisches Paar, beide Mitte fünfzig. Die amerikanischen Paare gehen eher in die elitäre, gutsituierte Richtung. Schließlich kann sich nicht jeder US-Amerikaner eine Europareise leisten. Bei diesem Paar fällt mir jedoch auf, dass es ganz und gar nicht in diese Kategorie fällt. Mittelstand, womöglich auch Arbeiterklasse: Hände, die harte Arbeit gewohnt sind. Das finde ich interessant, und ich möchte unbedingt mehr darüber erfahren. Amerikaner sind aufgeschlossen und plaudern gerne. Nachdem ich des Öfteren bei ihnen am Tisch war und die Teller abgeräumt habe, frage ich sie, woher sie kommen. Sie sind aus Montana. Dann erzählen sie, dass sie eine kleine Farm haben und drei Kinder großgezogen haben. Die Frau arbeitet in Teilzeit als Schreibkraft, und er kümmert sich um die Farm und arbeitet nebenbei als Handwerker.

»Als wir jung waren«, erzählt die Frau, »hatten wir den

gleichen Lebenstraum. Wir träumten beide davon, eine Europareise zu machen. So beschlossen wir, jeden Monat einen kleinen Teil unseres Geldes zur Seite zu legen und das Geld dafür zu sparen. Egal was passiert, wir würden das Geld nicht anrühren. Und jetzt, an unserem dreißigsten Hochzeitstag haben wir uns diesen Traum erfüllt.«

Ich kann nicht anders und fasse mir ans Herz. »Was für eine wunderschöne Geschichte.«

Die Frau lächelt. »Ich glaube, man kann sich *jeden* Traum erfüllen. Man muss nur etwas dafür tun, und manchmal muss man auch etwas dafür opfern.«

Vielleicht ist es eine typisch amerikanische Haltung, dieses Du-kannst-alles-schaffen; aber die beiden haben bewiesen, dass es manchmal funktioniert.

Hansen sagt, ich solle ihm ein Glas Zweigelt einschenken. Nur hin und wieder trinkt er kurz vor Feierabend ein Gläschen Rotwein. Ich befülle das Rotweinglas und schiebe das Glas zu ihm hin. Er sieht es angewidert an, dann sagt er: »Furchtbar! Da mag ich gar nicht davon trinken.«

»Warum?«

»Knallvoll. Wie sieht'n das aus?«

»Entschuldigung.«

Er nimmt das Glas, verzieht wieder den Mund, dann sagt er: »Na ja, Sie haben's gut mit mir gemeint, aber es ist unästhetisch. Das nächste Mal bitte nur zu dreiviertel füllen.«

Ich nicke. »Das mache ich.«

Top Five der Dating-Sätze im Restaurant:

Eigentlich habe ich mit Verabredungen nicht viel Erfahrung...
...sagt der Mann, der jede Woche mit einer anderen Frau da ist.

Wir sind schließlich verheiratet. Okay, nicht miteinander, aber...
Vor lauter Schreck hab ich vergessen, wie der Satz weiterging.

»Bisher hat mich jeder Mann enttäuscht, sind doch sowieso alles Schweine!«
Der Mann ihr gegenüber wirkt plötzlich total unmotiviert.

Willst du mal Kinder?
Der arme Kerl fängt an zu zittern und verbrüht sich mit Kaffee. Ich bringe ihm Eiswürfel und bin kurz davor, ihm aus der Apotheke ein Beruhigungsmittel zu holen.

Ich war zweimal verheiratet, aber aller guten Dinge sind drei, gell?
Sie macht eher den Eindruck, als sei ihre Glückszahl die eins.

Gast: »Sagen Sie mal, ist das Wiener Schnitzel
ohne Knochen?«
Kollege: »Heute schon.«
»Könnte ich eines mit Knochen haben?«
»Ein Wiener Schnitzel mit Knochen?«
»Ja.«
»Wie wäre es dann mit einer Haxe?«, schlägt der Kollege vor.
»Ist da ein Knochen dabei?«
»Was ist denn das für ein Knochen-Modus,
in den Sie verfallen sind?«

Fragen von Gästen, auf die es keine Antwort gibt

Das alte Ehepaar lächelt Cornelia herzlich an, als sie bei ihnen die Getränke aufnehmen will. »Hallo!«, rufen sie. »Das ist aber schön, dass Sie uns wieder bedienen.«

Cornelia sieht verwundert von einem zum anderen. »Äh ... ich weiß jetzt nicht ...«

»Erinnern Sie sich nicht mehr an uns?«, fragt der Mann enttäuscht.

Cornelia schüttelt den Kopf. »Leider nicht.«

»Aber wir haben uns doch so nett unterhalten.«

»Wann war denn das?«

»Vor fünf oder sechs Jahren.«

Ein Gast regt sich furchtbar darüber auf, dass das Essen versalzen ist. »Und das Wiener Schnitzel war zäh wie Schuhsohle«, brüllt er durchs Lokal.

Cornelia geht zu Leni ins Büro und bittet sie, an den Tisch zu gehen, weil sie mit diesem Gast nicht mehr fertig wird.

Leni hört sich den langen Schimpfmonolog an, dann meint sie: »Aber Sie haben den Teller komplett leer gegessen.«

»Und?«

Wenn ein Gast etwas zu reklamieren hat, so soll er das natürlich tun. Es ist schließlich auch Sinn und Zweck der Sache, dass die Küche erfährt, wenn etwas mit dem Essen nicht in Ordnung ist. Nur so kann sie etwas verbessern. So gesehen sind berechtigte Reklamationen sogar willkommen und hilfreich! Niemand muss ein Essen hinunterwürgen, das er als ungenießbar empfindet. Wenn der Teller jedoch saubergeleckt ist und dann erst eine Reklamation erfolgt, ist die Beschwerde unglaubwürdig.

Leni blickt zu dem Gast hinunter. »Warum haben Sie nicht gleich reklamiert? Jetzt kann ich nichts mehr machen.«

»Ich hatte solchen Hunger, da blieb mir ja nichts anderes übrig, als diesen Schweinefraß zu essen.«

»Nun«, meint Leni gefasst, »Schweinefraß ist ja ein ziemlich allgemeiner Begriff. Könnten Sie die Kritik etwas eingrenzen? Was genau war denn nicht in Ordnung?«

Es geht eine ganze Weile hin und her. Sie sieht nicht ein, warum sie ein Essen stornieren soll, das gegessen wurde; und er sieht nicht ein, warum er für ein Essen bezahlen soll, das seines Erachtens ungenießbar war. Schließlich bezahlt er doch.

Als er später aufsteht und Richtung Ausgang geht, steht Leni neben der Tür. Er geht auf sie zu. »Sie können das dem Chef ruhig ausrichten, dass ich es nicht befürworte, wie man hier die Gäste behandelt.«

»Ich sagte es bereits. Nach dem Vernichten des Corpus Delicti ist keine Reklamation mehr möglich.«

Der Mann sieht sie von oben bis unten an, lächelt plötzlich, dann sieht er in ihr Gesicht und fragt: »Sagen Sie, würden Sie mal mit mir essen gehen?«

»Bitte was?«

»Würden Sie mit mir essen gehen?«

Leni hebt erstaunt die Augenbrauen. »Damit Sie sich in dem Lokal genauso aufführen wie hier? Dem möchte ich mich lieber nicht aussetzen. Danke, nein.«

Er windet sich. »Normalerweise bin ich nicht so.«

»Dann ist heute wohl ein besonderer Tag für Sie.«

Angeblich entsteht der Flow, wenn man weder unter- noch überfordert ist. Mitunter ist es schwierig, einen Flow zu finden, was die Fragen der Gäste betrifft. Manche Fragen sind bei uns an der falschen Adresse, manche überfordern uns und bei manchen denkt man: *Hat der bis heute auf einer einsamen Insel gelebt?*

Es gibt auch indiskrete Fragen, wie etwa: »Wie viel Umsatz macht'n der Laden so am Tag?«

So mancher Fragende wird sich der Indiskretion seiner Frage bewusst, wenn er sie schon ausgesprochen hat, und versucht es dann zu relativieren. Aber es gibt auch Leute, die keinerlei Schamgrenze besitzen. Als ein Gast mich fragt, wie viel Pacht mein Chef zahlt, und ich darauf antworte: »Das weiß ich nicht, und es interessiert mich auch nicht«, meint er, dann soll ich ihn halt mal fragen, und wenn der Gast dann das nächste Mal kommt, könnte ich es ihm dann berichten. Eh klar. Oder ich schlage dem

Chef gleich vor, den Betrag in die Speisekarten drucken zu lassen.

Wie weltfremd muss man eigentlich sein?

Leni und ich sitzen uns an Tisch vierzehn gegenüber. Es ist drei Uhr am Nachmittag und kein Mensch im Lokal. Wir essen eine Suppe und unterhalten uns über die Arbeit. Mittlerweile mag ich sie sehr. Sie hat diesen pointierten Humor mit einem Hauch Ironie, den ich ganz gerne mag. Leni hat Medizin studiert und irgendwann abgebrochen. Sie ist sehr intelligent, kapiert komplizierte Zusammenhänge in Sekundenschnelle, und so manchen Gast, der sie nur für so eine Wirtshauschefin gehalten hat, hat sie zum Staunen gebracht, weil sie ihm verbal absolut gewachsen war. Bei Leni sind alle in der Familie Akademiker. An dem immerwährenden Druck in ihrem Elternhaus wie Geigenunterricht, Fechten und Fremdsprachenkurse ist sie beinahe zerbrochen. Nur beinahe, denn irgendwann hat sie angefangen zu rebellieren und ist aus dieser festgefahrenen Struktur ausgebrochen. Die erste Anlaufstelle war die Gastronomie – und ist es auch geblieben. Sie hat erzählt, dass sie früher ihren Job mit der Bezeichnung Restaurantfachfrau aufgemöbelt hat, weil manche auf das Wort Bedienung reagieren, als würde man sagen, man würde auf'm Hauptbahnhof die Klos schrubben. Bei den Verwandten gibt es mitleidige Blicke, von neuen Bekannten Naserümpfen oder Fragen danach, warum »man sich so etwas antut«.

»Ich hab am Wochenende jemanden kennengelernt«, fängt sie an.

»Ach ja? Hat's gefunkt?«, frage ich, während ich meine Suppe löffle.

»Nicht wirklich, nein.«
»Warum?«
»Er wollte wissen, was ich beruflich mache.«
»Und?«
Leni zuckt die Schultern. »Ich hab gesagt, ich bin Bedienung. Daraufhin fragt er: ›Und hauptberuflich?‹ Also bitte!«
»Und was hast du dann gesagt?«, will ich wissen.
»Ja, hauptberuflich bin ich Dozentin für Kernphysik an der LMU, du Depp!«

Nicole steht an Tisch vier. Der Gast will wissen: »Was ist denn in der Brotsuppe drin?«
Nicole erklärt.
»Und in der Kartoffelsuppe?«
Nicole erklärt.
»Und in der Leberknödelsuppe?«
Nicole erklärt.
»Na gut. Dann nehme ich die Suppe.«
In solchen Situationen mit einem Witz anzukommen und mit Humor zu reagieren, ist eine heikle Angelegenheit. Normalerweise hat man eine gewisse Menschenkenntnis, kann einschätzen, wie der Gast darauf reagieren könnte, aber ich bin mit Scherzen eher vorsichtig. Der Gast könnte sich vor den Kopf gestoßen fühlen oder verhöhnt. So erschrecke ich einmal ein älteres Pärchen, ohne dass ich es will. Sie kommen spätabends noch auf ein Bierchen. Da ich gerade die Kaffeemaschine putze, geht Merve hin und nimmt die Bestellung entgegen. Sie richtet mir aus: »Zwei Weißbier und zwei Brezen.« Da es eine halbe Stunde vor der Schließung ist, habe ich sozusagen zufällig noch zwei Brezen. Nach ein paar Minuten gehe

ich zum Tisch, grüße und stelle die Weißbiere und den Brezenkorb vor die beiden. »Und die werden fei gegessen, die haben wir jetzt wegen Ihnen noch gebacken«, meine ich scherzhaft.

Der Mann blickt etwas ängstlich zu mir auf und sagt: »Ja. Gut.«

»Äh…« Ich lache leise auf. »Das war natürlich nur ein Scherz.«

Er nickt und zwingt sich zu einem Lächeln.

»Wirklich. Nur ein Scherz…«

Ein anderes Mal stehe ich ziemlich lange mit dem Kartengerät in der Hand am Tisch und warte. Das Gerät will den Beleg partout nicht ausspucken. Ich zucke die Schultern und sage scherzhaft zum Gast: »Hmm, kann sich nur um Stunden handeln.«

Dieser blickt fassungslos zu mir auf und ruft: »STUNDEN?«

Manchmal sind die banalsten Witze doch recht amüsant:

»Wo ist denn hier die Toilette? Ach hier, ich sehe es schon. D für Deutsche und H für Holländer.«

Oder auch: »Kann ich mit Karte zahlen, ja? Gut, dann zahle ich mit Pik Ass.«

Nicole hat nicht unbedingt ein Gespür für Ironie. Als ich sie bitte, mir die spanischen Speisekarten zu geben, weil sie mir den Zugang versperrt, dreht sie sich um, gibt mir die Karten, und ich sage aus Spaß: »Märcä, wie mia Spanier sog'n.«

Nicole klärt mich auf: »Nein, Sophie. Die Spanier sagen Gracias, und die Franzosen sagen Merci.«

»Geh, erzähl kein' Schmarrn.«
Sie nickt ernst. »Doch, wirklich.«

Einige der Bedienungen sind wahre Unikate, und ihre Schlagfertigkeit hat uns und die Gäste schon Tränen lachen lassen. Aber es kommt nicht bei jedem gut an. Dabei meint es eine Bedienung gar nicht böse (natürlich gibt es auch unverschämtes Personal!), aber es ist schon grenzwertig, wenn jemand den vierten Gang bestellt, die Kollegin den Kaiserschmarrn hinstellt und sagt: »Hom S' drei Tog nimmer g'essen?«

Und noch grenzwertiger ist es, wenn ein total gepiercted Pärchen am Tisch sitzt, die Kollegin ankommt und fragt: »Seids ihr am Körper auch gepierct?«

»Ja«, sagt die junge Frau.

»Untenrum auch?«

»Untenrum?«

»Ihr wisst schon...«

Die beiden sehen sich an, dann nicken sie, etwas verunsichert, Richtung Kollegin.

»Boah«, sagt diese, »bei euch im Schlafzimmer hört sich's bestimmt an wie in einer Schlosserei.«

Ein Kollege erzählte mir einmal über einen seiner Kollegen, er habe auf die Frage »Wo ist die Toilette?« zum Fenster hinausgezeigt und geantwortet: »Sie gehen jetzt hier über die Straße, dann durch das Geschäft, wieder auf die Straße, dann kommen Sie in ein Lokal, gehen die Treppen nach oben, dann links, geradeaus und dann rechts.«

Mutig, mutig... Wenn er mal an einen Choleriker gerät, der ungern verarscht wird, dann gnade ihm Gott.

An den Tischen klopfen sich die Gäste auf die Schenkel, wenn der benachbarte Ladenbesitzer den Tiefgaragenschlüssel holt, um unten sein Auto zu parken, und Monika sagt: »Ach, du mit deinem Panda. Den kannst doch untern Arm nehmen und runtertragen.«

Oder wenn Berta zu Merve sagt: »Des nennst du Waden? Was du Waden hast, hab ich Unterarme.«

Es hat eine ganze Weile gedauert, bis ich gelernt habe, mit dieser Art der Kommunikation und des Scherzens klarzukommen. Der Job ist hart, besonders für Vollzeitkräfte, deshalb sucht man ein Ventil, und weil der Stresspegel konstant hoch angesiedelt ist, muss man das mit Humor ausgleichen. Die raue Art während der Hauptgeschäftszeit ist keine böse Absicht, sondern reines Funktionieren. Ich habe gelernt, das nicht persönlich zu nehmen, denn die andere Seite dieser rauen Art ist auch: bedingungsloser Zusammenhalt, wie in kaum einem anderen Job. Jeder trägt für den anderen das Essen weg, egal zu welchem Service es gehört. Der Tisch wird abgeräumt und die Getränke weggebracht, egal zu wem es gehört. Der sensible Kollege wird getröstet, wenn ein Gast sich über seine Ungeschicklichkeit lustig macht, und für die Kollegin, deren Gäste abgehauen sind, wird gesammelt, damit sie an diesem Tag nicht umsonst arbeitet.

Und irgendwann sitze ich auf dem Weg zur Arbeit in der Straßenbahn und merke, dass ich mich auf die Arbeit freue.

Das ambivalente Gefühl, das ich manchmal habe, indem ich einerseits hoffe, dass Bekannte mich dort nicht antreffen, und andererseits der Wunsch, ganz und gar hinter dem zu stehen, was ich tue, geht immer mehr in Richtung *Ganz und gar dahinterstehen*. Der Gedanke *Hof-*

fentlich kommt niemand, der mich kennt wird immer schwächer und seltener.

Ein Mann in mittleren Jahren, gut gekleidet und mit einer penetranten Duftwolke, kommt herein und fragt Berta: »Kann man hier draußen parken?«

»Des woaß i doch ned.«

Der Mann sieht sie verständnislos an. »Aber Sie arbeiten doch hier!?«

»Und?«

»Da werden Sie doch wohl wissen, ob ich hier parken kann?«

»Logisch. Und wenn S' 'n U-Bahn-Fahrplan brauchen oder so was, mia wissen des ois.«

Es ist ein Phänomen, dass Gäste immer glauben, man wisse *alles*.

»Von welchem Tier ist dieses Geweih an der Wand?«

Seh' ich aus wie ein Jäger?

»Warum heißt es in Bayern Knödel und woanders Kloß?«

Warum ist das überhaupt wichtig zu wissen?

»Woher kommt das Wort Brokkoli?«

Natürlich kann man nicht ohne kleines Latinum Bedienung werden.

»Warum heißt es eigentlich TRINKgeld?«

Weil die Kellner in früheren Zeiten alles versoffen haben. Er glaubt mir nicht. Stimmt aber.

Es gibt die unverschämten Fragen, wie etwa:

»Wenn Sie keinen Zigarettenautomaten haben, dann können Sie in den Supermarkt um die Ecke gehen und mir ein Päckchen holen?« Am besten, man holt unterwegs noch seine Hemden von der Reinigung und erledigt seine Überweisungen. Cornelia antwortet, wie es hier wohl am ehesten angebracht ist: »Gehen Sie doch selbst in den Supermarkt. Das ist nun wirklich nicht mein Job!«

»Soso!«, meint der Gast schnippisch. »Ist ja mal wieder typisch. Dafür sind Sie wohl nicht zuständig?« Die letzten beiden Worte setzt er mit den Fingern in wörtliche Rede. »Das ist wohl unter Ihrer Würde.«

»Das ist korrekt«, meint Cornelia.

»Können Sie mir zum Schweinsbraten extra viel Kruste bringen?«

Erfahrungsgemäß bringt es nicht viel, den Gästen zu erklären, dass ein Schwein eine begrenzte Kapazität an Haut hat, und würde man einem Gast viel Kruste geben, bliebe für den anderen nicht mehr viel übrig – außer man wirft das übrige Fleisch weg, weil beim Rest das Verhältnis zur Kruste nicht mehr stimmig ist. Anfangs habe ich versucht, den Leuten das zu erklären, und dachte, so etwas müsse jeder einsehen. Dem ist leider nicht so. Also sagt man einfach »Ja« und bringt eine normale Portion Schweinebraten mit normaler Portion dazugehöriger Kruste. Den meisten fällt es nicht auf. Den anderen sage ich: »Wir haben nicht mehr so viel Kruste. Es muss für die anderen Gäste eben auch reichen.«

Das gleiche Problem besteht bei der Schlachtschüssel: Sauerkraut, Püree, Blut- und Leberwurst. Viele der Gäste möchten keine Blutwurst, stattdessen lieber zwei Leberwürste.

»Wo ist denn das Problem...« Ja, die gute alte Wo-ist-das-Problem-Frage. Manche fragen, wollen es aber gar nicht wissen. Das Problem ist, dass man dann Unmengen Blutwürste wegwerfen muss.

Glauben Sie mir, Sie möchten gar nicht wissen, wie viel an Essen in einem einzigen Restaurant täglich weggeworfen wird. Nicht, weil damit etwas nicht in Ordnung wäre, sondern einfach aus Dekadenz. Wasser sparen beim Zähneputzen, Mülltrennung und umweltfreundliche Taschen fürs Einkaufen sind eine wunderbare Sache; nur beim Essen gibt es immer wieder das Wo-ist-das-Problem-Phänomen.

»Was ist denn ein kleines Weißbier?«, fragt mich die betagte Dame und sieht mich über den Rand ihrer Brille hinweg an.

Nun weiß ich wirklich nicht so genau, was ich darauf sagen kann, weshalb ich die Antwort auf die Frage in einfachster Art formuliere: »Ein Weißbier, aber ein kleines.« Nachdem ich es ausgesprochen habe, hoffe ich, dass sie sich nicht veralbert vorkommt, denn das war gar nicht meine Absicht. Aber sie meint drauf nur: »Ach so.«

Ein Gast fragt Cornelia, was bei der Kalbsbrust dabei ist, und sie antwortet: »Wirsing.«

Darauf meint der eingefleischte Ur-Bayer: »Wirsing? Des hoaßt Wirsching. Wo keman Sie überhaupt her?«

»Geht Sie das was an?«

»A des mecht i jetz scho wiss'n.«

»Wenn's denn so dringlich ist: aus Freising.«

»Sogt ma do Wirsing?«

»Wollen Sie jetzt das Gemüse oder reden wir noch weiter über meine Biografie?«

»I mecht liaba den Semmegnedl dazua«, sagt der Begleiter des Wirsingkritikers.

Der Wirsingkritiker sieht sein Gegenüber kopfschüttelnd an. »Die versteht di ned, mit dera muasst Hochdeitsch red'n.«

Der Begleiter sieht Cornelia an, dann redet er laut und deutlich in Zeitlupe: »An Semmelgnedl mecht ich zur Kalbsbrust dazua.«

»Ist hier alles reserviert oder was?« Meistens schlägt uns der Satz mit einem aggressiven Unterton entgegen. Darüber können sich Leute total aufregen. Die Frage, warum *sie* denn nicht reserviert haben, begreifen manche als Affront.

Nun gut, nicht jeder bekommt eine Reservierung. Das ist vielleicht für viele nicht nachvollziehbar, und es empfindet so mancher als ungerecht, bedarf aber einer Erklärung: Stammtische der Art Kindergarten-Elternstammtisch, Verein der Wasseraerobic-Senioren, Klassentreffen ... ist schwierig, weil da zwanzig Leute sitzen und jeder ein, maximal zwei Getränke konsumiert, fünfzehn Leute essen gar nichts, zwei essen eine Suppe und drei bestellen einen Apfelstrudel.

Auch bei unseren regelmäßigen Schriftstellertreffen wurden wir irgendwann gebeten, nicht mehr zu kommen. Uns wurde ein Nebenraum zur Verfügung gestellt, und die Hälfte der Leute bestellte eine kleine Apfelschorle als einziges Getränk und ohne Essen.

Manche bekommen auch keine Reservierung, weil sie auf einer Art schwarzen Liste stehen. Da waren etwa die Leute, die regelmäßig für fünfzehn Personen reserviert hatten, und es kamen jedes Mal maximal acht. Sie aßen zu viert ein Brotzeitbrett. Regelmäßig also ein herber Verlust für die Bedienungen, da die Plätze leer blieben, weil »die bestimmt noch kommen«, aber nie eingetroffen sind. So mancher Gast ist auch dahingehend kreativ, dass er Taschen, Schirme, Tüten und anderes Zeug auf Bank und Stühlen verteilt, damit man niemanden dazusetzt. Beliebt auch die Aussage: »Wir möchten alleine bleiben, denn wir haben etwas Wichtiges zu besprechen.« Solchen Gästen würde ich gerne mal die Frage stellen, wie sie es fänden, wenn sie hungrig und durstig in einem Restaurant freie Plätze entdecken, sie aber keinen Platz bekommen, weil die Leute »etwas Wichtiges zu besprechen haben«. Wen sollen diese Besprechungen überhaupt interessieren? Geht es da etwa immer um weltbewegende Patente, oder wie?

Auch sehr beliebt bei Personal und Reservierungsgästen: »Wir stehen schon auf, wenn die Reservierung kommt.« Das ist zu spät. Es sollten mindestens zehn Minuten Abstand sein, da der Tisch aufgeräumt und gegebenenfalls neu eingedeckt werden muss. Wenn man erst aufsteht, wenn die Reservierung kommt, bedeutet das: Die Gäste, die reserviert haben, müssen erst mal blöde rumstehen und dem Personal dabei zusehen, wie es den Tisch säubert.

Es gibt aber auch Leute, die am Tisch Platz nehmen – und das Reservierungsschild einfach zur Seite tun. Wahrscheinlich denken sie, das gehöre zur Deko wie Blumen oder Kerzen. Diese Gäste gehören zur selben Gattung wie jene, die konsequent auf den einzigen unaufgeräumten und schmutzigen Tisch zusteuern. »Vielleicht sollten wir die Tische attraktiver gestalten«, schlägt Leni vor, »indem wir sie nach dem letzten Gast einfach nicht abräumen.«

»Ja und jetzt?«, regt sich an einem Samstagabend eine Frau auf, die neben vier anderen Leuten am Eingang steht.

Leni bleibt gefasst und wiederholt höflich: »Ich kann Ihnen nur noch mal sagen, dass wir keinen Tisch frei haben.«

»Wie... Sie haben keinen Tisch frei? Aber wir haben Besuch aus Malaysia!«

Wie soll man nun reagieren? Erwartet die Frau, dass man sagt: »Ach so? Warum sagen Sie das denn nicht gleich? Für diese Art Notfall haben wir hinten in der Ecke extra einen Malaysia-Tisch.«

Manche Leute übertragen ihre eigenen Probleme gerne auf andere. Warum hat sie nicht ein paar Stunden vorher angerufen und reserviert?

»Sie werden doch wohl noch zwei Leute irgendwie unterbringen?« oder »Und da hinten, da ist doch noch Platz?« Manchmal verfolgen einen die Leute mit diesem Fragen-Bombardement, laufen neben oder hinter der Bedienung her.

»Leider. Wir sind voll bis auf den letzten Platz.« Manche scheinen das grundsätzlich nicht zu glauben.

»Nicht mal für zwei Personen?«

»Nicht mal das, nein.«

»Aber da hinten ist doch was frei.«

»Die Reservierung kommt in einer halben Stunde.«

»Bis dahin sind wir weg. Das schaffen wir.«

»Das schaffen Sie *nicht*.«

»Doch.«

»Nein.«

»Und Sie haben echt nichts frei für zwei Personen?«

So etwas kann ungeheuer nerven, besonders wenn man viel zu tun hat und die Leute einfach nicht gehen wollen, weil sie ein Nein nicht akzeptieren.

Übrigens, was Leute sich manchmal einfallen lassen, um einen Platz zu bekommen, ist erstaunlich. Da steht etwa der junge Mann vor mir, der ernsthaft sagt: »Sie haben keinen Platz? Aber meine Freundin ist extra aus Mexiko eingeflogen, um bei Ihnen Weißwurst zu essen!«

Ich muss ein wenig lachen, weil ich so viel Mut zur Übertreibung irgendwie witzig finde. »Ihre Freundin ist extra aus Mexiko angereist, um ins *Bräufassl* zu gehen und Weißwurst zu essen?« Wenn ich ihn mit seiner absurden Behauptung konfrontiere, wird er wohl einsichtig und merkt, dass ihm so etwas kein Mensch glauben kann.

Er steht mir gegenüber, verzieht keine Miene und meint total ernst: »Ja, genauso ist es.«

Und ich hatte auch schon eine ältere Dame, die behauptete, ihre Schwester sei extra deshalb aus Argentinien angereist, um unseren berühmten Kaiserschmarrn zu probieren. »Und jetzt haben Sie keinen Platz!«, wirft sie mir vor.

Nicole geht von Tisch zu Tisch und zündet die Kerzen an. Ein älterer Herr sagt, als sie an seinen Tisch kommt: »Nun geht mir ein Licht auf. Hahaha!«

Nicole nickt und lächelt ein klein wenig.

Der Mann wird ernst und funkelt sie an. »Warum lachen Sie nicht?«

»Wie bitte?«

»Das war doch lustig!«

»Eigentlich nicht. Diesen sogenannten Witz höre ich tagtäglich, sogar mehrmals.«

»Ach?«

»Ja.«

»Also ich find's lustig.«

»Ich nicht.«

»Das sagten Sie bereits.«

Eine Französin kommt zur Tür herein und fragt den Schankkellner Harry, weil er am nächsten steht: »Parlez-vous français?«

In diesem Moment kommt Merve um die Ecke und Harry fragt sie: »Kannst du Französisch?«

Merve nickt. »Voulez-vous coucher avec moi ce soir?«

»Sehr witzig«, meint Harry, dann zur Französin: »No parlez no Französisch, heid is koana do, der Französisch kon.«

Die Französin ist mit Harry total überfordert und meint auf Englisch, ob wir noch einen anderen Garten haben, in dem nicht geraucht wird. Sie fände das nämlich richtig furchtbar, dass wir den Gästen erlauben zu rauchen. Eigentlich kann ich ein paar Brocken Französisch, aber ich will mich gerade nicht einklinken, da die Frau eine ungeheure Kälte ausstrahlt, was bei Franzosen übrigens ungewöhnlich ist, da sie meistens sehr einnehmende Persönlichkeiten sind.

Harry erklärt, dass man im Freien rauchen darf (in Frankreich übrigens auch!). Wir hätten aber noch einen anderen Garten, hinten, und um die Zeit sitzt da noch niemand, weil die Reservierungen frühestens in zwei Stunden kommen. Also geht sie nach hinten. Ich warte ein paar Minuten, bis sie sich in Ruhe gesetzt hat. Als ich nach hinten gehe, steht sie aber immer noch am Eingang des Gartens und betrachtet diesen ausgiebig.

»Sie können sich hinsetzen, wo Sie möchten, bis achtzehn Uhr ist alles frei.«

»Ich überlege noch«, sagt sie und betrachtet weiter den Garten.

»Und was?«

»Ich überlege, wo das Risiko am geringsten ist, dass ich mit Rauch in Berührung komme, wenn sich noch jemand anderes in den Garten setzt.«

»Oh.«

Wäre die Welt nicht wundervoll, wenn wir alle solche Probleme hätten?

»Könnten Sie vielleicht eine Trennwand organisieren?«, fragt sie mich, als sei das etwas völlig Normales.

»Entschuldigung?«

»Eine Trennwand. Dann könnte ich mich da drüben in die Ecke setzen, und sie könnten eine Trennwand neben den Tisch aufbauen.«

Es gibt Situationen, da muss man etwas anderes sagen, als das, was man am liebsten sagen würde. Am liebsten würde ich sagen: »Verlassen Sie das Lokal. Sie gehen mir auf den Geist.« Stattdessen: »Wir haben keine Trennwand.«

Sie steht weiterhin da und sieht sich um. Ich lasse sie stehen, und als ich nach weiteren zehn Minuten wiederkomme, hat sie sich in eine Ecke gesetzt und bestellt ein kleines Mineralwasser.

So viel Text wegen einem Umsatz von zwei Euro fünfzig? Und wenn wir eine Trennwand hätten, dann hätten wir die auch noch aus dem Keller angeschleppt!

Manche Menschen nehmen sich einfach zu wichtig!

So wie die Gäste, die einen Wunsch nicht erfüllt bekommen und beleidigt sagen: »Ist der Chef da? Ich kenne ihn!«

Wenn der Chef da ist oder später kommt, bekommt man als Reaktion: »Den kenn' ich überhaupt nicht.«
»Aber er behauptet, dass er Sie kennt.«
»Nie gesehen.«
Gerne wird auch behauptet, man sei schließlich Stammgast – und niemand kennt selbigen. Wenn man ein- oder zweimal im Jahr in ein bestimmtes Lokal geht, macht einen das noch nicht zum Stammgast. Leni meint dazu, ein Stammgast ist jemand, der regelmäßig kommt, und nicht in der Regel mäßig.

Beim Thema Rauchen mag die Dame oben so manchem überzogen erscheinen, aber es passiert in regelmäßigen Abständen, dass Nichtraucher kurz vorm Amoklauf sind, wenn sie Zigarettenqualm nur sehen. In Biergärten ist es erlaubt zu rauchen. An jedem Tisch steht ein Aschenbecher. Jeder Raucher, der auch nur einen Funken Sozialkompetenz hat, wird aufs Rauchen verzichten, wenn in unmittelbarer Nähe jemand isst. Aber was will man von einem Pärchen halten, das sich ausgerechnet einen Tisch neben Rauchern aussucht (die alle qualmen, während das Pärchen ankommt) und diese dann angefahren werden, ob sie denn nicht mit dieser Qualmerei aufhören könnten. Warum haben sie sich nicht einen anderen Tisch ausgesucht? Wissen sie überhaupt, dass Rauchen hier erlaubt ist? »Wenn es Ihnen nicht passt«, sagt eine der Raucherinnen, »dann setzen Sie sich doch woanders hin.«

»Ich?«, tippt sich die junge Frau an die Brust. »*Ich* soll mich woanders hinsetzen?«

Die Raucherin reißt ungläubig die Augen auf. »Ja, wer denn sonst?«

Das sieht die Nichtraucherin (die sich mitten in der

Großstadt befindet) ganz anders. »Man kann nur hoffen, dass so jemand wie Sie keine Kinder hat.«

Wow. Man kann nur hoffen, dass sie nicht gerade das Wort an jemand gerichtet hat, der ein Kind verloren, eine Totgeburt erlebt hat oder seit Jahren versucht, ein Kind zu bekommen.

Aber sie hat mehr Glück als Verstand. Die Raucher schütteln nur die Köpfe, dann beschließen sie, die beiden einfach zu ignorieren.

Wenn Passanten auf der Suche nach einer Toilette sind, verhalten sie sich doch recht unterschiedlich. Manche gehen schnurstracks durchs Lokal, ohne einen Ton von sich zu geben. Sie halten es nicht für nötig, höflich zu fragen. Andere wiederum wollen uns fünfzig Cent oder einen Euro geben. Ich habe diese Art »Trinkgeld« nie angenommen, weil ich dafür keine Leistung erbracht habe und ich nicht das Gefühl habe, dass mir das zusteht. Manche bestellen ein kleines Getränk und sagen, sie sind gleich wieder da. So habe ich des Öfteren zu Gästen gesagt: »Wenn Sie das Getränk nur bestellen, damit Sie auf Toilette gehen können, so müssen Sie das nicht.« Wahrscheinlich würde mich jeder Wirt wegen dieses Satzes einen Kopf kürzer machen, zumal er gesetzlich auch nicht dazu verpflichtet ist, Nicht-Gästen die Benutzung der Toilette zu gestatten, oder er könnte Geld dafür verlangen. Aber mal ganz ehrlich: Zählt das Menschliche nicht mehr als der Gewinn? Und ist es nicht wahrscheinlich, dass dieser Gast sich irgendwann daran erinnert und vielleicht das nächste Mal zum Essen kommt? Niemand macht Verlust, weil er jemandem erlaubt, die Toilette zu benutzen.

Als ich einmal eine Aktentasche unter einem der Tische

bemerke, lege ich sie in unsere Tischdecken-Kommode. Keine zehn Minuten später kommt ein Mann hechelnd herein und fragt: »Haben Sie eine braune Aktentasche gefunden?«

»Ja«, sage ich und drehe mich um, um ihm seine Tasche zu geben.

»Gott sei Dank, Gott sei Dank!« Er fasst sich mit der Hand an die Brust, dann nimmt er die Tasche an sich. »Da stecken fünf Jahre Arbeit drin. Gott sei Dank, Gott sei Dank.«

Ich nicke ihm aufmunternd zu. »Jetzt können Sie sich ja beruhigen. Es ist alles gut.«

»Vielen, vielen Dank!«

»Gern geschehen.«

Er holt seine Geldbörse raus und will mir zwanzig Euro geben.

»Ich bitte Sie! Ich hab doch nur die Tasche in die Kommode gelegt.«

»Sie wissen gar nicht, wie wichtig das für mich ist.«

»Doch, das kann ich sehen. Aber ich hab doch nur…«

Er reicht mir das Geld. »Jetzt nehmen Sie schon!«

»Nein.«

»Ich will das aber.«

»Ich aber nicht.«

»Mein Gott, sind Sie ein Sturkopf!«

»Na, Sie aber auch.«

Er lächelt bedauernd. Zögernd steckt er das Geld wieder in sein Portemonnaie. »Na ja, dann, danke noch mal.«

»Hab ich gern gemacht.«

Bevor er rausgeht, nickt er mir noch mal herzlich zu.

Was die Wertschätzung eines ehrlichen Finders angeht, ticken nicht alle so wie der Aktentaschen-Mann. Als der Schankkellner eine Geldbörse auf der Herrentoilette findet und sie zwei Stunden später dem Besitzer übergibt, bekommt er nur ein lauwarmes Danke.

Als eine Kollegin einen Ring auf dem Waschbecken in der Damentoilette findet, wird sie auf einen Schnaps eingeladen. Die Dame hat zuvor geäußert, dass der Ring zehntausend Euro wert ist und ein Geschenk ihres Mannes zum zehnten Hochzeitstag.

Die Kollegin meint darauf: »Es ist elf Uhr vormittags und ich bin in der Arbeit. Außerdem trinke ich keinen Schnaps.«

Die Dame nickt einsichtig. »Verstehe. Danke und schönen Tag noch.«

Als sie zur Tür raus ist, meint Monika, die ein wenig Mitleid mit der Finderin hat: »Ich wünsch ihr ja nichts Schlechtes, aber ich hoffe, die verliert das Glump wieder, diese Kapitalisten-Schnepfe.«

Fragen darf man so ziemlich alles, was sich auf die Gastronomie bezieht. Aber auch Fragen nach einem Parkhaus, einem Geschäft oder Museum gehen völlig in Ordnung. Wofür ich allerdings kein Verständnis habe, sind Leute, die hereinkommen und nach einem anderen Lokal fragen. Die Tür geht auf, und da steht jemand, der will wissen: »Wo is'n hier das *Hofbräuhaus*?«

Natürlich kann man schlecht sagen, man habe keine Ahnung. Aber es zeugt nicht wirklich von gutem Benehmen und wirkt respektlos, nach der Konkurrenz zu fragen.

»Was können Sie empfehlen?« In der gehobenen Gastronomie mancher Länder ist das durchaus üblich. Hierzulande ist es in einem bayerischen Wirtshaus eher unüblich, das zu fragen, nicht schlimm, aber unüblich.

Die Bedienung kennt den Geschmack des Gastes nicht. Isst er Fleisch, ja oder nein? Wenn ja, welches? Mag er lieber gebratene, gebackene oder gekochte Gerichte? Isst er lieber pikant oder nicht?

Wenn Sie als Gast dennoch die Meinung des Personals wissen möchten, machen Sie es wie die Amerikaner. Fragen Sie: »Was würden Sie bestellen?« So hat die Bedienung kein schlechtes Gewissen, weil Sie Ihnen vielleicht etwas empfohlen hat, was Ihnen nicht schmeckt.

Und nun möchte ich die unbeliebteste aller Fragen offenbaren: »Können wir bestellen?« Verständlich zwar, wenn die Leute seit geraumer Zeit darauf warten, dass endlich jemand kommt und die Bestellung aufnimmt. Schließlich sind sie hier, weil sie Hunger haben, und trinken möchten sie auch gerne etwas. Allerdings ist es bei einer Vollbelegung so, dass man Prioritäten setzen muss. Die Gäste, die vorher schon da waren, werden eben zuerst bedient. Das Essen für zehn Leute bedarf mehrerer Gänge der Bedienung und kann nicht einfach deshalb unterbrochen werden, weil an einem neuen Tisch bestellt werden möchte. Man muss der Reihe nach gehen, und das bedeutet, bedauerlicherweise, dass man manchmal warten muss. Ja, ich weiß, es passiert auch, dass man Gäste übersieht, vergisst oder eine Bedienung ein Anfänger ist und den Dreh noch nicht so ganz raus hat. Aber es passiert viel zu oft, dass Gäste sich kaum gesetzt haben und schon »Können wir bestellen?« rufen.

Eine Dame sitzt, zugegebenermaßen ziemlich lange, vor dem leeren Tisch und wartet, dass jemand kommt. Das Personal läuft ständig an ihr vorbei, und sie hebt jedes Mal den Finger, um sich bemerkbar zu machen. Aber bevor sie etwas sagen kann, ist die Bedienung auch schon wieder weg. Irgendwann ruft sie der Kollegin zu: »Was muss eine Frau tun, um hier nicht zu verhungern?«

Top Five der absurden Fragen:

»Soll ich mich in den Garten setzen? Regnet's heute noch?«

Ja, in exakt sechsundvierzig Minuten.

Haben Sie auch Getränke?

Quatsch! Warum heißt es wohl Speiserestaurant? Getränke bringt bitte jeder selbst mit.

Wie viel Emmentaler ist in dem Emmentaler?

Keine Ahnung. Hundert Prozent?

Ist der Kartoffelsalat aus'm Eimer?«

'türlich. Bei uns ist alles aus'm Eimer. Selbst wenn, wird keine Bedienung dieser Welt diese Frage bejahen, außer Sie sind mit ihr verwandt oder befreundet.

Ist die Cola synthetisch?

Nö. Cola wird grundsätzlich aus der Colafrucht frisch gepresst.

*Zwei Italiener sitzen in meiner Station.
Als ich an ihren Tisch komme, fängt der eine an,
in schnellem Italienisch auf mich einzureden.
Ich schüttle den Kopf. »Do you speak English?«, frage ich.
Er nickt und sagt: »Due birre, please.«*

»She is in se Soß« – broken English

Leni erzählt, was sich gestern zwischen Basti und einem Gast abgespielt hat. Ich hatte meinen freien Tag und bin somit nicht im Bilde. »Der Gast«, fängt Leni an, »will wissen: ›Ham Sie 'n Kalbskopf?‹, worauf Basti sagt: ›Sie geh, ich bin zwar nicht George Clooney, aber übertreiben brauchen S' auch nicht.‹«

Als wir gerade darüber lachen, sehen wir, wie ein zierlicher junger Mann sich in Bertas Station setzt. Er sieht sich zufrieden um, lächelt vor sich hin, und ich kann regelrecht seine Gedanken lesen: *Hui, da bin ich also, hier in München, in einem original bayerischen Wirtshaus.*

Berta kommt angewackelt und fragt den aufgeregten Burschen: »Wos mogst'n tringa?« Da er etwa vierzig Jahre jünger ist als sie, beschließt sie wohl, ihn zu duzen.

Er hebt den Zeigefinger und sagt lächelnd: »Ein kleines Bier, bitte.«

Berta hebt geringschätzig die Augenbrauen. »A gloans Bier?«, wiederholt sie mit schriller Stimme.

Sein Lächeln gefriert etwas, und er wirkt plötzlich etwas ängstlich, als er anfängt, eifrig zu nicken.

»So«, meint Berta und lässt die Hand auf seine Schulter fallen, als wären die beiden alte Kriegskameraden. Er sackt ein wenig zusammen. »Jetzt bleibst amoi sitzen, wart'st bis an Durscht host und dann b'stells't a groß'.«

Diese Frau ist der Knaller, denke ich. Leicht angeheitert hat Berta letzte Woche das Gleichgewicht verloren und ist dem Chef auf den Schoß gefallen. »Hoppala«, hat sie gesagt. Aber sie hat auch schon einem Gast versehentlich Bierschaum über den Kopf geschüttet und einfach nur »Oha« gesagt.

»Ja mei, die Norddeitschen hoid«, kommt es des Öfteren von ihr. Wenn ich sage: »Ich glaube, das ist ein Rheinländer« oder »das sind aber Hessen«, bekomme ich zur Antwort: »Ist des nerdlich vo uns oder ned?«

Als an einem Samstag, an dem das *Bräufassl* gut besucht ist, zwei Lateinamerikaner sich auf Englisch an Berta wenden, wo sie sich hinsetzen könnten, antwortet diese: »On sis big table oder do an der Seit'n dazuasetzen.«

Unsicheres Nicken seitens der Gäste. Aber sie haben die Quintessenz ihrer einladenden Handbewegung wohl begriffen und setzen sich an den großen Tisch.

Deutsche Geschäftsleute mit ausländischen Geschäftspartnern können manchmal unfreiwillig komisch sein. Da sagt der ausländische Gast zum Beispiel in meine Richtung: »A regular light beer«, worauf sich der Deutsche gleich genötigt fühlt, mir mitzuteilen: »Er möchte ein normales Helles.« Oder der Gast sagt: »Water without gas« und der Deutsche in meine Richtung: »Wasser ohne Gas.« Nein, nicht ohne Kohlensäure oder stilles Wasser.

Sehr sympathisch ist der Münchner mit englischen Geschäftspartnern, der auf die Frage seines Gegenübers, was Sülze sei, mich ansieht und fragt: »Scheiße, was heißt'n Sülze auf Englisch?«

Ein paar Wochen hatten wir eine Kollegin, die nicht nur kein Wort Englisch sprach, sondern auch merkwürdige Einträge ins Reservierungsbuch schrieb. So etwa: *Manderinoriendl*, was sich im Nachhinein herausstellte als *Mandarin Oriental Hotel*. Ihr eingetragenes *S.T. Lauda* veranlasste Monika zu der Frage: »Ist das vielleicht ein Verwandter von Nicki Lauda?«
 Mitnichten. Leni rätselte so lange herum, bis sie irgendwann darauf kam: Estée Lauder.
 Den Vogel schoss sie ab, als sie ein Schreiben an den *Laienclub* adressierte statt an den *Lions Club*. Dort reagierte man darauf etwas befremdet. Ein anderes Mal schrieb sie in einen Brief, die Tür zum Herrn Klo würde klemmen. Gemeint war die Tür zur Herrentoilette. Die Crux an der Geschichte war, dass es bei der Adresse tatsächlich einen Mitarbeiter gab, der Herr Klo hieß.

»Wie sind diese Manager, oder was das eben sind«, wundert sich Bärbel, »eigentlich durchs Abitur gekommen und haben es so weit gebracht? Die sprechen doch zehnmal beschissener Englisch als wir.«
 Besonders deutlich wird das, als Bärbel und ich hören, wie sich der ausländische Gast beim Deutschen erkundigt, was es mit dem Schweinebraten auf sich hat. Der Deutsche erklärt das so: »It's a pig and a potato ball…« Kartoffelknödel heißt dort drüben also potato ball, interessant, man lernt nie aus. »…and se pig… äh… she is in se Soß.«

»Was will er denn damit sagen?«, frage ich Bärbel.

Sie zuckt die Schultern. »Wahrscheinlich, dass *die Sau* in der Soße ist.«

»Ist nicht dein Ernst.«

Sie lacht.

Der Deutsche hat das alles so überzeugend gebracht, dass sein Geschäftspartner tatsächlich einen »Sweinbraten with potato ball in the Soß« bestellt.

Es passiert, dass man sich nur mit allergrößter Mühe ein Lachen verkneifen kann. Wenn jemand Englisch mit bayerischem Akzent spricht, kann das wie eine andere Sprache klingen. »We order Würstlteller and Haxn and se asser stuffs from se pork and you can try evrising.«

Die Leute nicken meistens ganz brav, obwohl sie wahrscheinlich nur die Hälfte verstanden haben. Sie werden sich denken: Der ist hier daheim und wird schon wissen, was er tut.

Wenn die Gastgeber schon ein wenig über den Durst getrunken haben, geht es an die wortwörtliche Übersetzung ihrer Muttersprache. Einleitungssätze wie »Ach, I tell you« oder »One question have I« sind keine Seltenheit. Noch ein Bier und ein Schnäpschen weiter werden sogar Sprichwörter übersetzt:

»Who onc othcr want to dig a hole, is falling inside by himself.«

»Aaaah«, ruft der Japaner nickend und lacht höflich. Wenn der nach Japan zurückkommt, wird er darüber berichten, was für bescheuerte Sprichwörter die Deutschen haben.

Ein besonderes Sprach-Bonbon ist der Deutsche mit chinesischen Kollegen. Spanferkel übersetzt er als »Mini-Pig« und Krautsalat einfach als »Krautsalad«. Als der Chinese wissen möchte, was der Unterschied zwischen hellem und dunklem Bier ist, sagt der Deutsche: »It's the color, you know. The difference is the color.«

Der Chinese nickt und tut beeindruckt, als wäre sein Gegenüber Konfuzius. Manchmal würde ich in solchen Momenten gerne wissen, was im Kopf des ausländischen Gastes vor sich geht. Denkt er: *Was redet der für einen Scheiß?* oder vielleicht *Liegt's an mir?* oder eher *Seltsame Leute, die Deutschen.*

Grundsätzlich sind die Deutschen aber sehr bemüht, ihre ausländischen Kollegen zu beraten und ihnen einen netten Abend zu bereiten. Manche sind auch etwas nervös und geben ihren ausländischen Kollegen falsche Informationen bezüglich des Essens. Ich berate gerne, wenn der Deutsche mich fragt, aber er soll schließlich nicht sein Gesicht verlieren, indem ich ihn vor den anderen zurechtweise und verbessere.

Im nächsten Fall ist mir der Gastgeber ziemlich zuwider, im Gegensatz zu seinen ausländischen Gästen. Außer dem deutschen Gastgeber sitzen am Tisch Amerikaner, Spanier und ein Inder. Der Gastgeber nörgelt den ganzen Abend wegen Kleinigkeiten herum. Kaum ist er mit dem Essen fertig, winkt er mich heran wie einen Lakaien und übergibt mir den Teller mit den Worten: »Nehmen Sie das mit.« Danke und Bitte? Fehlanzeige. Ja, ich gebe es zu: In dem Moment bezeichne ich ihn in Gedanken als Arschloch – und ich stehe dazu.

Ständig hat er seinen Zeigefinger in Aktion. »Räumen

Sie dies ab« und »Bringen Sie das«, untermalt mit überheblichem Gesichtsausdruck und gelangweilter Stimme. Die anderen am Tisch sind alle sehr freundlich und sympathisch.

Nach einer unendlich langen Zeit und unzähligen kleinen Seitenhieben verlangt er endlich die Rechnung. Er bezahlt und gibt keinen Cent Trinkgeld. Während des Bezahlens plaudern die anderen am Tisch munter untereinander, bis auf den Inder. Er beobachtet die Transaktion schweigend und sieht von ihm zu mir. Zehn Minuten später stehen sie auf, ziehen sich Mäntel und Jacken an und verlassen nacheinander das Lokal. Der Inder macht ganz langsam. Er bleibt als Letzter zurück. Er steht neben dem Tisch und zieht sich gemächlich die Jacke über, als ich herankomme und anfangen will abzuräumen. Dann geht er zu mir, drückt mir fünfzig Euro in die Hand, verbeugt sich leicht und sagt: »Thank you very much! You was so nice!«

Ich stehe da, mit dem Schein in der Hand, und bin fasziniert von so viel menschlicher Größe. Nicht nur deshalb, weil er das Bedürfnis hatte, das Defizit an Anstand seines Kollegen auszugleichen. Er hat so lange gewartet, bis alle anderen weg sind, damit der Gastgeber nicht bloßgestellt wird. Was für ein Charakter!

Eine ähnliche Situation habe ich mit einem Europäer (das Land ist an dieser Stelle unwichtig). Den ganzen Abend führt er sich auf wie eine Wildsau. Ich wundere mich noch darüber, dass ihm sein unhöfliches Verhalten gegenüber seinen Kollegen nicht peinlich ist, aber nein. Er kennt nicht einmal höfliche Floskeln guten Benehmens, und als ich ihn frage, ob alles geschmeckt hat, meint er arrogant: »Nein.« *Wow, der ist zu cool für diese Welt!*

Als ich frage, warum, macht er eine Handbewegung wie seinerzeit Cäsar zu seinen Untergebenen.

Okay. Grenze hiermit überschritten.

»Hören Sie mal«, sage ich und sehe ihn an, »Sie dürfen gerne auch freundlich mit mir sprechen, so wie ich bis jetzt mit Ihnen.«

»Was?« Wie es aussieht, ist er es nicht gewohnt, dass man ihn in die Schranken weist.

Auf sein *Was?* reagiere ich nicht mehr und gehe einfach weg.

Als er später mit Kreditkarte bezahlt, sehe ich, dass er ein Dr. Dr. ist. Also, das muss man auch mal erlebt haben: ein Prolet mit zwei Doktortiteln!

Eine halbe Stunde später ist die Gruppe zur Tür hinaus und ich sehe, dass auf der Bank ein Handy liegt – an dem Platz, an dem der Wichtigtuer gesessen ist. Ein teures, neues Modell. Ich nehme das Handy, gehe nach draußen und rufe der Gruppe hinterher: »Hallo?«

Ein paar drehen sich um.

»Ist das Ihr Handy?« Ich sehe in Richtung des Besagten.

Er tastet seine Taschen ab, dann meint er: »Ja, das ist wohl meines.« Er kommt auf mich zu.

Ich rühre mich nicht von der Stelle. »War auf der Bank«, sage ich nur, als er ankommt.

Er nimmt das Handy entgegen. »Danke.« Er wirkt etwas beschämt, oder es ist ihm zuwider, dass er jetzt in dieser Situation ist.

Ich sage nichts darauf und gehe wieder hinein.

Der Chef ist ein bisschen sauer auf Eleni. Sie hat sein neues, teures Auto geputzt und dabei ist sie wohl ein bisschen zu rabiat vorgegangen, sodass sie plötzlich den Rückspiegel in der Hand hatte. Damit der Chef nichts merkt, pappte sie ihn mit Sekundenkleber wieder dran – verkehrt herum. Ihr ist das nicht aufgefallen; dem Chef leider schon.

Kurz nach diesem überaus unerfreulichen Ereignis kommt er mittags ins Lokal und Leni teilt ihm mit: »Eleni hat angerufen. Sie sollen später, wenn Sie heimfahren, Klopapier mitbringen.«

»Ja, spinnt denn die, wo san ma denn? Für was zahl ich die? Der werd' ich was erzählen…« Er nimmt den Telefonhörer, wählt, und wir hören erst einmal ein wütendes: »Wos für a Klopapier…?« Danach, ganz freundlich: »Ach so. Ja, mei. Ja, ja, freile. Brin'g i mit, ja. Servus.«

Wir haben nie erfahren, wie sie es geschafft hat, ihn dazu zu bringen, Klopapier zu kaufen.

In meine Station setzen sich die zwei Männer und die zwei Frauen, die an jenem Freitagabend nicht gehen wollten und sich lauthals darüber beschwerten, dass sie um ein Uhr gehen mussten. Ihre Drohung, den Chef anzurufen, hatten sie wohl nicht wahrgemacht. Als sie sich setzen, gehe ich zum Tisch und bringe die Speisekarten. Sie erkennen mich, sagen aber nichts.

»Eine weiße Weinschorle«, sagt die Frau, die an dem besagten Abend am lautesten geschimpft hat. »Ich hätte gerne Eis dazu, aber nicht zu wenig und nicht zu viel Eis.«

Oje, fängt ja gut an.

»Und ich«, kommt es von einem der beiden Männer, »möchte einen Aperol Spritz, aber nicht mit Prosecco, sondern mit Weißwein und etwas mehr Aperol. Ohne Eis, aber mit Strohhalm.«

Superklasse. Vollgekritzelter Bestellblock wegen zwei Getränken.

Als ich später die Getränke serviere und ein separates Glas mit Eis und langstieligem Löffel vor die Weinschorle-Frau stelle, ist sie beinahe entzückt. »Oh, Dankeschön.«

Bei der Essensbestellung geht es nicht minder kompliziert zu. Das letzte Mal waren sie auch etwas ungewöhnlich beim Bestellen, aber nicht ganz so schwierig.

Das Dessert soll dann so aussehen: von allem etwas, auf einer großen Platte. Na gut, steht nicht auf der Karte, aber ich informiere die Küche über das Gewünschte und frage Hansen nach dem Preis. Als ich es serviere, sind sie hingerissen. Die Früchtedeko und der Fruchtspiegel sind wirklich schön gemacht. Ich stelle vor jeden einen Dessertteller und frage, ob sie Kaffee dazu möchten.

»Oh, sehr gerne«, sagt die Weinschorle-Frau, »und könnten Sie mir noch eine Weinschorle bringen, wieder mit so einem Eiswürfelglas, wie vorhin?«

»Natürlich.«

Beim Bezahlen bekomme ich zehn Euro Trinkgeld und den Satz: »Danke für die großartige Bedienung.«

Ich nicke und sage: »Gerne.«

»Wie heißen Sie?«, fragt die Weinschorle-Frau.

»Sophie.«

»Bis bald, Sophie.«

Nach ein paar Wochen habe ich drei Tage frei. Als ich zur Arbeit komme, erzählt Merve: »Gestern waren die Freaks wieder da.«

»Welche Freaks?«, frage ich.

»Ach, du weißt schon. Die vier, die nicht gehen wollten und so einen Aufstand gemacht haben.«

»Ach die. Und?«

»Monika hat sie bedient. Und irgendwann haben sie angefangen, sie anzuschreien: ›Kapieren Sie denn gar nichts? Wo ist die Sophie?‹ Darauf sagt Monika, dass die Sophie frei hat. Die Frau keift, total melodramatisch: ›Sie kapieren gar nichts! Sophie versteht, was wir wollen!‹«

»Arme Monika. Aber ich kann mir das alles bildlich vorstellen.«

»Du kennst doch Monika«, erzählt Merve weiter, »die stemmt die Hände in die Hüften, schaut auf sie runter und sagt: ›Nicht zu viel und nicht zu wenig Eiswürfel... Was soll'n der Schmarrn? Wie viel sind'n das? Zwei, fünf, zehn?‹ Dann sagt die Frau zickig: ›Von der Sophie krieg ich ein Eiswürfelglas.‹ Dann sagt Monika: ›Tja, Pech gehabt. Die ist heut' nicht da.‹«

Irgendwann fällt mir auf, dass ich oft die »schwierigen« Gäste bekomme, was mich zu der Frage an Leni veranlasst: »Warum bekomme ich eigentlich immer die Exzentriker?«

Sie lächelt. »Du kommst gut mit ihnen zurecht.«

»Aha. Ich bin mir nicht sicher, ob das *für* oder *gegen* mich spricht.«

Sie lächelt. »Es spricht für dich.«

Top Five des broken English:

Touristin mit begrenzten Englischkenntnissen, die sich für die Portionsgröße interessiert: »Is it big or is it a snake?«
Möchten Sie die Schlange lieber gegrillt oder gebacken?

Auf die Frage, was Leberkäs sei, bekommt der Japaner vom Deutschen ganz selbstverständlich zur Antwort: Livercheese.
So wie Kaiserschmarrn halt emperor-nonsense heißt.

Die Touristin möchte wissen: »Do you have Glückswein?«
Ich finde die Bezeichnung Glückswein auch schöner als Glühwein.

»Bier! Strong. Big. Fast.«
Ja, genau. Warum Zeit mit Nebensätzen verschwenden?

Die Amerikaner gucken stirnrunzelnd, als der Deutsche fragt: »Do you want a soup in front of the meal?«
And a dessert behind the meal?

Eine halbe Stunde vor Schließung: Im Garten muss für den nächsten Tag der Weg für die Lieferanten freigemacht werden. Tische und Stühle werden verschoben oder zusammengeklappt. Ein Pärchen sitzt etwas ungünstig, und so sieht sich die Kollegin veranlasst zu sagen: »Sie, setzen S' eana moi do rüber, do stören's am ollerwenigsten.«

Von Kinderwagen, Hundenäpfen und Regenschirmen – Dinge, die herumstehen

Es regnet in Strömen. Ein Gast kommt herein, steuert wortlos auf Tisch zwei zu und zieht sich den klatschnassen Mantel aus, den er nicht an die Garderobe, sondern über die Stuhllehne von Tisch eins hängt. Auf den Stuhl, der zu Tisch drei gehört, hängt er den tropfenden Regenschirm – und setzt sich an Tisch zwei. Das heißt: Er, eine einzelne Person, hat drei Tische in Beschlag genommen.

Berta geht hin und meint: »Sie, 'tschuldigung, geh, aber so geht des fei ned.«

»Wie bitte?«, brummt es ihr laut und tief entgegen.

Sie erklärt ihm, dass kein Gast bereit sei, sich an Tisch eins oder drei zu setzen, weil da die tropfenden Sachen hängen.

Er tickt total aus. Leni geht hin und bietet ihm an, die Sachen für ihn aufzuhängen.

»Ich will eine andere Bedienung!«, schreit er. »Die hier

ist ja total unverschämt!« Wie es aussieht, denkt er, er selbst sei die Freundlichkeit in Person.

»Alles, was recht ist, aber dass sich jemand sein Servicepersonal aussucht, geht wohl zu weit. Sie sitzen in ihrer Station und da ...«

Das interessiert ihn alles gar nicht. Er hat nämlich, so teilt er uns mit, ein Recht darauf, seine Sachen hinzuhängen, wo er will.

Jedenfalls wird dieser Mann dann doch mit einer anderen Bedienung ruhig gestellt. Ob das richtig ist oder nicht, darüber kann man geteilter Meinung sein. Ich plädiere bei solchen Leuten eher auf Hausverbot als auf Belohnung, aber ich verstehe auch, wenn man nicht will, dass so jemand vollends die Kontrolle verliert.

Der riesengroße Hund kann gerne mitgenommen werden, und es ist auch gar nicht schlimm, wenn man mal einen kleineren Bogen um ein so großes Tier machen muss (immer noch besser als die Gäste, die ihren kleinen Hund auf die Sitzmöbel setzen). Als allerdings meine kleine, zierliche Kollegin keine Möglichkeit sieht, an dem großen Hund vorbeizukommen, weil links eine Wand ist und rechts ein Tisch, sagt der Hundebesitzer einfach: »Dann steigen Sie doch einfach drüber.«

Sie ist klein und ihre Beine dementsprechend kurz. Also wäre das jedes Mal, wenn sie dort vorbeigehen muss, ein ziemlich schwieriges Unterfangen. »Wenn ich mehrere Teller auf dem Arm habe, kann ich doch nicht jedes Mal über den Hund steigen«, gibt sie zu bedenken.

»Jetzt machen Sie doch nicht so eine große Geschichte daraus!«

Offensichtlich scheint unbehindertes Arbeiten für diesen Herrn eine *große Geschichte* zu sein.

Kinderwagen am Wochenende um die Mittagszeit – ein Thema, das an sich und grundsätzlich kein Problem darstellen sollte. Trotzdem tut es das, was als solches sogar mal als Schlagzeile in einer Münchner Zeitung war, weil sich Eltern wutschnaubend an die Zeitung gewendet haben.

Dass sich für Kinderwagen, Rollstühle oder Gehhilfen irgendwo ein Platz findet, sollte selbstverständlich sein. Das Personal sollte hier natürlich auch zur Seite stehen und die Gäste dabei nicht sich selbst überlassen. Die allermeisten jungen Eltern sind einverstanden, wenn man vorschlägt, den Kinderwagen hier oder dort an die Seite zu stellen. Wenn jemand sagt, das möchte er aus einem bestimmten Grund nicht, dann kann man vielleicht immer noch eine Lösung finden. Aber wenn fünf Mütter mit fünf Kinderwagen meinen, sie können im Lokal alles damit zustellen, sind sie meistens noch pikiert darüber, wenn die Bedienung zum Ausdruck bringt, dass sie weder an ihren Tisch noch an die Nebentische herankommt. Die Durchgänge sind dicht, und man muss außen herum gehen. Sie haben jetzt ihren Samstagmittag-Mütter-Stammtisch, und alles andere interessiert einfach nicht. Da wird auf der Bank das Kind gewickelt, und an den Nebentischen erfreuen sich die Gäste des Duftes (wenn wir Glück haben, kümmern die Eltern sich selbst um die Entsorgung der Windel), gestillt (während am Nebentisch ein Araber sitzt und sich die ganze Zeit beschämt zur Seite wendet). Verstehen muss man sein Verhalten gar nicht, aber man kann fremde Kulturen respektieren. Natürlich kann man einwenden, dass er hier Gast ist und ebenfalls diese fremde Kultur zu respektieren hat. Grundsätzlich ist das auch so, aber dieses Schamgefühl ist so tief in ihm drin, dass er das nicht in ein paar Tagen abstellen kann – und niemandem bricht ein Zacken aus der Krone, wenn er sich auch mal in seinem eigenen Land an jemand anderen »anpasst«.

Da werden uns Gläschen in die Hand gedrückt zum Warmmachen, obwohl das eigentlich nicht erlaubt ist. Das Gewerbeaufsichtsamt findet es nämlich gar nicht gut, wenn Lebensmittel von draußen in die Küche kommen. Wenn man Nein sagen würde (was ich noch keine Bedienung habe sagen hören), wäre man also absolut im Recht. Aber man will weder die Eltern verärgern, noch will man, dass das kleine Kind eiskalte Nahrung zu sich nehmen muss.

Die lieben Kleinen plärren alle miteinander im Chor, was zwar in der Natur der Sache liegt, aber so haben sich die anderen Gäste ihren Restaurantbesuch nicht vorgestellt. Und wehe, irgendjemand hat einen falschen Blick drauf oder sagt etwas, dann kommt das ultimative Totschlagargument: Kinderfeindlich!

Umgekehrt könnte man auch sagen: Unsozial und ignorant!

Dass für die Eltern ihre Kleinen das Zentrum ihres Lebens sind, ist völlig verständlich – und so soll es ja auch sein! Manche begreifen allerdings nicht, dass sie nicht erwarten können, dass alle anderen ihre Kinder vergöttern, so wie sie selbst es tun.

Die Kinder toben durchs Lokal, stören andere Gäste, laufen hinter die Theke und spielen Verstecken, kreischen, reißen Schubladen auf, verrücken Stühle, klettern auf Bänke und bewerfen sich mit Bierdeckeln. Die Eltern juckt das wenig bis gar nicht. Die essen in aller Seelenruhe weiter und genießen ihren Aufenthalt in vollen Zügen.

Ein Touristenpaar fragte mich einmal: »Sagen Sie, ist das normal hier, dass die Kinder sich so benehmen? In unserem Land ist so etwas undenkbar. Was ist denn das für eine Erziehung?«

Ich sage, das seien Ausnahmen. Unerwähnt lasse ich die Tatsache, dass wir uns beinahe jedes Wochenende damit auseinandersetzen müssen.

Leni sieht, dass ein etwa sechsjähriger Junge an einem Weißbier nippt. Die Eltern finden's lustig. Leni geht hin und fragt: »Ist das nicht ein bisschen früh für Alkohol?«

Der Vater winkt ab. »Ist doch bloß ein *leichtes* Weißbier.«

Darf's dazu vielleicht auch noch eine Marlboro light sein, denkt Leni, aber müssen die Eltern schließlich selber wissen. Oder auch nicht.

An einem Samstagnachmittag kommen drei Familien mit fünf kleinen Kindern. Der etwa fünfjährige Junge fängt plötzlich an zu kreischen, so laut und schrill, dass man befürchten muss, er habe sich wehgetan. »Was ist denn, Vidal?«, fragt die Mutter besorgt.

»Will neben Papa sitzen!«

Der Vater klettert über die Bank und gehorcht sofort.

Der Junge will Spätzle mit Soße.

Ich notiere.

Die Mutter, an ihren Sohn gewandt: »Vidal, Schätzchen, möchtest du die Soße lieber in einer Sauciere statt auf dem Teller?«

Vidal glotzt sie an. Das kann ich ihm nicht verübeln, denn ich glotze sie auch an. Vidal macht eine überforderte Grimasse. »Äh... ja?«, kommt es verunsichert.

Nachdem sie das Essen bestellt haben und ich als ersten Gang die zwei Suppen bringe, fängt der Junge wieder an zu kreischen. »Was ist denn, Vidal?«, fragt Papa sanft.

»Will auch Suppe!«

Die Mutter dreht sich zu mir um und sagt: »Laufen Sie bitte ganz schnell in die Küche und bringen so schnell wie möglich eine Suppe für Vidal!«

»Noch eine Suppe?« Ich beschränke die Bestellung auf ein Minimum.

»Ja, schnell!«, meint die Mutter. Für sie ist es selbstverständlich, dass die Menschheit vor Vidal kuscht und dem kleinen Prinzen *sofort* jeden Wunsch erfüllt. Ich gehe nicht langsamer als sonst, aber laufen, wie sie es erwartet, tue ich nicht. Ich stelle mir Hansen vor, wie er reagieren würde, wenn ich händewedelnd angelaufen käme, mit den Worten: »Schneeell! Eine Suppe für Vidal!«

Ein Kind will die Nudeln von der Tageskarte.

»Tut mir leid, Spätzchen«, meint Merve und sieht das Kind lächelnd an, »die sind aus, aber...«

»Wääääääh!!!«

»Äh... Spätzchen?«, versucht es Merve behutsam, aber sie ist nicht zu vernehmen, weil sie vom Geplärre übertönt wird. Darauf muss Merve auch lauter werden. »Willst du vielleicht Käsespätzle? Oder vielleicht...«

Die Mutter hebt die Hand, um Merve am Weitersprechen zu hindern. Sie hat einen Gesichtsausdruck, als hätte sie gerade erfahren, dass sie nur noch 24 Stunden zu leben hat. Drama. Tragik. Verzweiflung. Sie nimmt das Kind auf den Schoß, umarmt es und sagt: »Schon gut, Liebling. Wir finden eine Lösung.« Zu Merve sagt sie: »Bitte lassen Sie uns jetzt alleine. Wir müssen darüber beraten.«

Als Merve mit offenem Mund auf mich zukommt und sagt: »Wie soll dieses Kind später mal mit wirklichen Problemen fertig werden?«, fällt mir darauf auch keine Antwort ein.

Ein Vater kommt an einem Sonntagmittag und setzt seinen Dreijährigen auf die Bank. Der Junge will »sofort« eine Breze. Wie es aussieht hat das Wort »sofort« das Wort »bitte« verdrängt. Der Vater kommt gar nicht dazu, sich hinzusetzen, sondern geht von Tisch zu Tisch und klappt die Tücher der Brezenkörbe auf, eines nach dem anderen. Zu guter Letzt fasst er die Brezen auch noch an und prüft sie auf Weichheit.

Basti geht hin und stellt sich vor den Mann. »Darf ich fragen, was Sie da machen?«

Der Vater erklärt: »Der Niklas mag nur helle und weiche Brezen. Die sind ja alle ziemlich dunkel.«

»Sie können doch nicht die Tische abklappern und die Brezen befühlen!« Er sieht ihn kopfschüttelnd an.

Der Mann bäumt sich auf. »Sie, entschuldigen Sie mal«, kommt es beleidigt. »Ich kann meinem Kind doch nicht dunkle und harte Brezen geben, wenn er die nicht mag.«

»Die sind nicht hart, wurden vor einer Stunde erst gebacken. Aber ich würde Sie gerne mal fragen, ob Sie es als Gast in Ordnung fänden, wenn Sie sich eine Breze aus dem Korb nehmen würden, die ein anderer Gast schon befingert hat.«

»Statt mich zu kritisieren, sollten Sie mir lieber anbieten, neue Brezen zu backen.«

Basti meint, sich verhört zu haben. »Wie bitte? Wir sollen wegen einer einzigen Breze noch mal den Ofen anschmeißen?«

Der Vater schüttelt erzürnt den Kopf, nimmt das Kind und verspricht ihm: »Woanders haben die bestimmt eine helle, weiche Breze für dich, Niklas.«

Leni nimmt die Bestellung einer jungen Familie entgegen. Für die Tochter möchte der Vater die Wiener Würstchen geschält, da das Mädchen die Haut nicht mag. Der Koch solle also die Wiener schälen, wenn's recht ist. Wahrscheinlich will er sie das nächste Mal auch noch mundgerecht zerkleinert. Und irgendwann, wenn man zu allem Ja und Amen sagt, verlangt er, dass der Koch aus der Küche kommt und das Kind füttert.

Cornelia kommt um die Kurve, mit zwei heißen Suppentellern. Ein Junge läuft in sie hinein, prallt an ihr ab und schlägt mit dem Kopf auf den Boden auf. Wir sind alle total erschrocken und laufen zu dem Kind hin. Cornelia versucht in Panik, die heißen Suppen so zu balancieren, dass sie nicht auf dem Kopf des Kindes landen – was ihr zum Glück auch gelingt. Mit dem Kind ist soweit alles in Ordnung. Er ist nur furchtbar erschrocken.

Ein anderes Mal trägt Berta zwei Haxen mit Beilagen auf dem Arm, als ebenfalls ein Kind so schnell in sie hineinrennt, dass sie nicht mehr ausweichen kann. Die betagte Bedienung stürzt, das Essen ist überall auf dem Boden verteilt und ein großer Schreck in den Knochen.

In beiden Fällen gab es nicht etwa ein entschuldigendes Wort oder zumindest eine Geste des Bedauerns seitens der Eltern – in beiden Fällen wurden die Bedienungen mit Beschimpfungen attackiert, »ob sie denn nicht aufpassen könnten?«

Die Kinder können natürlich nichts dafür, wenn sie uns im Weg sind oder bei den anderen Gästen das Trommelfell zum Vibrieren bringen. Es wird ihnen von diesen Eltern schließlich suggeriert, dass ihr Benehmen absolut in Ordnung ist. Im Grunde können einem die Kleinen sogar leidtun, da sie Eltern haben, die ihrer Aufsichtspflicht nicht nachkommen.

Das junge Paar ist nett. Ihre kleine Tochter ist etwa vier Jahre alt. Für die Kleine bestellen sie einen Apfelsaft. Ich habe ihr einen Strohhalm ins Glas gesteckt und lächle sie an, als ich das Glas zu ihr hinschiebe. »Danke«, sagt sie leise. Sie ist sehr süß, ein bisschen schüchtern, und mit ihren Zöpfen möchte man sie am liebsten in den Arm nehmen.

Fünf Minuten später sehe ich, dass der Apfelsaft über den ganzen Tisch gekippt ist. Das Kind hat wohl das Glas umgeworfen. Ich gehe hin, und sogleich sagt der Vater: »Tut uns leid, aber die Kleine hat...«

»Ist doch nicht schlimm«, sage ich, »kann passieren. Bin gleich wieder da. Ich hole nur schnell etwas zum Aufwischen.«

»Vielen Dank«, sagt der Vater.

Als ich nach einer Minute mit Lappen, Tüchern und Eimer wieder am Tisch bin, ist die Mutter nicht mehr da. Komisch, denke ich.

Der Vater und ich wischen Speisekarten, Tisch, die Hände des Kindes und die Bank. Nebenbei tröste ich auch noch das Mädchen, weil ich ihr am Gesicht ansehe, dass sie ein schlechtes Gewissen hat. Der Vater entschuldigt sich ein paarmal, und ich versichere ihm und seiner Tochter, dass das wirklich nicht schlimm ist. Nachdem alles geputzt, getrocknet und das Kind beruhigt ist, kommt die Mutter seelenruhig aus der Toilette und nimmt Platz.

Dankeschön? Zero!

Wie es aussieht, hat sie sich in der Zeit lieber die Nase gepudert, als dem Kind die Hände zu waschen und es zu beruhigen. Da mir die Familie sympathisch ist, hoffe ich irgendwie, dass es einen besonderen Grund hat, weshalb sie verschwunden ist.

Wenn die Tischdecken aus der Wäscherei kommen, haben wir meist nicht genug Platz im Schränkchen für den riesigen Stapel, also stellen wir sie auf eine Bank neben der Garderobe.

Leni geht gerade nach hinten, um etwas aus der Kommode zu holen, da sieht sie, wie ein Vater seinen kleinen Jungen mit Straßenschuhen auf den Stapel der frisch gestärkten Tischdecken gestellt hat. Sie kann es zunächst nicht glauben, besinnt sich aber, dass der Mann wahrscheinlich das Kind gedankenlos irgendwo hochgehoben hat, um ihm die Jacke anzuziehen.

Leni macht ihn darauf aufmerksam.

»Ja, und was soll da jetzt sein?«, meint der Vater mit einem Du-kannst-mich-mal-Gesichtsausdruck.

»Oh, ich dachte, Sie hätten es einfach nicht gemerkt. Wie es aussieht, haben Sie das Kind in Straßenschuhen mit voller Absicht auf die frisch gewaschenen Tischdecken gestellt.«

»Was soll denn der Aufstand?«

»Statt sich zu entschuldigen, greifen Sie mich an? Machen Sie das daheim auch so? Wischen Sie Ihre Schuhsohlen an der Tischdecke ab?«

»Dann werden Sie sie halt noch mal waschen müssen«, meint er fies lächelnd, geradezu schadenfroh.

Was für Vorbild für sein Kind, alle Achtung.

Nachdem zwei Familien vom Tisch aufgestanden sind, um zu gehen, betrachte ich aus der Ferne die kleine Katastrophe. An den leeren Nebentischen werde ich die eigentlich frischen Tischdecken wechseln müssen, weil sie mit Buntstiften bemalt sind, und der große Tisch, an dem diese Gäste gesessen sind, sieht aus wie ein Schlachtfeld. Leni steht neben mir, und ich denke laut nach: »Ich weiß gar nicht, wo ich anfangen soll. Der Tisch und die Bänke sind voller Essen, Saft...«

»Ich glaube«, meint Leni, »in diesem Fall wäre es einfacher, den Tisch niederzubrennen.«

Sonntagnachmittag im Garten. Eine Frau und ein Mann sitzen mit fünf Jungs im Alter zwischen sechzehn und achtzehn am großen Tisch und essen. Alle sind sehr sympathisch, die Jungs haben gute Manieren und unterhalten sich interessiert mit den beiden Erwachsenen.

Irgendwann sagt der Mann: »Ich bezahle jetzt die gesamte Rechnung. Mein Sohn und seine Freunde bleiben noch, trinken vielleicht noch eine Cola oder Tee und bezahlen dann separat.«

»Ja, gut«, sage ich, lasse die Rechnung raus und gehe wieder zum Tisch. Der Mann bezahlt und schiebt seinem Sohn fünfzig Euro über den Tisch. »Ihr könnt euch ja auch noch einen Apfelstrudel zum Tee bestellen.«

Die Jungs nicken brav.

»Danke, Papa.«
»Danke, Herr Wörner.«
»Das machen wir, Herr Wörner.«
»Danke für die Einladung, Herr Wörner.«
Kurz gesagt: wie eine Szene aus einem Heimatfilm.

Der Mann und die Frau stehen auf, und bevor sie um die Ecke verschwinden, winken sie den Jungs noch mal zu. Die Jungs winken brav zurück und lächeln. »Wiedersehen Herr Wörner. Wiedersehen Frau Wörner!«

Kaum sind die beiden um die Ecke, sagt einer der Jungs: »Hey, pack die Kippen aus, Digger!«

Einer ruft mir zu: »Bringen Sie uns bitte einen Aschenbecher? Und fünf Bier!«

»Nix mit Tee, oder was?«, frage ich.

»Äh... später vielleicht.«

Sechs amerikanische Jugendliche sitzen im Garten, und einer feiert seinen einundzwanzigsten Geburtstag. Er bestellt ein Bier. Ich sage scherzhaft zu ihm, dass das wohl ein großer Tag für ihn sei, weil er heute zum ersten Mal Alkohol probiert. Alle lachen und gehen auf meine Ironie ein. Den ganzen Abend über unterhalten wir uns und machen Witze. Sie sind einfach zauberhaft, gut erzogen, herzlich. Sie bezahlen alles zusammen mit Kreditkarte. Ich wünsche ihnen noch eine gute Zeit in München und alles Gute. Die jungen Leute verabschieden sich von mir, als seien wir alte Bekannte. Eines der Mädchen lässt mir sogar einen Luftkuss zukommen.

Nach zehn Minuten kommt der Junge, der Geburtstag hat, noch mal ins Lokal und sagt: »That's for you.« Er reicht mir einundzwanzig Euro. Einundzwanzig? Eine etwas schräge Summe, finde ich.

Er sieht mich grinsend an und sagt: »You remember? Twenty one.«

Ein deutscher und ein amerikanischer Junge sitzen mehrere Stunden in Cornelias Station im Garten. Die beiden sind achtzehn, neunzehn Jahre alt. Als Cornelia wieder in den Garten kommt, ist der Tisch leer. Ich rücke gerade die Stühle an einem der Tische zurecht, als sie ruft: »Die sind weg!«

»Oh nein! Haben die nicht bezahlt?«

»Nein!« Sie steht halb verzweifelt neben dem Tisch und starrt auf die leeren Gläser. »Verdammt! Warum passiert das immer mir?«

Tatsächlich hat sie in letzter Zeit etwas Pech. Erst vor ein paar Tagen haben zwei Männer die Zeche geprellt. Ich stand neben ihr, als einer der beiden ihr in die Augen sah und meinte, er sei gleich wieder da, müsse nur schnell etwas aus dem Auto holen. Er kam nicht wieder und Cornelia blieb auf einer Rechnung von fünfzig Euro sitzen – ihr Trinkgeld an diesem Tag.

»Mensch, Cornelia«, sage ich, »das tut mir echt leid. Vielleicht kommen sie gleich wieder?!«

Sie hält sich die Hand vor die Augen und ist kurz davor zu weinen. Im selben Augenblick kommt der deutsche Junge wieder in den Garten.

»Cornelia, da ist einer von ihnen.«

Sie blickt auf, und wir sehen, wie er sich suchend umblickt und sie schließlich entdeckt.

»Ich hab schon gedacht, ihr seid abgehauen«, ruft sie ihm leicht vorwurfsvoll entgegen.

Er schüttelt den Kopf. »Nein, nein. Entschuldigen Sie, aber mein Freund hat gerade einen Anruf aus Amerika bekommen.« Er zeigt auf seinen Freund, der gegenüber vom *Bräufassl* auf dem Bordstein sitzt und weint.

Wir sehen uns an, dann sehen wir den Jungen uns gegenüber an.

»Schlimm?«, fragt Cornelia.

»Sein Vater hat gerade angerufen. Die Mutter von meinem Freund hatte letzte Nacht einen Autounfall und ist gestorben.«

»Oh mein Gott«, kommt es gleichzeitig von uns beiden.

Der Junge kneift den Mund zusammen und nickt traurig. Er bezahlt die Rechnung, und als er davongeht, sehen wir ihm nach. Er geht zu seinem Freund, dieser steht auf und dann gehen sie gemeinsam langsam davon. Der deutsche Junge hat den Arm um seinen Freund gelegt. Wir stehen noch eine ganze Weile so da, sagen kein Wort, blicken ihnen nach und halten die Tränen zurück.

»Bringen Sie uns noch ein Weißbier?«, hören wir jemanden rufen.

Nicole wartet schon eine kleine Ewigkeit auf ihren Kaiserschmarrn. Sie nimmt ihren Mut zusammen und ruft piepsend in die Küche: »Äh, hallo? Herr Hansen? Also … der Kaiserschmarrn für Tisch achtzehn kommt noch, oder?«

»WENN'S IHNEN NICHT SCHNELL GENUG GEHT, KOMMEN SIE DOCH REIN UND KOCHEN SELBER!«

Leni grinst: »Würde mich mal interessieren, wie er reagieren würde, wenn man dann wirklich in die Küche geht und anfängt, ein paar Eier aufzuschlagen.«

»Tja«, meine ich, »danach wäre man wahrscheinlich 'ne Woche krankgeschrieben.«

Lilly, Bärbel und ich stehen gelangweilt herum. Es ist ein typischer Sonntagabend. Die letzten Gäste sind um halb zehn gegangen. Ein Mann mittleren Alters kommt ins Lokal, während Lilly gerade auf Toilette ist. Er setzt sich in Lillys Station, und ich bringe ihm die Speisekarte.

»Grüß Gott. Wissen Sie schon, was Sie trinken möchten?«

»Hallo.« Er hebt den Kopf, wirkt sehr sympathisch und überlegt eine Sekunde, bevor er fragt: »Könnte ich vielleicht ein Radler mit mehr Limo bekommen?«

»Natürlich.«

Lilly kommt von der Toilette, und ich gebe die Bestellung an sie weiter. Nach ein paar Minuten bringt sie dem Gast das Getränk und stellt es am Tisch ab. Er blickt auf, sieht sie an, runzelt die Stirn und fragt: »Lilly?«

Sie geht einen Schritt zurück, betrachtet ihn, dann schüttelt sie den Kopf. »Tut mir leid, ich... weiß jetzt nicht...«

»Ich bin's, Stefan.«

»???«

»Stefan Jahrmüller. Hallo? Der jüngere Bruder deiner ehemals besten Freundin.«

»Neeeiiiin«, ruft Lilly erstaunt. »Das gibt's ja nicht!« Sie lacht. »Wo sind deine Pickel und deine Zahnspange?«

»Also, die Pickel sind von selbst verschwunden, und die Zahnspange hatte irgendwann ihren Zweck erfüllt.«

Sie lachen.

»Du siehst toll aus, Lilly, hast dich überhaupt nicht verändert. Deswegen hab ich dich auch gleich wiedererkannt.«

Unnötig zu erwähnen, dass Lilly das gerne hört. Aber sie winkt lässig ab und meint: »Ach, in der Arbeit muss ich diesen Fetzen tragen (edles Dirndl mit Seidenbluse und gestärkter Spitzenschürze)... und meine Haare muss ich auch festbinden. Was soll ich sagen... das bin nicht ich.«

»Also bitte!«

»Wie geht's dir, Stefan?«

»Sehr gut, danke. Und dir?«

»Och, ganz gut eigentlich. Wohnst du hier in der Nähe, oder bist du zufällig hier vorbeigekommen?«

Stefan schüttelt den Kopf. »Nee, bin nur für einige Wochen wieder in München. Meine Firma hat mich für ein paar Jahre nach San Francisco geschickt, und da ich keine Familie habe, hab ich das Angebot einfach angenommen. Hast du Familie, Lilly?«

»Nein.«

»Hmm. Du arbeitest also hier, ja? Warum eigentlich? Entschuldige, so meinte ich das nicht, aber du hast doch damals eine gute mittlere Reife hingelegt.«

»Ja, schon. Weiß auch nicht...«

»Ach«, winkt er ab, »ist ja bestimmt auch kein schlechter Job.«

»Was macht eigentlich Patricia? Geht es ihr gut?« Und so reden sie noch eine Weile über seine Schwester, und der Mann bleibt noch zwei Stunden und quatscht mit Lilly. Wir sehen, dass er ihr zum Abschied seine Telefonnummer gibt.

»Hey«, meint Bärbel, »also das ist ja mal ein toller Mann, Lilly. Sympathisch, nett, gutaussehend, erfolgreich...«

»Ja, ja...«, wirft Lilly ein und geht einfach weg.

Was geht hier vor? Das muss ich einfach wissen!

Lilly fängt an, die Kaffeemaschine zu putzen, und ich nehme den Eimer an mich und fange an, den Küchenpass zu wischen.

»Netter Mensch, dieser Stefan.«

»Jetzt fängst du auch noch an«, sagt sie, während sie mir den Rücken zuwendet.

»Wirst du ihn anrufen?«

»Nein.«

»Warum nicht?«

»So halt.«

»Tolle Antwort.«

Sie sagt nichts mehr, und ich lasse sie in Ruhe.

Top Five von Gästen, die sich wie zu Hause fühlen:

»Unsere Firma will eine kleine Stehparty. Wenn Sie dann bitte den großen Tisch da entfernen.«
Der Tisch macht am Abend fünfhundert bis sechshundert Euro Umsatz. Soll's auf die Rechnung?

»Bringen Sie eine Vase für die Blumen, für den Kleinen was zum Malen, und meine Eltern brauchen zwei Decken. Ach ja, und wenn Sie mir das Handy bitte aufladen.«
Darf's auch noch eine Handmassage für die Ehefrau sein?

»Warum haben Sie hier keine Musik?«
Soll ich Ihnen meinen MP3-Player leihen?

Lautes Handygespräch, Schlabberlook, halb liegend auf der Bank.
Warum ist er an diesem Sonntagnachmittag nicht zu Hause auf der Couch?

»Mein Mantel ist ganz nass. Können Sie den föhnen?«
Geh, tun S' her, den stecken wir gleich in die Waschmaschine. Bis Sie fertig mit dem Essen sind, ist das Ding gewaschen und gebügelt.

*Der Gast, der auf den Namen Radler reserviert hat,
wird von der Chefin zum Tisch geführt.
Kollegin geht kurz darauf zu ihm, als er sich gerade
den Mantel auszieht. »San Sie d'Reservierung?«
Der Mann nickt freundlich und sagt: »Radler.«
»Jetzt setzen S' eana erst amoi hi, dann b'stellen S'.«
»Nein, mein Name ist Radler.«
»Ehrlich? Ja, mei, kon ma nix macha, gell?«*

VIPS UND SOLCHE, DIE ES GERNE WÄREN

Lilly und ich stehen am Küchenpass und warten auf die Teller, die Hansen uns bald zuschieben wird. »Findest du, ich sehe müde aus?«, fragt sie mich plötzlich.

»Nein, du siehst aus wie immer. Großartig«, füge ich vorsichtshalber hinzu, damit sie in ihrer Eitelkeit es nicht so versteht, als ob sie immer müde aussieht.

»Okay«, meint sie erleichtert.

»Warum?«

»Unsere Argentinierin meint, ich sehe müde aus.«

Unsere Argentinierin, das ist Nicole. Sie neigt ein wenig dazu, manche Geschichten (und somit auch ihre Biografie) auszuschmücken. Sie hat dunkle Locken und erzählt, ihr Vater sei Argentinier. Bedauerlicherweise kennt Cornelia ihre Tante, was Nicole gar nicht weiß. Ihr Vater ist deutscher LKW-Fahrer. Was es mit ihrer Narbe auf der Wange auf sich hat, weiß ebenfalls keiner so genau, da sie dazu verschiedene Versionen hat. So hat Nicole angeblich auch Psychologie studiert. Wir lassen sie einfach. Sie ist ein netter Mensch, und es gibt Schlimmeres, als sich sein Leben so zurechtzubiegen, wie man es gerne hätte ...

Hansen schiebt uns die Teller zu. Hinter uns stellt sich Cornelia an die Kaffeemaschine und lässt zwei Espresso raus. Hansen bückt sich, blickt in meine Richtung und sagt: »Haben Sie ein neues Dirndl?« Habe ich gerade richtig gehört? Hansen ist mein fliederfarbenes Dirndl aufgefallen?

Lilly hält in ihrer Bewegung inne, und Cornelia dreht sich ungläubig um.

»Äh ... ja«, gebe ich zur Antwort.

Hansen nickt. »Ist besser als diese traurigen Farben, die Sie sonst so tragen.«

»Oh, danke.«

Lilly flüstert an mein Ohr. »Je näher seine Rente rückt, desto umgänglicher wird er.«

Als wir das Essen an die Tische gebracht haben, kommt ein Mann auf Lilly und mich zu und fragt: »Ich war gestern hier beim Essen und habe einen karierten Schal liegen lassen.«

Wir haben keinen karierten Schal gefunden, teilen wir ihm bedauernd mit.

»Das kann gar nicht sein. Der Schal *muss* hier sein.«

Lilly und ich nehmen uns die Zeit und sehen unter jeder einzelnen Bank und unter jedem Tisch nach. Kein Schal.

Der Mann schüttelt den Kopf. »Das gibt's doch nicht.«

»Offensichtlich doch«, meint Lilly. »Tja, leider.«

Der Mann geht nicht etwa hinaus und kauft sich einen neuen Schal, nein, er geht noch mal alle Tische und Bänke durch, bittet einen speisenden Gast, er möge bitte aufstehen, was dieser sogar tut!

Als der Mann draußen ist, müssen wir uns schon sehr wundern. Die Verwunderung steigert sich aber noch dadurch, dass er später anruft und fragt, ob der karierte Schal mittlerweile aufgetaucht sei.

Leni legt den Telefonhörer auf, dann dreht sie sich zu mir um und sagt: »Heute Abend kommt Woody Allen. Ich platziere ihn in deine Station.«

Woody Allen? Habe ich richtig gehört? Witzigerweise haben wir vor zwei Tagen noch von ihm gesprochen, und Leni sagte, dass sie mit seinen Filmen nicht viel anfangen kann. Ich kenne jeden Film von ihm, viele davon habe ich auch mehrmals gesehen, wie den *Stadtneurotiker* oder *Manhattan Murder Mystery*. Ich werde ihm sicher nicht sagen, wie toll ich seine Filme finde. Der Mann hört das wahrscheinlich jeden Tag und ist davon bestimmt zu Tode gelangweilt.

Ein wenig nervös bin ich dennoch. Ich muss an eine ehemalige Kollegin denken, als ich ihr erzählte, dass Metallica mal bei uns waren. Sie ist, wie ich auch, absoluter Metallica-Fan. »Die hätte ich gerne mal gesehen«, sagte sie, »hab' schließlich alle Alben von denen. Eigentlich bin ich aber froh, dass ich nicht da war«, meinte sie dann und winkte ab.

»Warum? Du bist doch verrückt nach ihrer Musik.«

»Ja, eben. Wahrscheinlich hätte ich mich vergessen und den Boden geküsst, auf dem sie gewandelt sind.«

»Nun mach mal halblang. Das hättest du nicht!«

»Schon klar, aber ich wäre bestimmt ohnmächtig geworden.«

Mit Stars und dieser Bezeichnung ist das so eine Sache. Manche sehen sich gerne als Sternchen, sind es aber gar nicht. So wie der Typ aus den Nachmittagsserien, der durchs ganze Lokal tönte (obwohl die Dame ihm gegenüber ihn in normaler Lautstärke verstanden hätte): »Dann wollte der Regisseur, dass wir die Szene noch mal wiederholen.«

Berta kommentierte: »Mei, Mister Wichtig ist wieder da. Ich schau mir die Serie nimmer an, weil der mir so auf'd Nerven geht.«

Etwas unsympathisch wirken auch Gäste, die auf Prof. Dr. Maier reservieren. Maier reicht voll und ganz. Der akademische Grad interessiert so viel wie das Sternzeichen.

So manche deutsche VIPs täten übrigens gut daran, sich die Basics der Umgangsformen anzueignen, wie etwa Danke und Bitte. Auch wäre es nett, wenn sie uns eines Blickes würdigten, wenn wir ihnen das Getränk hinstellen, oder zum Schluss noch einen schönen Abend wünschen. Als Kontrast dazu fällt mir spontan Prinz Albert von Thurn und Taxis ein: Als ich ihm vollbeladen entgegengehe, macht er sogleich einen Schritt zur Seite und gibt freundlich lächelnd den Durchgang frei. Erziehung eins a.

Ein steinreicher Geschäftsbesitzer, der seinen Laden in unmittelbarer Nähe der Maximilianstraße hat, ist Cornelia heute noch vier Euro schuldig. Trinkgeld gibt er sowieso keines oder nur minimal, weil er »hat nicht mehr einstecken«. Einmal hat er vier Euro zu wenig dabei und verspricht, es beim nächsten Mal zu begleichen, was er nie tut.

Die meisten deutschen und internationalen VIPs sind aber sehr freundlich und großzügig. Die Fußballer sind immer gern gesehen, nicht nur weil sie gutes Trinkgeld geben, auch weil sie überraschend unkompliziert sind. Den Nicht-Fußballer unter den Fußballern, Müller-Wohlfarth, fand ich im TV immer etwas kühl, aber wir sind wohl alle nicht gänzlich frei von Vorurteilen. Tatsächlich ist er sehr nett und hat keinerlei Starallüren.

Lothar Matthäus ist sehr sympathisch ebenso wie Mehmet Scholl. Wir unterhalten uns eine Weile über seine süße Tochter, und er ist einfach genauso wie im Fernsehen – freundlich, mit einem Touch Schüchternheit. Eine Kollegin meint es gut, als sie Mehmet Scholl bedient und auf den Bon *Scholl* schreibt. Wahrscheinlich denkt sie, dass für Promis eine besondere Art der Zubereitung gilt.

Hansen liest den Bon, beugt sich zum Küchenpass hinunter und schreit: »Was soll'n das? Scholle ham wa heut nicht!«

Während Scholl mit seiner Familie Mittag isst, ist Eleni gerade mit ihrer heutigen Schicht fertig. Jemand kommentiert gerade den Besuch von Scholl, was Eleni hört und deshalb wissen will: »Wer ist das?«

»Mehmet Scholl«, antwortet Cornelia.

»Was machen diese Mann?«

»Fußballer.«

»Äh«, winkt sie abfällig ab, »Mann muss arbeite mit Hände und mit Koff.«

»Hast du eine Ahnung, wie viel Geld der verdient?«

Gutes Stichwort für Eleni. »Ah, Geld. Bekomme ich Geld von Chef.« Sie geht zum Tisch, an dem der Chef gerade mit seinen Freunden beim Mittag sitzt. Das stört die Eleni nicht. »Gehe ich jetzt nach Hause. War heute einkaufe. Zahlst du.«

»Wie viel bekommst du noch mal?«, fragt der Chef und holt seine Geldbörse aus der Hosentasche.

»Siebzig.«

Der Chef überlegt. »Ich glaube, auf dem Kassenzettel steht sechzig.«

»Oder sechzig, weiß nicht so genau.«

Chef blickt in den Geldbeutel. »Ich hab aber nur zwei Fünfziger.«

»Macht nix.«

»Doch, macht schon was.« Dann reicht er mir einen Fünfzigeuroschein und sagt: »Machen Sie den mal klein, bitte.«

Eleni kommt an mein Ohr und sagt: »Sagst du, hast du nix klein.«

Ich wechsle den Schein. Eleni ist sauer auf mich. Später wirft sie mir vor, ich wäre nicht auf ihrer Seite gewesen.

»Eleni, ich kann doch nicht zum Chef sagen, ich habe keine kleinen Scheine. Wie sieht denn das aus, wenn ich so unprofessionell zur Arbeit komme?«

Na ja, ein bisschen scheint sie es einzusehen, denn sie nickt leicht.

Ich komme eines Abends zum Spätdienst und im hinteren Bereich, der heute zu meiner Station gehört, sind Scheinwerfer und Mikrofone aufgebaut. Ich werfe einen Blick ins Reservierungsbuch und da steht: *16:00 Lehmann*. Lehmann? Na ja, ich kenne keinen Promi, der so heißt. Vielleicht wird ja eine Filmszene gedreht oder so etwas. Ich gehe nach hinten und sehe, dass da Jens Lehmann sitzt und interviewt wird. Ach, Jens Lehmann. Okay, ich kenne doch einen Lehmann.

Aber manche Leute kennt man nicht, obwohl sie bekannt sind. So sage ich zu Bärbel: »Hey, auf Tisch sieben sitzt Thea Dorn.«

»Wer soll'n das sein?« Sie schaut zum Tisch, dann zuckt sie die Schultern. »Kenn' ich nicht.«

Ich habe in den Jahren beim *Bräufassl* und den unzähligen VIPs nur zwei Leute auf ihren Beruf angesprochen. Beides waren Schriftsteller; vielleicht deshalb, weil mein Doppelleben, wie eine Freundin es nennt, von dieser anderen Seite kommt. Die erste Person ist Thea Dorn. Ich sage nur: »*Berliner Aufklärung* und *Die neue F-Klasse* – tolle Bücher!«

Sie blickt auf, lächelt und sagt: »Dankeschön!«

Das zweite Mal bin ich mir nicht sicher, ob er es wirklich ist. Ein Literaturnobelpreisträger? Hier? In meiner Station? Kann nicht sein. Oder? Der sieht ihm bestimmt nur ähnlich. Als er bezahlt, sage ich: »Kann ich Ihnen etwas sagen?«

»Ja?«

»Sie sehen aus wie Günter Grass.«

Er lacht ein bisschen, dann meint er: »Der bin ich auch.« Als er anfängt zu sprechen, erkenne ich, dass es tatsächlich Grass ist. Ich habe nicht nur einmal ein Interview mit ihm gesehen.

Dann rutscht mir der unoriginellste Satz heraus, den man sich vorstellen kann: »Ich habe *Die Blechtrommel* gelesen.« Das stimmt zwar wirklich, aber who cares, denke ich, als es schon raus ist.

Grass nickt und meint: »Das freut mich sehr!«

Es ist phänomenal mitanzusehen, wie Dustin Hoffman, Tina Turner, Joe Cocker, Andre Agassi, Penélope Cruz oder Bon Jovi gar nicht erkannt werden. Nun gut, die Leute rechnen nicht damit, dass am Nebentisch ein Weltstar sitzt, trotzdem hat es etwas Komisches.

Und so manchen VIP kenne ich nicht, aber die Kollegen.

Im Garten will sich jemand an den Stammtisch setzen, wo ansonsten der Chef und seine Leute sitzen. Ich gehe hin und kläre den Herrn auf: »Tut mir leid, aber das ist ein Stammtisch. Sie können gerne an jedem anderen Tisch sitzen.«

Er sagt etwas fragend: »Okay«, steht auf und setzt sich woanders hin.

Cornelia winkt mich zu sich heran. Als ich bei ihr bin, sagt sie: »Das ist doch Tommy Haas!«

»Tommy wer?« Ich kenne nur Tommy Hilfiger.

»Tommy Haas, der Tennisspieler. Er ist ein guter Bekannter vom Chef.«

»Oh, Kacke.« Tennis interessiert mich ungefähr so viel wie eine Reportage über Hubschraubermotoren, nämlich nada. Mir bleibt wohl nichts anderes übrig als hinzugehen und zu sagen: »Meine Kollegin sagte mir gerade, dass Sie ein Freund vom Chef sind. Sorry, das wusste ich nicht.«

Tommy Haas winkt lässig ab. »Gar kein Problem.« Netter Kerl, muss mir bei Gelegenheit mal ein Match von ihm anschauen.

Ebenso erging es mir mit Wigald Boning und Uschi Obermaier. Die anderen mussten mir erklären, wer sie sind. »Was ist denn los mit dir?«, meint Nicole. »Schaust du kein Fernsehen und liest keine Klatschspalten?«

»Zur ersten Frage: in Maßen, zur zweiten: nein, das tue ich nicht.«

Zwei Minuten vor sieben. Woody Allen müsste gleich kommen. »Isser immer noch nicht da?«, höre ich ständig.

»Er wird schon noch kommen.«

Fünf Minuten nach sieben. »Kruzifix, isser immer no ned do?«

»Er wird schon kommen«, höre ich mich wieder sagen.

Irgendwann steht der Chef hinter mir. »Ist der Woody Allen schon da?«

»Nein.«

»Sind S' fei freundlich, gell?«

»Ach was?«

»Können S' Englisch?«

»Passt schon.«

»So, jetzt passen S' auf.« Ojemine ... Was kommt da jetzt auf mich zu? »Sie fragen ihn«, fängt er an, »ob er ein Foto mit mir machen will. Ich ruf schon mal meinen Pressemann an.«

»Na gut, ich kann ihn mal fragen.« Besonders wohl ist mir eigentlich nicht bei dem Gedanken. Allen wird annehmen, ein Foto fürs Familienalbum, und dann steht der Kerl mit seiner fetten Kamera vor ihm. »Soll ich sagen, dass Sie seine Filme mögen?«

»Was hat'n der für'n Film gemacht?«

Ich zähle ein paar auf.

»Ah, das kann ich mir nicht merken.« Unser Chef ist intelligent, clever und manchmal auch gewitzt – aber manches ist nicht so sein Ding.

Als Woody, seine Frau, Tochter und eine ältere Dame (meine Kollegin sagt, sie habe gelesen, das sei seine Psychiaterin) zum Tisch geführt werden, erinnert mich der Chef noch mal daran, freundlich zu sein. Gut, dass er mir das sagt, denn normalerweise werfe ich den Gästen kaugummikauend die Speisekarten einfach auf den Tisch.

Ich gehe zum Tisch und frage, was sie trinken möchten. Woody Allen erkundigt sich nach dem dunklen Bier. Ich riskiere es und frage: »Möchten Sie vielleicht einen Schluck davon probieren?«

Er sagt, das wäre sehr freundlich. Normalerweise tolerieren Wirte so etwas nicht, und wenn man danach fragt, bekommt man zu hören: »San mia a Suppenküche, oder wos? Seit wann gibt's wos umsonst?« Jedenfalls gehe ich zum Chef und frage: »Kann Woody Allen vielleicht einen Schluck von dem Dunklen pro...«

»Ja, selbstverständlich!«, bekomme ich zu hören. Der Chef wendet sich an den Schankkellner: »Du, gib mir mal a kleines Dunkles für'n Woody Allen.« Gesagt getan.

Als ich später die Bestellung fürs Essen aufnehmen will, fragt Allen, ob wir Sauerbraten haben. »Heute leider nicht. Manchmal haben wir Sauerbraten auf der Tageskarte, aber...« Der Chef sieht, dass ich den Kopf schüttle und winkt mich zu sich. Ich entschuldige mich kurz, dann gehe ich zum Chef. »Ja?«

»Was will er?«

»Sauerbraten.«

Der Chef rennt in die Küche und ruft: »Macht's amoi an Sauerbrod'n für'n Woody Allen.«

Unser Stargast bedankt sich herzlich bei mir, dass wir das möglich machen. Ich habe das Gefühl, das hat er gar nicht erwartet.

Später räume ich ab und frage, ob es für ihn in Ordnung wäre, wenn er sich mit dem Chef fotografieren lässt. Vorsichtshalber füge ich doch noch hinzu, dass der Chef seine Filme liebt. Es ist eine Lüge, aber es ist mir eben unangenehm, einfach so ein Foto zu fordern. Allen meint, das sei kein Problem, und er mache das gerne. Beim Bezahlen zückt seine Frau die schwarze American Express, die wir eigentlich nicht annehmen. Ich frage den Chef, ob wir in diesem Fall eine Ausnahme machen und ...

»Selbstverständlich, freile, freile ...«

Als ich die Karte ins Kreditkartengerät stecken will, stellen sich die Kollegen um mich rum und sagen: »Was steht denn auf der Karte? Lass sehen!«

Ich schüttle ungläubig den Kopf. »Was soll schon draufstehen? Sein Name halt.«

»Lass sehen!«

Ich zeige ihnen die Karte. »Boah!«, ruft Merve. »Da steht Woody Allen!«

»Was'n sonst?«, wundere ich mich, »der wird kaum die Karte von einem anderen geklaut haben.«

Kurz darauf kommt der Pressemann. Der Chef steht neben mir, als Allen vom Tisch aufsteht, und wendet den Kopf in meine Richtung. Er denkt laut nach: »Was, wenn er mich was fragt?«

Ich winke ab. »Das mach' ich schon, Chef.«

Eigentlich war es von mir überhaupt nicht so überlegen gemeint, wie es vielleicht rüberkam. Jedenfalls wird das der Brüller für die nächsten Tage unter den Kollegen. »Ey, das mach ich schon, Chef« wiederholen sie immer wieder.

Allen stellt sich neben unseren Chef und wirkt nicht, als sei ihm das lästig. Nachdem er das hinter sich gebracht hat, nimmt Woody Allen seine Kappe und seinen

Mantel und bevor er hinausgeht, dreht er sich zu mir um und sagt: »Thank you very much. Bye bye.«

Als die Tür hinter ihm zufällt, denke ich: Er hat zwar kein einziges Mal gelächelt, hat aber dennoch eine angenehme Art. Dass er sich in dem Gewühl noch an mein Gesicht erinnert und sich die Zeit nimmt, sich bei mir zu bedanken und sich zu verabschieden, lässt mich nicht unbeeindruckt.

Als sich an diesem Abend langsam das Lokal leert, steht spätabends der Schal-Mann wieder da. »Ich glaub, ich spinne«, meint Lilly, »der Depp mit seinem karierten Schal ist wieder da.

»Du meinst, der Depp *ohne* karierten Schal.«

»Boah, der karierte Schal ist bei dem Typen zur fixen Idee geworden.« Lilly geht zu ihm nach vorne und fragt: »Haben's Ihren karierten Schal jetzt gefunden?«

Okay, die Frage ist dermaßen überflüssig, dass ich lachen muss. Als ob er nun käme, um uns darüber zu informieren, dass der Schal die ganze Zeit in seiner Manteltasche war.

»Nein. Ist mein Schal aufgetaucht?«

Lilly massiert sich demonstrativ die Schläfen. »Wir! Haben! Keinen! Schal! Gefunden!«

»Können Sie noch mal nachsehen?«

Top Five der VIP-Erlebnisse:

Lothar Matthäus auf die Frage seiner Freundin, was Spanferkel ist: »Sis is tippickl bavärijen.«
Jetzt ist sie auch nicht schlauer als vorher.

Herbert Grönemeyer kommt auf Krücken zur Tür rein. Bärbel ganz lässig: »Ja, Herr Grönemeyer, san's von der Bühne g'fall'n?«
Vor Bärbel sind alle Menschen gleich. Warum auch nicht?

Gast zum anderen: »Ui, do drüb'n sitzt die Ann-Sophie Mutter. Was macht'n die do?«
Essen? Trinken?

Ein berühmter deutscher Gastronom will beim Emmentaler »die Löcher mit Butter gefüllt«.
Auf die Idee muss man erst mal kommen.

VIPs schreiben ins Gästebuch, welch' wunderbaren Abend sie bei uns hatten. Billy Idol schreibt: David Hasselhoff was here.
Ich hab es immer schon gewusst: Sie sind ein Exzentriker, Mister Idol!

*Zwei russische Männer setzen sich zur Kollegin
in die Station, die gerade auf Toilette ist.
Als sie zurückkommt, wird sie vom Kollegen informiert:
»Zwei Russen auf Tisch vierzehn.«
Sie missversteht das und ordert an der Schänke zwei
Russenhalbe, trägt sie zum Tisch und sagt: »Zwei Russen.«
Die beiden Männer sehen sie verwirrt an. »Ja?«*

WIRT UNSER, DER DU BIST IN MÜNCHEN

Samstagnachmittag. Fußball im Fernsehen. Wir sind zu viert, und das *Bräufassl* ist leer. Seit sechs Stunden stehe ich herum und habe bisher einen Umsatz von zweiundvierzig Euro gemacht, und drei Euro Trinkgeld. Wenn das heute so weitergeht, arbeiten wir an diesem Tag wohl ehrenamtlich.

Nicole hat im Garten zwei junge Männer sitzen. Sie kommt herein und fragt Harry (mit ihrer totalen Fußballunwissenheit): »Die beiden Gäste draußen wollen wissen, wer heute spielt, weil sie es vergessen haben.«

»Usbekistan gegen Tansania«, antwortet Harry in aller Ernsthaftigkeit.

Nicole dreht sich um und geht in den Garten zurück. Wir hören, wie sie zu den beiden sagt: »Heute spielt Usbekistan gegen Tansania.«

Wir lachen. Als wir hören, wie einer der Männer sagt: »Usbekistan und Tansania im Halbfinale? Is ja 'n Ding«, können wir nicht mehr an uns halten.

Nicole kommt wutschnaubend herein. »Du blöder Arsch!«, beschimpft sie Harry.

In diesem Moment muss er niesen.

Nicole zischt: »Das sind wohl die einsamen, kalten Nächte. Geschieht dir recht.«

Endlich betritt jemand das Lokal. Mutter, Vater und zwei Kinder. Das Baby ist etwa ein Jahr alt und der Junge fünf oder sechs.

»Kommt mal jemand«, nörgelt Monika, »und dann sind's Schratzn.«

Sie nehmen Platz und ich gehe zum Tisch. »Grüß Gott«, sage ich, »möchten Sie schon etwas zu trink...«

»Ich heiße Ludwig«, sagt der Junge, »und ich bin schon sechs. Ich hab nämlich heute Geburtstag.«

»Ach echt?« Ich lächle ihn an. »Herzlichen Glückwunsch. Kommst du dieses Jahr in die Schule?«

»Ja. Ich kann fei schon lesen. Seit ich drei bin.«

»Wow«, gebe ich meiner Anerkennung Ausdruck. »Hast du denn schon mal selbst ein Buch gelesen?«, frage ich, während ich den Eltern die Karten reiche.

Ludwig nickt. »Ja, ganz viele.«

Ich hebe meinen Daumen hoch. »Tolle Sache. Weiter so.«

»Wie heißt du?«, will Ludwig wissen.

»Wie heißen *Sie*«, verbessert die Mutter ihn. Die Eltern scheinen nett zu sein, die Mutter wirkt aber auch etwas müde. Es ist ein heißer Tag, sie hat ein Baby und ich schätze sie auf etwa vierzig, was bedeutet, dass sie in reifen Jahren wohl immer noch der berühmten Doppelbelastung ausgesetzt ist.

»Sophie«, antworte ich an Ludwig gewandt.

Er lächelt mich an.

Die Eltern bestellen die Getränke. Als ich später die Gläser verteile, stelle ich einen kleinen Schokoriegel auf den Tisch. »Zum Geburtstag«, sage ich, »aber erst nach dem Essen natürlich.«

Die Mutter schiebt mir den Schokoriegel zurück und sagt: »Nein, bitte nehmen Sie das wieder mit. Wir erziehen die Kinder zuckerfrei.«

Ludwig hatte schon nach der Süßigkeit gegriffen, aber ich nehme sie schnell wieder an mich, damit es wegen mir nicht zum Streit kommt.

Zwanzig Minuten später ist die Familie beim Essen. »Hast du ein Auge auf meinen Tisch?«, frage ich Nicole. »Dann gehe ich schnell nach hinten zum Rauchen.«

»Klar, geh nur. Ich passe auf.«

»Ich komm mit«, ruft Monika mir hinterher. Also machen wir es uns im hinteren Garten gemütlich. Normalerweise rauchen wir hier nicht, aber da wir wissen, dass niemand kommt, machen wir eine Ausnahme – und selbst wenn jemand kommt, dann ist die Zigarette schnell ausgedrückt; und wir sitzen schließlich im Freien.

Als wir gerade unseren ersten Zug genommen haben, geht plötzlich die Tür auf. Monika und ich erschrecken. Aber es ist nur Ludwig. »Hallo«, begrüßt er uns.

»Hallo«, sage ich.

»Servus«, kommt es von Monika. Sie hat keine Kinder. Nach eigenen Angaben »hat sie nichts gegen die Schratzn, aber der passende Mann dazu hat sich nie ergeben.«

Ludwig kommt näher und setzt sich auf einen Stuhl uns gegenüber.

»Das ist Ludwig«, stelle ich ihn Monika vor.

»Soso«, meint sie, »der Wiggerl.«

Ich lache. In Bayern ist der Ludwig zwar der Wiggerl,

aber bei unserem Ludwig hier erscheint mir der Kosename so unpassend.

Für den Jungen ist das nicht befremdlich. »Den Namen hab ich wegen meinem Opa bekommen, weil der gestorben ist, als ich im Bauch von der Mama war, und der hat Ludwig geheißen, aber den haben alle Wiggerl genannt.«

»Da schau her«, kommentiert Monika.

Ludwig sieht auf unsere Zigaretten. »Rauchen ist aber ungesund«, klärt er uns auf.

Monika hebt geringschätzig die Augenbrauen. »Aha. Wir haben hier einen kleinen Klugscheißer.«

Ludwig hält sich kichernd die Hand vor den Mund. »Du hast Klugscheißer gesagt.«

»Hast du 'ne Ahnung, was ich sonst noch draufhab. Da würden dir die Ohren schlackern.«

»Was denn?«, will Ludwig wissen.

»Zum Beispiel das Wort, das mit A anfängt.«

»Monika!«, ermahne ich sie.

»Was denn?«, tut sie scheinheilig.

»Welches ist denn das?«, fragt Ludwig.

»Na, welches wohl? Das Wort ist Achduliebegüte.«

Ludwig und ich lachen.

So geht das eine ganze Weile hin und her. Ich bin mehr als überrascht, welche Wortspiele Monika aus dem Hut zaubert. Ludwig amüsiert sich. »Und dann gibt es noch das Wort, das mit S anfängt.« Monika tut wie eine Chemielehrerin, ernst und aufklärend.

»Meinst du *Scheiße*?«, will Ludwig wissen.

»Natürlich nicht! Bitte etwas mehr Contenance, ja?«

Ludwig und ich lachen laut. Das Wort kennt er wahrscheinlich nicht, aber für ihn hört es sich lustig an.

»Ich meine Sinddennhieralleübergeschnappt.«

»Sind aber fünf Wörter«, kommt es von Ludwig, wie aus der Pistole geschossen.

Monika und ich sehen uns verwundert an. Sie zählt die Wörter mit den Fingern nach. »Stimmt«, meint sie verdutzt. Sie sieht Ludwig eine Weile an, dann fragt sie: »Wie viel ist denn sieben mal sieben mal zehn?«

Ich lache auf. »Monika, das Kind ist noch nicht in der Schu…«

»Vierhundertneunzig«, antwortet Ludwig.

»Ich glaub, ich spinne«, sagt Monika. »Deine Eltern müssen ja verdammt stolz auf dich sein, Wiggerl.«

Der Junge macht einen Schmollmund, der Missfallen ausdrückt. »Die Mama hat jetzt nicht mehr so viel Zeit für mich, seit der Maxi da ist. Aber wir haben jetzt ein Au-pair-Mädchen, und die ist ganz nett. Sie ist aus China und bringt mir Chinesisch bei.«

Monika nickt ihm aufmunternd zu, und ich merke, wie sie das berührt.

Ich sehe Ludwig an. »Ein Baby braucht viel Zuwendung, aber wenn es größer ist, dann hat die Mama bestimmt wieder mehr Zeit für dich.«

Ludwig nickt. »Das hat die Oma auch gesagt.«

»Na, siehste«, muntert Monika ihn auf.

»Habt ihr auch Kinder?«, will Ludwig wissen.

»Ich habe zwei«, gebe ich zur Antwort.

»Ich habe keine Kinder.« Monika hebt die Handflächen nach oben. »Hat sich nie ergeben. Aber ich mag Kinder. Also, Kinder wie dich.«

Ludwig lächelt.

»Jetzt müssen wir aber wieder an die Arbeit«, sage ich und stehe auf. Schließlich muss ich Ludwigs Tisch abräumen. Die Eltern sind bestimmt mit dem Essen fertig.

»Ihr habt aber schöne Kleider«, bezirzt uns Ludwig, als wir wieder auf den Weg ins Lokal sind, »ihr seht aus wie Prinzessinnen.«

Monika grinst. »So hat mich schon lange kein Mann mehr genannt. Mei, wenn du nur fünfzig Jahre älter wärst!«

Darüber muss ich so lachen, dass ich mich auch nicht zusammenreißen kann, als ich den Tisch abräume. »Sorry«, sage ich zu Ludwigs Eltern.

»Kein Problem«, meint der Vater.

Ludwig nimmt wieder auf der Bank Platz.

Die Mutter reicht mir die Teller und sagt: »Es war ausgezeichnet. Vielen Dank.«

»Die Sophie und die Monika sind nett«, sagt Ludwig.

»Ja?« Die Mutter sieht mich freundlich an. »Hoffentlich hat unser Sohn Sie nicht gestört.«

Ich schüttle den Kopf. »Nein, gar nicht.«

Als die Familie später am Gehen ist, bekomme ich das nicht mit, denn ich bin gerade vor der Kaffeemaschine, um mir einen Cappuccino zu machen. Nicole späht um die Ecke und ruft mir zu: »Da will sich jemand von der Sophie verabschieden.«

Ich gehe zur Schänke, und da steht Ludwig. Ich sehe Monika, wie sie liebevoll zu ihm hinabblickt. Offenbar haben die beiden sich schon verabschiedet. Ludwig streckt mir seine süße kleine Hand entgegen und sagt: »Tschüss, Sophie.«

Ich drücke behutsam seine Hand und sage: »Tschüss, Wiggerl. Bleib, wie du bist. Natürlich nicht immer ein Sechsjähriger; ich meine deine Persönlichkeit.«

Er lächelt und nickt, winkt mir noch mal zu, und dann geht er mit seinem Vater hinaus, der den Kinderwagen

161

schiebt. Zu seiner Mutter sage ich: »Wahrscheinlich hat er verstanden, was ich meine, oder?«

»Ich denke schon«, meint sie. »Ist manchmal schwierig mit ihm, wissen Sie…« Sie reibt sich die Augen. »Er hat kaum Freunde. Na ja… Ach, übrigens. Tut mir leid wegen dem Schokoriegel. Das war blöd von mir.«

Ich winke ab. »Nein, wirklich nicht. Ich hätte Sie vorher fragen sollen.«

Sie legt ihre Hand auf meinen Oberarm, ganz leicht und nur kurz, aber es hat etwas ungemein Herzliches.

Jeder Chef in der Gastronomie ist anders. Irgendwie. Es gibt allerdings ein paar Dinge, die fast alle von ihnen gemeinsam haben, ebenso die Geschäftsführungen. Ich habe in mehreren Lokalen gearbeitet, in verschiedenen Arten der Gastronomie, habe Probetage durchlaufen und manchmal sofort das Handtuch geworfen. Und ich kenne viele Geschichten der Kolleg(inn)en über ihre Vorgesetzten, manchmal über ein und denselben. Ich meine damit nicht ausschließlich die negativen Seiten. Und überhaupt: Jeder Chef oder Geschäftsführer hat (so wie alle anderen Leute eben auch) gute und weniger gute Seiten.

Was ausnahmslos alle Wirte gemeinsam haben: Nicht zutexten!

Da passiert es, dass eine junge und unbedarfte Kollegin zum Chef freundlich sein möchte, aber der hört nur: Bla bla bla…

Das hat nichts damit zu tun, dass sie sich nicht gerne unterhalten, aber hier muss ich doch einmal eine Lanze für die Chefs und Chefinnen brechen: Sie haben schon genug um die Ohren, und es ist schon erstaunlich, mit welcher Informationsflut der eine oder andere Angestellte hier an die Vorgesetzten herantritt. Wenn der Chef nur einmal bestätigend nickt, sind alle Schleusen offen. Deshalb haben sie sich diese Clint-Eastwood-Haltung angewöhnt, die ausstrahlt: *Bleib mir bloß vom Leib mit deinem Geschwätz!*

Es gibt Wirte, die wirken wie Anwälte (geschniegelt und gebügelt), und es gibt solche wie Bärbels letzten Chef: »An meinem ersten Arbeitstag geht mir ständig so ein kleiner Kerl mit Strickpullunder und Filzpantoffeln hinterher, gibt Anweisungen und nörgelt herum. Irgendwann frage ich meine Kollegin: ›Was macht denn der Hausmeister hier?‹ Die sieht mich fassungslos an und sagt: ›Hausmeister? Das ist der Chef!‹«

Viele der Wirte vermitteln den Angestellten zu Flautezeiten, zum Beispiel im Januar, ein Wir-Gefühl, appellieren an ihre Solidarität, damit sie nicht auf die Idee kommen, sich anderweitig umzuschauen. Wenn die Umsätze im Keller sind und man auf einem Minimum dahinsiecht, heißt es: »*Wir* müssen zusammenhalten« oder auch: »*Wir* müssen sparen«, was besonders drollig ist, wenn es dabei um Personalkosten geht. Manche Wirte bezahlen bei geringem Umsatz einen garantierten Stundenlohn und manche halt nicht. Das heißt, wenn man Pech hat und an einem Achtstundentag nur zwanzig Euro verdient hat, weil in München oder im Fernsehen gerade was Interessantes läuft, dann interessiert das den einen oder anderen Wirt nicht.

Gleichzeitig ist es aber auch so, wenn der Laden läuft, klopft der Wirt sich gerne auf die Schulter und hat das Gefühl, alles richtig zu machen. Wenn's mal nicht so läuft, wird das gerne seitens der Vorgesetzten dem inkompetenten Personal in die Schuhe geschoben.

Es ist üblich, dem Schankkellner ein paar Euro nach Schichtende zu geben. Das geht in Ordnung, wenn der Betrag im eigenen Ermessen liegt. Ein paar Euro tun normalerweise keiner Bedienung weh, man gibt in der Regel auch gerne etwas ab, da man ja auch Trinkgeld bekommt – der Schankkellner nicht – und man froh ist, wenn die Getränke von ihm gemacht werden, und nicht Zeit verloren geht, indem man mit einer Schankanlage arbeiten muss.

Eine Kollegin hatte einen Chef, der eine interessante Rechnung für sich aufgestellt hatte. Er betrieb ein gutgehendes Wirtshaus, das kontinuierlich guten Umsatz machte. Der Chef bezahlte acht Euro pro Stunde, aber die Bedienungen mussten ein Prozent vom Umsatz an den Schankkellner geben. Was heißt: Bei einem aufwendigen Arbeitstag und zweitausend Euro Umsatz hat die Bedienung in acht Stunden vierundsechzig Euro verdient und zwanzig gibt sie dem Schankkellner. Zweieinhalb Stunden gratis gearbeitet. Der Schankkellner kann für diese Personalpolitik nichts, so sind die Regeln. Der Wirt bezahlt dem Schankkellner ein Minimum, dafür geben ihm die Kellner/innen was von ihrem Geld ab – das Personal wird vom Personal bezahlt.

Eine redliche Haltung ist es zwar, wenn Leute sagen: »Ich kaufe keine Billigprodukte und gehe nicht zum Billigfriseur, weil ich die Unterbezahlung und den Personalverschleiß nicht unterstützen will.« Das wäre gut, wenn es tatsächlich eine Richtlinie wäre. Ein teures Geschäft und ein teures Restaurant sind aber leider kein Garant für anständige Löhne. So sagte mir bei einem Bewerbungsgespräch mal ein Wirt: »Sie bekommen vier Prozent vom Umsatz.« Als er meinen ungläubigen Gesichtsausdruck sah, setzte er hinzu: »Aber das Trinkgeld ist sehr gut hier.«

Mit dem Trinkgeld hat der Pächter oder Besitzer nichts zu tun. Das liegt im Ermessen des Gastes und es ist absurd, das schlechte Grundgehalt mit gutem Trinkgeld relativieren zu wollen.

Warum habe ich in mehreren Lokalen noch am Probetag das Handtuch geworfen? Ja, es waren renommierte, gute Adressen, weshalb ich mich dort auch beworben habe. Da ist zum Beispiel das bekannte Lokal, das bis Schichtende einen guten Eindruck auf mich gemacht hat. Die letzten Gäste sind draußen, ich bereite mich aufs Abrechnen vor, da sagt die Kollegin: »So, und jetzt wischen wir den Boden.«

»Bodenwischen? Gibt es hier keine Putzfrau? Oder eine Reinigungsfirma?«

»Nein, die Chefin sagt, dafür fehlt das Geld.«

Aha. Nun gut, dann wischen wir halt den blöden Boden, was soll's. So groß ist die Fläche ja nicht, und es ist ja nicht mehr, als zehn Minuten einen Mopp in der Hand zu halten.

»So«, sagt die Kollegin und stellt den Eimer weg. »Und jetzt…«, sie nimmt einen Sprühreiniger und eine Küchenrolle aus dem Schrank, »gehen wir die Klos putzen.«

»Die … bitte was?«

»Die Klos«, sagt sie selbstverständlich.

Ich folge ihr – im leichten Schockzustand. Sie geht zuerst in die Herrentoilette, und ich sehe ihr dabei zu, wie sie das Pissoir reinigt. »Also, ich sag's dir ganz ehrlich«, fange ich an, »das muss und sollte das Servicepersonal nicht machen. Ich meine, wenn das für dich in Ordnung ist, okay, aber das hier war mein erster und letzter Tag. Wohin soll das eigentlich führen, wenn wir alles mitmachen? Werden wir irgendwann einen Blaumann anziehen, uns neben die Betonmischmaschine stellen und dem Lokal eine neue Fassade verleihen?«

Sie zuckt die Schultern, während sie das zweite Pissoir einsprüht. »Aber die Chefin ist so nett, weißt du.«

»Das wäre ja noch schöner, wenn sie das alles von dir fordert und dabei nicht mal nett ist. Und was heißt schon nett? Ich finde es gar nicht nett, dass sie zu geizig dafür ist, um zwei Stunden am Tag eine Putzfrau zu bezahlen.«

»Ja, du hast ja recht. Aber sie hat für mich vor Kurzem eine Wohnung gefunden, und ich gehe mit ihrem Hund Gassi, wenn sie keine Zeit hat. Wir sind schon richtig familiär…«

Großer Gott! Hundesitterin ist sie auch noch und betrachtet das obendrein als Privileg!

In manchen Betrieben ist Essen und Trinken für das Personal gratis, oder es kostet einen kleinen Pauschalbetrag. In anderen Lokalen bezahlt man sechzig Prozent des regulären Preises und zu trinken gibt es nur das billigste Mineralwasser, alles andere kostet den vollen Preis. Das heißt, wenn das Wiener Schnitzel zwanzig Euro kostet, bezahlt das Personal zwölf Euro dafür. Prost Mahlzeit!

In einem anderen Lokal fragte die Chefin als Erstes: »Wie alt sind Sie denn?«

»Zweiundvierzig.«

»Das ist zu alt. Wir sind ein sehr junges Team.«

Beim Eintreten war mir schon aufgefallen, dass hier nur Zwanzigjährige arbeiteten. Aber was meinte sie mit *wir*? Sie war mindestens fünfzig. Wenn sie schon so direkt war, dann musste ich davon ausgehen, dass sie diese Charaktereigenschaft auch bei anderen zu schätzen wusste. Also sagte ich: »Na ja, mit Verlaub, aber so jung sind Sie wohl auch nicht mehr, oder?«

Ich hatte mich geirrt. Sie wusste es ganz und gar nicht zu schätzen, sondern warf mich beinahe aus dem Lokal. Na ja, ich wollte sowieso gehen...

Der Chef hat immer recht – glaubt er. Wer versucht, hier Klarheit zu schaffen und die Sachlage zu erklären, läuft so manches Mal gegen geschlossene Türen. Im besten Fall hört der/die Vorgesetzte sich alles an und bleibt dann doch bei seiner/ihrer Haltung. Im schlimmsten Fall wird er laut, läuft rot an, und unsereins wartet nur noch darauf, dass er sich hinfallen lässt, mit den Fäusten auf den Boden hämmert und schreit: »Ich will! Ich will! Ich will!«

So manches Mal verlieren die Angestellten den Respekt vor dem Vorgesetzten in dem Moment, wo die Stimme erhoben wird. Leider denken die Vorgesetzten in die andere Richtung. *Na, denen werde ich mal ordentlich einheizen...* Wer schreit, hat unrecht – so einfach ist das. Da ist etwa die sechzigjährige Kollegin, die fassungslos vor dem Chef steht und sich anschreien lässt – an ihrem zweiten Arbeitstag, vor den Gästen –, weil sie vergessen hat, ein scharfes Messer zur Haxe zu servieren.

Einer meiner Chefs hatte nicht die Geduld, sich auf Gespräche und Anregungen der Servicekräfte einzulassen, hat uns aber dazu ermuntert, ihm in einem Brief alles mitzuteilen. Dabei überließ er es uns, ob wir das anonym oder namentlich machen wollten. Das fand ich gut. Man müsste nun annehmen, dass die Angestellten sich hier auf einer halben Seite, höchstens einer Seite Luft verschafften. Leider nicht. So bekam er den einen oder anderen Brief über mehrere Seiten. Aber es gibt auch Angestellte, die dem Chef unaufgefordert einen Brief schreiben oder ihr Kündigungsschreiben über fünf Seiten verfassen.

Es ist nicht schlimm, mal seinen Unmut oder seine Verwunderung über den anderen Kollegen zu äußern, allerdings kann man schon manchmal darüber staunen, mit welcher Falschheit manche durchs Leben kommen. »Der werde ich was erzählen. Das lass ich nicht auf mir sitzen«, kommt es da aus dem wütenden Mund. Im nächsten Moment kommt diejenige zur Tür herein, und dann schwenkt die Laune um. »Grüß dich, wie schön dich zu sehen!« Küsschen links, Küsschen rechts.

Auch hört plötzlich jemand auf, mit dem anderen zu sprechen. Wenn der andere nachfragt, was denn los sei, geht es meistens darum, dass ein anderer gesagt hat, dass der gesagt hätte, man hätte über ihn gesagt...

So manche Vorgesetzte, ob Wirt oder Geschäftsführung, vergessen, dass sie es mit Erwachsenen zu tun haben. Launenhaftigkeit und hü und hott soll bei ihnen toleriert werden, bei uns allerdings ist das nicht gerne gesehen und mündet schnell in der Ermahnung, man solle lächeln und freundlich sein.

Das mit dem Lächeln als Teil der Dienstleistung ist sowieso so eine Sache. Ein ehrliches Lächeln kann jeder Gast/Kunde von einem unehrlichen unterscheiden. Ein aufgesetztes Lächeln wirkt unsympathisch, und da ist die höfliche Dienstleistung ohne Lächeln viel angenehmer. Warum überhaupt blöde und grundlos vor sich hinlächeln, ohne dass etwas gesagt wurde? Lächelnd durchs Lokal laufen, lächelnd Bänke wischen und lächelnd Tische abräumen? Freundlichkeit ist auch ohne Lächeln möglich, und das Lächeln stellt sich automatisch ein, sobald auf beiden Seiten Wohlwollen und Sympathie aufeinandertreffen.

Selbst die freundlichste Bedienung dieser Welt kann nicht immer lächeln, auch wenn sie von Haus aus ein sonniges Gemüt hat. Kellner sind auch nur Menschen, denen die Frau wegläuft, deren Eltern sterben, und denen all das widerfährt, was das Leben so im Repertoire hat. Wer gerade den Tod eines geliebten Menschen betrauert oder wessen Beziehung gescheitert ist, der kann halt nicht fröhlich sein. Selbstverständlich sollte man auch in diesen schwierigen Phasen seines Lebens die Gäste zuvorkommend und höflich bedienen; das dürfen diese stets erwarten, aber zwingen Sie niemanden zur Fröhlichkeit.

So habe ich auch eine schwere Zeit gehabt, als sowohl mein Kind als auch meine Mutter im Krankenhaus lagen und gleichzeitig mein Mann um seine Arbeitsstelle fürchten musste. Ich habe zu dieser Zeit niemanden verbal angefahren oder war unfreundlich, trotzdem ermahnte mich ein Gast mit den Worten: »Sie sind aber ernst. Lächeln Sie doch mal!« Bestimmt hat es dieser Mensch nicht böse gemeint, aber was kann zum Beispiel eine Kollegin sagen, über der alles zusammengebrochen ist und die drei Todesfälle innerhalb von zwei Monaten zu verarbeiten hatte, wenn jemand sagt: »Schauen S' doch nicht so bös! Lächeln Sie!« Nein, der Gast kann nicht wissen, was man gerade durchmacht – aber eben deshalb!

Wo Vorgesetzte auch an sich arbeiten könnten und sich daran erinnern, dass sie Erwachsene vor sich haben: das Duzen. Es gibt kaum etwas Primitiveres als Vorgesetzte, die gesiezt werden möchten, selbst das Personal aber duzen. Das muss man sich so vorstellen:

(Chef, dreißig Jahre): »Du, Schorschi!?«

(Kellner, fünfzig Jahre): »Ja, Herr Meierhuber?«

Das gehört ins Mittelalter, zu Zeiten der Leibeigenschaft. Manche Vorgesetzte sind da aber recht dickhäutig. Mein irritiertes Nachfragen zu Anfang: »Ach? Wir duzen uns?« wird entweder nicht kapiert oder als Zickigkeit interpretiert. Keine Ahnung.

Grundsätzlich ist es so, dass der Ranghöhere das Du anbietet. Wenn er es nicht tut und einfach drauflos duzt, selbst aber gesiezt werden will, dann muss ich einer Kollegin recht geben, die darüber sagte: »Mit den Schlittschuhen durch die Kinderstube gelaufen.«

Die »Fräuleins« wurden aus dem Wortschatz verbannt, was sich jedoch hartnäckig hält, sind die »Mädels«. Wenn in einem Lokal nur Frauen arbeiten, so sind das für Chef und Geschäftsführung einfach die Mädels. Das mag ein netter Ausdruck sein, so seine Freundinnen zu bezeichnen oder eine weibliche Gruppe im privaten Bereich. Auf beruflichem Sektor ist das seitens der Vorgesetzten ein absolutes No-Go.

Jenseits der zwanzig ist man kein Teenager mehr und ab dreißig sowieso längst kein Mädel mehr, sondern eine erwachsene Frau. Auf diese ewigen Verniedlichungen trifft man immer wieder da, wo überwiegend Frauen arbeiten. Die Krankenschwester oder Kindergärtnerin ist einfach die Inge oder die Sabine. Es hat mit mangelndem Respekt zu tun, denn man spricht ja auch als Patient die

Krankenhausärzte oder vor Gericht die Leute da vorne nicht mit Jungs und Mädels an. Tut man nicht – weil es respektlos wäre.

Der Job in der Gastro hängt immer an einem seidenen Faden, mehr als in anderen Branchen. Nicht selten werden Angestellte, ohne dass vorher ein Gespräch geführt worden wäre, rausgeschmissen. Das Erstaunliche dabei ist, dass hier nicht nachhaltig gedacht wird: Ein Laden, der ständig sein Personal wechselt, vermittelt kein gutes Bild. Die Stammgäste werden misstrauisch, und das zu Recht.

Ich kann es nicht leiden, wenn Vorgesetzte ihre Probleme auf uns abwälzen. Geht es mich etwas an, dass wir zu wenig Personal haben? Statt von uns eine Sechstagewoche zu fordern, sollten sie sich um Anzeigen bemühen oder sich ans Arbeitsamt wenden. Es kann nicht sein, dass Kellner Fenster oder die Toiletten putzen sollen, weil Reinigungspersonal zu teuer ist. Ja, Schutzhandschuhe für bestimmte Tätigkeiten kosten Geld. Wenn wir solche wollen, müssen wir sie selbst kaufen, hat einmal ein Chef zu uns gesagt. Ich habe es auch schon erlebt, dass das Personal Geschirrtücher und Putzlappen von zu Hause mitbringt, weil diese zu teuer für den Chef waren. Ehrlich gesagt, ich habe es nicht getan, sondern sagte: »Keine Geschirrtücher? Tja, da muss ich wohl die Weingläser unpoliert ins Regal stellen.« Als ich mich dann auch noch weigerte, nach Schichtende (!) den Kühlraum zu putzen, war mein Job natürlich abgehakt. Das Schlimme daran ist, dass solche Lokale dennoch wieder Leute finden, weil es immer jemanden gibt, der dringend Arbeit braucht.

Wenn ich Lust darauf hätte, mich mit den Problemen eines Wirts rumzuschlagen, hätte ich längst ein eigenes Lokal eröffnet. Es hat seinen Grund, warum ich das nie getan habe: Weil ich solche Probleme nicht haben will! Viele ihrer Probleme reden sie sich auch ein, weil manche unfassbar geizig sind – und als Geizhals hat man halt immer Probleme.

Ich habe aber auch erlebt, wie der Chef an Heiligabend das Service- und Küchenpersonal jedes Jahr reich beschenkt hat (wirklich tolle Geschenke, kein Glump) mit beiliegender Karte, ein Dankeschön und eine Anerkennung für die gute Arbeit.

Die Gastronomen sind eine seltsame Spezies (ausgenommen sind hier die Promis, die ein Lokal eröffnen und sich nicht selbst darum kümmern). Die meisten kommen aus dem Mittelstand, mit einem einfachen Background. Die einen kompensieren ihre einfache Herkunft durch Machtspiele und wichtiges Gehabe, andere behandeln ihr Personal menschlich und anständig, weil sie nicht vergessen haben, woher sie kommen. So sagte einmal ein Geschäftsführer zu mir: »Ich hab mir geschworen, niemals so ein Sklaventreiber zu werden wie mein letzter Chef.«

Genau das hat ihm das Genick gebrochen: Dem Wirt war er zu menschlich.

Es ist vier Uhr nachmittags. Um diese Zeit ist Hansen normalerweise längst in Pause. Bärbel wirft die Bons auf den Pass und ruft scherzhaft: »Hopp, hopp!«

Plötzlich steht Hansen vor ihr.

Sie schluckt.

»Hopp, hopp!?«, brüllt er. »Was heißt denn das in Ihrem Wortschatz?«

»Äh ... oh ... war ... ein kleiner Scherz. Ich meine ... ein ganz kleiner.«

Immer noch etwas ungehalten darüber, wendet Hansen sich an seinen ausländischen, jungen Hilfskoch und sagt: »Was hast'n da für 'ne scheiß Deko zur Bayerisch Creme gemacht? Bist du Künstler, oder was?«

»Nein, Schefe, bin ich Gangsta.«

»Häää!?«

»Verstanden«, kommt es verhalten vom Hilfskoch, »nie wieder Picasso auf Bayrisch Creme.«

An diesem Abend (Hansen steht seit zwölf Stunden in der Küche) knallt er den Teller in meine Richtung, auf dem sich Nürnberger Rostbratwürstchen mit Sauerkraut befinden. »Herr Hansen?«, wage ich es. »Der Gast wollte Kartoffelsalat zu den Nürnbergern.«

»Waas?«, schreit er so laut, dass ich kurz davor bin, mir die Ohren zuzuhalten. »Wo steht'n das? Hä!? Wo steht das!?« Er nimmt den Bon in die Hand, dann murmelt er: »Ach ja, da steht's ja.« Also nimmt er den Teller wieder an sich, entfernt das Kraut und tut Kartoffelsalat darauf. Er schiebt den Teller zu mir hin und sagt: »Entschuldigung.«

»Ach, macht nichts. Danke.«

Als ich kurz darauf an den Kollegen vorbeigehe, sage ich: »Ihr werdet nie glauben, was gerade passiert ist.«

»Was denn?«

»Hansen hat sich bei mir entschuldigt.«

»Ach, Schmarrn!?«, rufen sie im Chor.

»Wenn ich's euch sage.«

Nicole seufzt. »Der ist mit jedem Tag glücklicher darüber, dass er uns bald los ist.«

Wie es aussieht, hat Eleni es immer noch nicht verschmerzt, dass ihr kleiner Zehn-Euro-mehr-Trick beim Chef nicht aufgegangen ist. Als sie vor der Öffnung das Lokal wischt, kommt er herein. Sie hält inne, umklammert den Stil des Mopps und zeigt auf den Boden, wo ein kleiner Wasserfleck ist, der von der Sonne reflektiert wird. »Guckst du«, sagt sie, »liegt da zwei Euro. Hab Rickenschmerz, nehmst du.«

Der Chef bückt sich – und langt mit den Fingern in den schmutzigen Wasserfleck.

»Blöde Kuh«, sagt er und grinst.

»Ha!«, kommt es von Eleni triumphierend.

Top Five der Gastronomen-Welt:

Ein Angestellter gewinnt einen Sechser im Lotto und sagt zu unserem Wirt: »Wir können uns jetzt duzen, bin jetzt auch Millionär.«
Ob die beiden nun ihre Winterferien gemeinsam in St. Moritz verbringen?

Chef hat Kopfschmerzen. »Sag dem Koch, er soll mit seinem scheiß Schnitzel-Geklopfe aufhören!« Als ich das an den Koch herantrage, meint er: »Und jetzt? Soll ich heute Arbeit mit nach Hause nehmen, oder was?«
Eine andere Möglichkeit wäre, aus der Küche zu kommen und den Chef anzuschreien, er soll sich in die hintere Ecke setzen, wenn es ihn stört.

Neuer Spüler stellt sich an seinem ersten Tag vor: »Hallo, mein Name ist Muhambahandu Dihantamabu.« Chef starrt ihn an und sagt: »Guad, Mani, also...«
Ob es Sympathie gegenüber dem Chef ist, dass der Spüler ein Jahr später seinen Sohn Manfred nannte?

Chef (halb scherzhaft), der sich über seine Angestellte ärgert: »Fünf Millionen Arbeitslose, und ausgerechnet mit Ihnen muss ich zusammenarbeiten!«
Ja mei, wir können uns die Chefs auch nicht zurechtbiegen

Dame (Gast) regt sich künstlich über eine Lappalie auf und ruft: »Ich setze nie wieder einen Fuß in dieses Lokal!« Wirt ganz lässig: »Ehrlich? Versprechen S' mir des?«
Bei so manchem Gast hofft der Wirt inständig, er würde seine Drohung wahr machen.

Adretter Herr mit Anzug, Krawatte und Aktenkoffer tritt ein und sagt sachlich und kühl: »Guten Tag. Es ist ein Tisch reserviert auf den Namen Berger.« Zeitsprung. Ich stelle das fünfte Bier vor ihn hin. Seine Krawatte ist mittlerweile gelockert, die Haare zerstrubbelt und auf dem weißen Hemd ist ein Fleck. Er grinst und lallt: »Dangeschöön. Sie sind wie eine Schwester für mich.«

Typisch männliche und typisch weibliche Marotten

Die fünfzehn Leute, die auf einen Firmennamen reserviert haben, stehen nach zehn Minuten immer noch da und haben nicht Platz genommen. Es sind fünf Frauen und zehn Männer. Ich höre, wie eine der Frauen sagt: »Also … hier? An diesem Tisch? Das ist aber enttäuschend.«

Ich frage einen der Männer, der mir am nächsten steht: »Was gefällt denn nicht an diesem Tisch?«

Er hebt die Handflächen nach oben, zuckt die Schultern und sagt: »Keine Ahnung.«

In meiner gesamten Gastro-Karriere habe ich es nur ein paarmal erlebt, dass ein Mann sein Missfallen über einen Tisch geäußert hat. Was den vielen Frauen an einem Tisch nicht gefällt, wissen sie oft gar nicht so genau, was die Aussage »Also ich weiß auch nicht« beweist. Der Tisch entspricht der reservierten Personenzahl, ist sauber und ordentlich, befindet sich nicht vor oder neben der Toilette, ist nicht heller oder dunkler beleuchtet als andere Tische, aber irgendwie gefällt er nicht. Deshalb fragen wir nach.

Die beliebtesten Aussagen sind:
»hier zieht's«
»steht zu sehr in der Mitte«
»zu klein«
»zu groß« – hier besteht die Gefahr des Dazusetzens
»zu laut« – weil unter der Lautsprecher-Box
»nur Bänke« – man braucht Stühle
»nur Stühle« – man braucht Bänke
»zu hell«
»zu dunkel«

»Können wir nicht den da haben?«
»Leider nicht.«
Die Leute können ja nicht wissen, dass es seinen Grund hat, warum man wie viele Personen bestimmten Tischen zuordnet, nämlich so, dass man alle unterbringen kann. Das heißt z.B., dass man an einen Zehnertisch sechs und vier Leute setzt. Es ist auch verständlich, dass das nicht jeder möchte. Wer findet es toll, seinen Hochzeitstag mit fünf anderen am Tisch zu feiern? Aber in diesem Fall ist man dann vielleicht beim Italiener besser aufgehoben als in einem bayerischen Lokal. Das Lokal kann sich nicht jedem einzelnen Gast und seiner Intention, warum er das Lokal aufgesucht hat, anpassen – der Gast passt sich dem Lokal an. Man feiert nicht beim Inder eine Bauernhochzeit, und man kann im bayerischen Wirtshaus nicht zu zweit einen Zehnertisch beanspruchen.

Die Männer stehen immer total verwirrt neben den Frauen und kapieren gar nichts. Sie sehen nur: Tisch und Stühle – das bedeutet: sitzen, trinken, essen.
Das ist der Grund, weshalb man zu weiblichen Gäs-

ten niemals sagen sollte, sie hätten freie Platzwahl, oder ihnen fünf Tische vorschlagen, die noch frei sind. Bei Männern kann man das machen; die setzen sich sowieso an den nächstbesten. Frauen sind mit der Auswahl hoffnungslos überfordert. Der? Oder doch lieber der da drüben? Oder in der Ecke? Zu weit weg? Zu nah am Eingang, weil's zieht? Bei Frauen tut die Bedienung gut daran, auf einen Tisch zu zeigen und zu sagen: »Der hier ist frei.« Ansonsten laufen die Frauen dreimal durchs Lokal, setzen sich, stehen wieder auf, setzen sich woanders hin, stehen wieder auf ...

Große Personenzahlen sind dann am besten, wenn sie gemischt sind, also Frauen und Männer. Nur Frauen bedeutet:

Nicht gleich zum Tisch gehen, denn sie »müssen erst mal ankommen«. Ich habe das nie verstanden. Wir fragen, ob sie schon mal etwas zu trinken bestellen möchten. Die Männer sind dankbar, wenn das gleich zur Sprache kommt, und ordern sofort. Deshalb stellen wir ja die Frage so, dass der Gast auch antworten kann, nein, er wisse es noch nicht und möchte gerne erst in die Speisekarte sehen. Natürlich, warum auch nicht, denn deshalb stehen in der Speisekarte ja auch die Getränke. Aber dieses leicht genervte »Moment, ich muss erst mal ankommen« ist unverständlich (denn sie ist ja da und bereits angekommen) und überflüssig (weil ein »Nein, ich weiß noch nicht« völlig genügen würde). Dass man bis zu dreimal an den Tisch muss, weil die Frau die schwere Entscheidung hat, sich ein Getränk auszusuchen, ist keine Seltenheit. Und dass dann sowieso nur eine Apfelschorle oder ein Mineralwasser bestellt wird, ist vorauszusehen.

Wenn es sich um Besserwisser handelt, dann sind das Männer. Regelmäßig die Männerfrage: »Wo sind'n hier die Treppen?«

»Hier gibt es keine Treppen.«

»Früher waren hier Treppen.«

»Nein, hier waren noch nie Treppen.«

»Geh, erzählen S' mir doch nix. Ich war hier schon mal vor zwanzig Jahren, da haben Sie noch lange nicht hier gearbeitet...«

Nun, mag sein, aber normalerweise hat man Grundkenntnisse über den Betrieb, in dem man arbeitet. Wenn hier schon mal Treppen gewesen wären, wüsste ich das.

Was erwartet er in diesem Augenblick? »Ach so, ja dann, hinten links, bitte.«

Und wenn er schon mal hier war, warum weiß er nicht, wo die Treppen sind?

Man steht an der Kasse und tippt die Bestellung. Wer quatscht einen von der Seite voll? Meistens Männer. »Haben Sie einen freien Tisch?« Frauen warten, bis man fertig ist. Da hat man einen vollgekritzelten Block (fünfzehn Leute mit zwölf Sonderwünschen und Beilagenänderungen), und dann dröhnt es: »Hallo? Reden Sie nicht mit jedem?«

Ich kann zwar gleichzeitig gehen und Kaugummikauen, aber ich kann nur schwer eine Bestellung tippen und mich gleichzeitig unterhalten. Besonders, wenn die Bestellung von der Karte abweicht. Wenn da ein Fehler passiert, muss ich dafür geradestehen.

»Haben Sie nicht gehört, dass ich mit Ihnen rede?«, meint ein Gast keck zu mir, als ich ihn ansehe, nachdem ich den Kassenschlüssel gezogen habe.

»Doch«, erwidere ich, »und haben Sie nicht gesehen, dass ich gerade beschäftigt bin? Können Sie nicht kurz warten?«

»So. Und jetzt sagen Sie mir, dass Sie nichts frei haben, oder?«

»In dem Fall hätte ich nur Nein gesagt.«

»Ach, Sie haben was frei?«

»Ja, kommen Sie mit, bitte. Ich zeige Ihnen, wo Sie sitzen können.«

»Ist das ein schöner Tisch?«

»Unsere Tische sind alle schön.«

»Das müssen Sie ja sagen.«

Gott sei Dank sitzt du nicht in meiner Station!

Eine ebenfalls typisch männliche Marotte ist Hartnäckigkeit.

Zehn Minuten vor Schließung wollen vier Männer im Garten noch einen Schnaps bestellen. Monika ist etwas erstaunt darüber, denn sie hat vor zehn Minuten gefragt, ob sie noch etwas möchten, denn jetzt wäre letzte Runde. Sie verneinen.

Fünf weitere Minuten später geht Leni nach draußen, um die Tageskarte für morgen in den Schaukasten zu hängen. »Kriegen wir noch vier Schnaps?«, fragt einer der Männer.

Leni schüttelt den Kopf. »Letzte Runde war vor einer Viertelstunde. Wir schließen in fünf Minuten.«

»Bitte nur noch schnell vier Schnaps.«

»Nein, tut mir leid.«

Weitere fünf Minuten später sammle ich die Sitzkissen draußen ein. »Kriegen wir noch vier Schnaps?«

Ich verneine ebenfalls.

Nach zehn Minuten sitzen sie immer noch draußen, obwohl sie längst bezahlt haben.

Lilly sagt zu Monika. »Ich geb dir zehn Euro, wenn du jetzt nach draußen gehst und fragst: ›Wollen Sie vielleicht noch etwas trinken? Einen Schnaps vielleicht?‹«

Leider lässt Monika sich nicht darauf ein. Deren Gesichter hätten wir gerne gesehen.

Die zwei Männer an Tisch vierzehn sind nett, etwa Anfang dreißig. Ich höre, wie der eine zu dem anderen sagt: »Du musst dieses Buch unbedingt schreiben. Das wird ein Bestseller!« Komischerweise schreiben Leute nie Bücher, sondern immer nur Bestseller. Trotzdem würde es mich interessieren, was es mit dieser Begeisterung auf sich hat. »Ich sag dir«, fährt der Freund des angehenden Autors fort, »die Verlage reißen dir das aus den Händen.« Ja, natürlich stehen die Lektoren tagtäglich, mit dem Fernglas in der Hand vor dem Verlagsgebäude und halten Ausschau nach dem Postboten, der hoffentlich heute ein Manuskript bringt. Tatsächlich ist es so, dass die Verlage in Manuskripten versinken.

Als ich nach dem Essen abräume und der Autor gerade sagt: »Dieses Buch wird einschlagen wie eine Bombe!«, kann ich meine Neugier nicht mehr zurückhalten. »Worüber schreiben Sie denn, wenn ich fragen darf?«

Der Autor blickt zu mir hoch und erklärt: »Es geht um die Verblödung unserer Gesellschaft.«

»Ah«, sage ich, »viel Glück.«

Frauen fragen. Männer behaupten.

»Ein Lokal, das eine Tageskarte nötig hat, ist nicht gerade eine gute Adresse.« Man ist versucht, sich zu ihm hinunterzubeugen, ihm mit dem Zeigefinger auf die Nase zu stupsen und zu sagen: »Ui, da kennt sich aber jemand ganz doll aus.«

Und das muss man sich von jemandem anhören, der am Ende seines Mahls nicht mal weiß, dass das Besteck parallel auf dem Teller zu liegen hat, wenn die Bedienung abräumen soll.

Cornelia steht an Tisch zwei, und eine Dame will wissen, was Kalbsbries sei.

»Das ist die Wachstumsdrüse beim Kalb«, erklärt Cornelia.

Der Gast am Nebentisch weiß es besser und ruft: »Stimmt nicht! Das sind die Hoden. Sie haben ja keine Ahnung.«

Leni ist gerade übers Reservierungsbuch gebeugt und trägt einen Namen ein, als sie kommentiert: »Na, wenn seine Hoden so aussehen, dann sollte er dringend mal einen Arzt aufsuchen.«

Was bei einem bestimmten Frauentypus schwierig ist, kann man vielleicht am besten so beschreiben: Viel Ratgeberliteratur zum Thema Selbstbehauptung gelesen. Hier gilt die Kritik nur bedingt den weiblichen Gästen, eher den Kolleginnen der anderen Seite, der schreibenden Zunft:

Nehmen Sie es einfach hin, wenn Ihnen der Kellner ein Essen bringt, das Sie nicht bestellt haben? Oder auch *Schweigen Sie im Restaurant, wenn der Kellner Sie übergeht?*

Der Kellner übergeht nicht, er ist viel beschäftigt. Vielleicht hat er aber auch etwas durcheinandergebracht, vergessen oder vertauscht. Wo Menschen arbeiten, passieren

Fehler. Mittlerweile ist der Kellner zum Gradmesser geworden, wie man es anstellt, seine Eitelkeit zu befriedigen. Nachzulesen auf vielen Buchdeckeln der Ratgeberliteratur, manchmal auch in Zeitungsartikeln. Nein, nicht der Vorgesetzte wird zum Gradmesser oder der Vermieter – bevorzugt wird der Kellner, also jemand, der sich am Arbeitsplatz nur bedingt wehren kann und dem durch die Betriebsstruktur ohnehin die Hände gebunden sind; und wenn er doch mal versehentlich etwas Falsches bringt? Ha!? Was für eine grandiose Gelegenheit, den Tipp des Psychologen XY anzuwenden!

Diese Bist-du-zu-nett-Literatur richtet mehr Schaden an, als dass sie Nutzen bringt. Wir könnten mehr Ratschläge brauchen, wie man netter wird, statt umgekehrt.

Nun gut, dass meine Kolleg(inn)en auf der anderen Seite annehmen, alle Welt würde im Büro arbeiten (steigen Sie eine Busstation früher aus, um in Bewegung zu bleiben), ist ja nicht so schlimm. Aber dass die Gäste für ihr Geld immer mehr fordern und sich immer mehr profilieren, daran sind auch die Medien schuld. So gibt es einen Test in einer Frauenzeitschrift mit dem Titel: *Nehmen Sie sich wichtig genug?*

Bestimmt haben auch diese Tests ihre Daseinsberechtigung und die entsprechende Zielgruppe, aber Tests zum Thema *Nehmen Sie sich zu wichtig?* könnten auch nicht schaden.

Das beste Beispiel dafür ist die Dame an Tisch fünf, die mit einer anderen Dame und zwei Herren am Tisch sitzt und bei meinem dreimaligen Nachfragen nach dem gewünschten Getränk immer noch nicht schlüssig ist, was sie trinken soll. Seit meinem letzten Erscheinen am Tisch sind zehn Minuten vergangen. Also wird sie jetzt wohl wissen, was sie zu trinken gedenkt. Ich gehe zum Tisch. Sie spricht gerade, und die anderen drei hören aufmerksam zu. Da ich den Leuten nicht ins Wort fallen möchte, warte ich immer, bis der Satz beendet ist. Normalerweise heben die Leute dann den Kopf und widmen mir ihre Aufmerksamkeit. Diese Dame nicht. Sie spricht einfach weiter, während ich dastehe und warte.

Irgendwann komme ich mir etwas dämlich vor und frage: »Wissen Sie nun, was Sie trinken möchten?«

Die Frau hält in ihrer Geste inne, sieht mich an und sagt: »Ich weiß zunächst mal eines, nämlich dass ich aussprechen möchte.«

Hat sie gerade über ihre Pläne zu einer Demo zum Thema Menschrechte gesprochen? Oder Vorschläge gemacht, wie man den Hunger in der Welt beenden kann? Oder zumindest über das neue Steuergesetz? Aber nein. In ihrem Monolog ging es um die Egozentrik ihrer Schwiegermutter.

Ich stehe da und bin einfach nur fassungslos. Von den drei anderen kommt diese Art Verlegenheitslachen.

In gespielter Anerkennung verziehe ich den Mund und sage: »Na dann, reden Sie mal weiter. Wenn Sie soweit sind, dann geben Sie Bescheid.«

Die Dame, die unbedingt weiter über ihre Schwiegermutter herziehen wollte, hat keinerlei Einfühlungsvermögen und Umgangsformen. Ich habe sie nicht direkt damit konfrontiert, war aber auch nicht bereit, ein weiteres Mal nachzufragen.

Ich stehe vor dem Tisch und bringe die Lammhaxe.

»Aber ich habe Schweinshaxe bestellt«, sagt die Frau.

Ich bin mir hundertprozentig sicher, dass sie Lammhaxe gesagt hat. Ja, natürlich kann man sich an der Kasse vertippen, aber wenn ich eines behaupten kann, dann: Ich weiß, was der Gast gesagt hat, auch wenn es letztendlich mein Fehler sein sollte. Will sagen: Wenn der Gast sagt, er habe aber Kalbsbraten bestellt und nicht Kalbsbrust, dann kommt es von mir in der nächsten Sekunde: »Stimmt. Tut mir leid.« Komischerweise kann man sich an der Kasse vertippen, aber später erinnert man sich, was der Gast geäußert hat.

Wenn die Dame sagt, sie habe Schweinshaxe bestellt, dann tut sie das nicht, um mich zu ärgern oder mich in eine schwierige Lage zu bringen, sondern weil sie überzeugt ist, dass es so ist.

Nun hat man in so einer Situation bei einem männlichen Gast selten ein Problem. Der sagt: »Ach, ist ja wurscht, ich mag auch Lammhaxe. Tun's her.« Oder er fragt mich: »Wenn Sie das jetzt zurücknehmen, müssen Sie das dann selber zahlen?«

Natürlich muss kein Mensch ein Essen zu sich nehmen, das er nicht mag, wenn er wirklich etwas anderes bestellt hat. Das würde ich niemals einem Gast zumuten wollen. Aber viel zu häufig geht es einfach nur um Prinzipienreiterei.

Sehr sympathisch, die junge Frau, die Spargel mit Schinken bestellt hat und der ich stattdessen Spargelsalat bringe.

»Aber ich habe Spargel mit Schinken bestellt.«

»Ach ja, Sie haben Spargel mit Schinken gesagt, stimmt. Entschuldigung. Kommt wohl daher, dass ich an drei anderen Tischen so viele Spargelsalate hatte. Ich nehme diesen hier wieder mit und bestelle gleich...«

»Spargelsalat... hm... Hab ich ja noch nie probiert. Sieht aber lecker aus. Wissen Sie was? Das probiere ich mal.«

Manche Frauen wollen, dass man sich ständig um sie kümmert. Wegen Kleinkram wird man herangewinkt. Noch eine Serviette, die Kerze ist ausgegangen, ein Strohhalm wird benötigt, ein Tellerchen für das Knöchelchen – und der Tisch wackelt.

Wenn der Tisch wirklich ein bisschen wackelt, nimmt ein Mann zwei Bierdeckel, zack, unters Tischbein, Problem gelöst.

Ein Mann will zahlen, und man ist gerade nicht da, weil man Besteck poliert, einen anderen Tisch abkassiert, neue Gäste platziert etc. Der Mann weiß sich zu helfen, wendet sich an jemand anders und sagt: »Zahlen.« Also werde ich darüber informiert und bringe die Rechnung.

Frauen warten, bis man wieder in seiner Station auftaucht, und jammern: »Sie waren jetzt aber lange nicht da. Wir wollen zahlen.« Oder auch: »Sie haben sich jetzt lange nicht um uns gekümmert.« Lange? Wir reden hier von ein paar Minuten. Und was heißt überhaupt gekümmert? Sind wir hier in einem Krankenhaus oder in einem Restaurant?

Als Bärbel um zehn Uhr abends für zehn Minuten verschwindet, weil sie nach elf Stunden Arbeit eine Kleinigkeit essen muss und danach noch einen Toilettengang erledigt, bekommt sie von den beiden Damen zu hören: »Wo waren Sie denn so lange?«

»Wieso? Haben Sie sich schon Sorgen gemacht?«, meint sie scherzhaft.

Der Scherz wird als solcher nicht erkannt. »Sie waren sehr, sehr lange weg.«

Bärbel blinzelt ungläubig. »Ich habe einen Knödel gegessen und war auf Toilette. Wie lange kann das gedauert haben? Nachdem ich den ganzen Tag arbeite, werde ich wohl noch auf Toilette gehen dürfen.«

Die andere Dame spitzt pikiert die Lippen, dann sagt sie: »Nun, wenn Sie meinen.«

Bärbel steht da, mit offenem Mund, dann sieht sie mich an und ruft mir zu: »Hey, ich sag's dir, irgendwann werden wir noch mit Katheter arbeiten.«

Monika schleppt zwei Teller mit Schweinshaxen und zwei Salatteller mit Krautsalat. Die Teller sind unten sehr heiß und ihre Haut an den Händen glüht bereits, als ihr eine junge, tätowierte Frau mit dem Stuhl den Weg versperrt. Die Frau kaut Kaugummi, hat einen Fuß lässig auf die Sprosse des anderen Stuhls gelegt und sieht Monika näherkommen. Sie macht keine Anstalten, mit ihrem Stuhl nach vorne zu rutschen, was locker möglich wäre. Monika steht vor ihr und ruft: »Kann ich mal vorbei, bitte?«

Die Frau sieht sie kauend und gelangweilt an, hebt provozierend eine Schulter und meint: »Nee, kannste nicht. Geh halt außenrum.«

Monikas Gesichtsausdruck zeigt, dass sie kurz davor ist, die Beherrschung zu verlieren. Sie blickt nach unten, funkelt die Frau an und sagt sehr laut und bestimmt: »So, jetzt pass mal auf, Schwester! Ich schwör's dir, wenn du in den nächsten drei Sekunden...«

Im nächsten Moment nimmt die Frau ihren Fuß vom anderen Stuhl und ruckelt brav nach vorne.

Manche Leute haben einen Blick dafür, wenn man am Absaufen ist, andere nicht. Hier unterscheiden sich Männer und Frauen überhaupt nicht. Hier ein Beispiel dafür:

Es fängt an zu schütten – ein Orkan zieht heran. Das ist beim Gartengeschäft die schlimmste aller Katastrophen. Innerhalb von zwei Minuten sind die Tischdecken und Brezen klatschnass.

Das Personal ist am Durchdrehen. Markisen einfahren, Tische abräumen, die Gäste von draußen nach drinnen platzieren – und zwar so, dass sie zur eigenen Station gehören und dass niemand ohne Sitzplatz bleibt. Am Küchenpass stapelt sich das Essen, und niemand weiß, wohin es gehört, denn Tisch zweiunddreißig ist nun ein ganz anderer drinnen. Das Ganze trifft auch auf die Getränke zu.

In einer solchen Situation steckt Leni, die gerade die Getränkebons studiert und überlegt, welcher Tisch von draußen jetzt zur inneren Station gehören könnte. Ein älteres Pärchen, das neben ein paar Leuten mit Tellern steht, die mit ihrem Essen auf einen Sitzplatz warten, geht auf Leni zu und fragt: »Sie, Fräulein? Können Sie uns ein Kissen bringen?«

»Ja natürlich, gern«, antwortet Leni.

Später, als wir den Horrortrip hinter uns haben, sagt Leni: »Das ist ungefähr so, als ob man mit wasserbefüllten Teetassen versucht, sein brennendes Haus zu retten, und der Nachbar fragt einen, ob man ihm mal kurz ein Ei ausleihen könnte.«

Noch etwas haben Männer und Frauen gemeinsam: Wenn sie mit ihrer Beschwerde oder ihren Argumenten nicht weiterkommen, fällt früher oder später der Satz:

»Ich komme auch aus der Gastronomie.« Wenn das bei jedem zutreffen würde, der das äußert, dann wäre jeder zweite Einwohner in der Gastronomie tätig.

Sehr willkommen bei übervollem Lokal und übervollem Biergarten ist auch die Bitte einer Dame: »Sagen Sie doch meinen Freundinnen Bescheid, dass ich hier bin. Die sitzen bestimmt im Garten.«
»Ich kenne Ihre Freundinnen nicht.«
»Also, die eine ist blond, mittelgroß ...«

Frauen sehen sich nie die Rechnung an, wenn, dann nach der Bezahlung. Männer gehen in aller Seelenruhe jeden Posten durch, während man wie ein Pimpf danebensteht und wartet.
Außerdem muss bei einem Mann alles seine Ordnung haben. Zehn Cent zu viel auf der Rechnung? In der Speisekarte ist das Gericht mit siebzehnachtzig ausgezeichnet, aber auf der Rechnung steht siebzehnneunzig. Ja, der Druckfehler wird behoben, und die neuen Karten sind unterwegs. Na, deswegen will er aber trotzdem den Preis aus der Karte zahlen. Who cares. Mich wegen zehn Cent zu streiten ist mir einfach zu blöd.
»Sie, schaun S' mal«, fordert mich der Gast auf und zeigt mit dem Zeigefinger auf die Rechnung, wo fünf Brezen stehen.
»Ja, Sie hatten fünf Brezen.«
»Nein, wir hatten vier.«
»Sie hatten fünf, das weiß ich deshalb ganz sicher, weil ich in jedem Korb fünf Brezen habe und vor Ihnen kein anderer Gast an diesem Tisch gesessen hat.«
»Wir hatten vier.«

»So, und jetzt? Ich bin mir sicher, Sie hatten fünf.«
»Und ich bin mir sicher, wir hatten vier.«

Also gebe ich nach, denn ich werde wohl kaum wegen einer Breze morgen noch hier stehen und debattieren. Er gibt mir zwölf Euro Trinkgeld. Er hätte genauso gut fünf Brezen auf der Rechnung haben können und elf Euro Trinkgeld geben können. Ist das alles die Sache wirklich wert? Natürlich ist es nett von ihm, dass er auf eine Rechnung von achtundsiebzig Euro auf neunzig aufrundet, denn das ist sehr großzügig. Aber diese Beharrlichkeit wegen einem Euro kostet uns beide so viel unnötige Zeit und Energie.

Wenn die Firma zahlt, kennen Männer kein Halten. Sie stopfen sich voll, mit allem, was der Laden hergibt. Zwanzig erwachsene Männer auf einem Kindergeburtstag. Es fehlen nur noch die Luftballons. Eine einzige Völlerei. Dabei scheint es dann auch das ungeschriebene Gesetz zu geben, dass man unbedingt besoffen das Lokal verlassen muss.

Die Pseudowitze werden mit jedem Bier bescheuerter. Einer zeigt mir auf der Speisekarte das Wort »Schäufele« (Schweineschulter) und fragt: »Was is'n bitte das? Ein Schwengele? Hahaha!«

Wirklich zum Schieflachen. Wir wischen uns heute noch die Lachtränen aus dem Gesicht.

Oder auch die Frage an Basti: »Wo kann man hier für kleine Königstiger?«, um die Lacher der Kollegen zu ernten.

Basti antwortet: »Sehe hier keine kleinen Königstiger, aber wenn Sie auf die Erwachsenentoilette gehen möchten, die ist hinten rechts.«

Wenn Frauen kein Trinkgeld geben wollen, dann geben sie einfach keines. Männer haben zwei billige Tricks auf Lager, um sich das Trinkgeld zu sparen: Wenn sie in Gesellschaft sind, so zahlen die Geizhälse mit Karte, weil es dadurch weniger auffällt. Der zweite billige Trick ist zu reklamieren, auch wenn es nicht angebracht ist und mit dem Essen alles in Ordnung war. So haben sie »einen Grund«, tun quasi unzufrieden und sparen sich somit ein paar Euro. Nicht genug damit, dass man kein Trinkgeld bekommt, nein, man muss sich auch noch Kritik anhören, wo keine angebracht ist.

Komischerweise bekommt man gutes Trinkgeld meist von Männern, und die No-Cent- oder Zwanzig-Cent-Trinkgelder kommen ebenfalls von Männern. Frauen bewegen sich meist in einem normalen Rahmen.

Zum Thema Trinkgeld lässt sich sagen: seit dem Euro sind es keine zehn Prozent mehr. Die Leute rechnen nämlich so: *Unser Essen hat fünfzig Euro gekostet und nun soll ich der Bedienung zehn Mark geben?* Umgerechnet wird immer noch da, wo es unbequem ist, etwas abzugeben.

Ich habe noch nie – kein einziges Mal – den Gast aufgefordert, Trinkgeld zu geben. Manche meiner Kolleg(inn)en machen es so, dass sie den Touristen fragen »No tip?« oder die Einheimischen: »War alles in Ordnung? Es wundert mich, dass Sie kein Trinkgeld geben...« Ich finde das nicht verwerflich (besonders bei Wiesn-Bedienungen, die zum Großteil Touristen bedienen), und wer sich sein redlich verdientes Trinkgeld so verschaffen möchte, soll das tun; das ist legitim. Allerdings muss es sich für jeden Einzelnen richtig anfühlen, wann oder wie er etwas tut. So mancher Kollege hat schon zu mir gesagt, ich sei doch selber schuld, wenn ich denen nichts sage. Schon möglich. Aber ich käme mir vor wie ein Akkordeonspieler in der U-Bahn, der mit dem Hut rumgeht. Legitim zwar, kratzt aber am Stolz.

Bärbel kassiert bei fünf Männern die Gesamtrechnung von hundertneunundsechzig Euro und neunzig Cent. Der Zahler gibt ihr hundertsiebzig Euro und sagt: »Stimmt so.«

Zehn Cent Trinkgeld.

Bärbel fischt ein Zehncentstück aus ihrem Geldbeutel und schiebt es ihm mit ihren roten Krallen zu.

Der Mann schiebt es zu ihr zurück und meint: »Nein, nein, behalten Sie das ruhig.«

»Nein, vielen Dank auch.« Die zehn Cent wandern wieder über den Tisch.

»Aber, ich bitte Sie, teilen Sie es doch mit Ihren Kollegen.«

Bärbel reißt ungläubig die Augen auf, dann schmeißt sie das Geldstück in den Geldbeutel zurück. Sie klackt mit ihren mittelhohen Pumps zur Schänke, nimmt ein Schnapsglas von 2 cl, das sie mit Obstler füllt, schneidet einen Strohhalm in fünf Teile und steckt diese in das kleine Schnapsglas. Bärbel geht damit zurück zum Tisch, stellt das Schnapsglas mit den fünf winzigen Strohhalmen auf den Tisch und sagt: »Geht aufs Haus. Teilen Sie es mit Ihren Kollegen.«

Es gibt den Spruch »Niemand ist durch und durch gut oder böse.« Daran ist sicherlich viel Wahres, allerdings gibt es durchaus Leute, die sind einfach böse, und hier lässt sich nicht eine Tendenz erkennen, ob es häufiger

Männer oder Frauen betrifft. Manche Gäste betreten das Lokal und fangen sogleich an zu stänkern. Das zieht sich dann durch ihren gesamten Besuch. In solchen Fällen tut die Bedienung gut daran, trotzdem sachlich und souverän zu bleiben. Es ist sinnlos, aus frustrierten Leuten nette Leute machen zu wollen. Da hilft keine Freundlichkeit und kein Lächeln. In ganz krassen Fällen ist das sogar die genau falsche Strategie. Je freundlicher das Personal, desto überheblicher und schroffer wird so mancher. Normalerweise bringt man für unglückliche Menschen ein gewisses Mitgefühl auf, nicht Mitleid, sondern Mitgefühl; aber Leute, die sich nicht mit sich selbst auseinandersetzen, um etwas zu ändern, sondern einfach nur andere mit in den Abgrund reißen wollen, sind erbärmlich. Sie suchen gezielt »Opfer« dahingehend, dass sie ihnen nicht ausweichen können – also am Arbeitsplatz. Ich rege mich längst nicht mehr darüber auf. Solche Leute langweilen mich.

An einem Samstagabend habe ich acht junge Männer als Gäste. Einer davon hat Geburtstag. Sie sind alle locker und nett – aber einer fällt mir gleich als unbequem auf. Gleich zu Anfang weist er mich darauf hin, dass sie nicht gesiezt werden möchten. Ich gehe nicht darauf ein, lächle nur freundlich darüber und sieze weiter. Meines Erachtens macht das den Unterschied zwischen einem Restaurant und einer Boazn aus (»Mogst no a Hoibe?« an jemanden, den man zum ersten Mal sieht).

Später ist der Querulant der Einzige, der auf meine Frage, ob mit dem Essen alles in Ordnung war, nicht antwortet und mir nicht den Teller reicht. Auch begreift er nicht, dass ich mich noch um andere Tische kümmern muss, und ruft mich mit einer ausladenden Armbewegung – so wie ein Fußballtrainer seinen Spieler zurückruft. Als ich an den Tisch komme, bestellen sie noch Getränke. Der Querulant sitzt vor einem leeren Glas, und ich frage: »Wollen S' auch noch was trinken?«

Er schlägt mit der Faust auf den Tisch und ruft: »Ja, Kruzifix, sag halt endlich Du zu mir.« Er wirkt etwas sauer darüber.

Später fragen sie nach Schnäpsen. Ich empfehle einen Schnaps, und der schmeckt ihnen. Der Querulant meint, wo denn *mein* Schnaps sei. Wie es aussieht, erwartet er, dass ich bei ihnen am Tisch stehe und mit ihnen gemeinsam Schnäpse in mich reinschütte. Vielleicht auch noch dazusetzen und Armdrücken? Ich erkläre: »Ich trinke keinen Schnaps, aber danke.«

Später empfehle ich einen anderen Schnaps, und auf meine Frage, ob ihnen die Schnäpse geschmeckt haben, meint der Querulant als Einziger, das sei nicht der Fall gewesen.

Mir wird klar, dass er mein konsequentes Gesieze irgendwie persönlich nimmt. Offenbar versteht er es nicht, dass ich als Frau männliche Gäste nicht duzen möchte, schon gar nicht jene, die in Feierlaune unter Alkoholeinfluss stehen. Interessant finde ich aber die Tatsache, dass er am Tisch »das Rudel anführt«, am häufigsten spricht, und ganz langsam und ganz subtil die anderen ihm sich unterordnen, indem sie mir gegenüber zunehmend reservierter werden, so viel Einfluss scheint er auf die Gruppe zu haben.

Das Geburtstagskind bezahlt und gibt mir ein überaus großzügiges Trinkgeld. Ich bedanke mich herzlich, gehe zur Schänke und frage, ob ich acht Stamperl des günstigeren Schnapses bekommen kann. Das geht in Ordnung. Also bekommen sie eine Runde aufs Haus.

Nach einer Viertelstunde stehen sie auf und ziehen sich die Jacken an. Der Querulant bleibt als Letzter, ich bin auf dem Weg zum Tisch, um abzuräumen. So stehen wir uns kurz gegenüber, also sage ich: »Servus – und schönen Abend noch.«

Er sieht mich ernst an (ich habe ihn den ganzen Abend kein einziges Mal lächeln gesehen!) und sagt: »Mehr Lachen könnte nicht schaden.«

Das ist schon so heftig, dass es schon wieder komisch ist: Den ganzen Abend war ich zuvorkommend und freundlich, er hat kein einziges Mal gelächelt, nimmt mir die Verweigerung des Duzens dermaßen übel, dass er mir unbedingt noch eins reinwürgen will. Das erinnert mich an den schroffen Gast, der über meine Kollegin im Internet geschrieben hat: »Bedienung ist zwar freundlich, aber wirklich lustig ist sie nicht.« Vielleicht sollten wir ab und zu eine kleine Slapstick-Einlage bieten und laufend Witze erzählen...

Für eine Sekunde überlege ich zu sagen: »Das Kompliment kann ich nur zurückgeben« oder »Wie würden Sie reagieren, wenn ich Ihnen das Gleiche sagen würde?«, aber ich lasse es. Vier Bier und drei Schnaps lassen nicht mehr klar denken, und ich könnte einen Konflikt heraufbeschwören, der die Sache nicht wert ist. Dem Geburtstagskind den Abend ruinieren? Wofür? Mir ist es egal, was der Querulant denkt, und ich habe nicht vor, mich verunsichern zu lassen von jemandem, der sich die Leute so zurechtbiegen möchte, wie er sie gerne hätte. Deshalb sage ich einfach: »Aha. Nicht genug gelacht, soso...«

Als ein Gast bemerkt, dass er mich nicht aus der Ruhe bringen kann, und immer provokanter und frecher wird (zu guter Letzt pfeift er (!), als er die Rechnung will – und hier schütteln einige Gäste bereits den Kopf über ihn), meine ich, als ich ihm die Rechnung bringe: »Ich bin nicht ihr persönlicher Frustabfänger. Wenn Sie wieder hier auftauchen, bin ich nicht bereit, Sie noch mal zu bedienen. Ich werde auch die Kollegen vor Ihnen warnen. Nur, dass Sie Bescheid wissen.«

»Halten Sie sich mal zurück, ja?«, belehrt mich die personifizierte Zurückhaltung.

Ich höre, wie ein Gast sagt: »Warum schmeißen S' den Deppen nicht endlich raus?«

Ich sage: »Sie sollten bei Gelegenheit mal den Knigge durchblättern. Kann nicht schaden.«

Er bezahlt, steht auf und ruft: »Frechheit! Eine bodenlose Unverschämtheit ist das!«

Ich nicke und sehe ihn an. »Ich hätte es nicht besser ausdrücken können.«

Was will man zum Beispiel mit dem Herrn machen, der hereinkommt und fragt: »Sie sind ein Brauhaus?«

»Nein, wir sind ein Restaurant«, antwortet Bärbel.

»Aber Sie haben das Wort Bräu im Namen des Lokals.«

Bärbel zuckt die Schultern. »Ja, schon. Aber ich war bei der Namensauswahl nicht zugegen, und irgendwie muss man das Lokal ja nennen.«

»Ach wirklich?«

»Möchten Sie einen Platz? Für Sie alleine?«

»Natürlich für mich alleine! Oder sehe ich aus, als hätte ich noch eine Milliarde Leute im Schlepptau?«, blafft er Bärbel an.

Es könnte ja auch sein, dass er sich mit jemandem verabredet hat und noch weitere Gäste zu erwarten sind.

Unnötig zu erwähnen, dass sie nach einer Stunde mit den Nerven am Ende ist.

Oder auch das Beispiel, das Basti erzählt hat. In einem Lokal, in dem er gearbeitet hat, wurde aus Jux das Reservierungsbuch gestohlen, in dem sämtliche Weihnachtsfeiern eingetragen waren. Und das auch noch Anfang Dezember. Für die Geschäftsführung bedeutet das einen mittelschweren Nervenzusammenbruch.

Lilly ist seit einem halben Jahr solo. »Was ist das Leben ohne Liebe?«, sagt sie in letzter Zeit des öfteren. Neben der Schänke sitzen an diesem Abend sechs junge Männer, alle etwa Mitte dreißig. Jedes Mal, wenn sie an ihnen vorbeigeht, klebt ihr Blick an ihnen. Einmal wedelt sie mit der freien Hand sogar vor ihrem Gesicht herum. »Ob das Hitzewallungen sind?«, kommentiert Basti amüsiert.

Wir lachen.

Als Lilly später neben der Schänke steht und auf ihre Getränke wartet, fragt sie in die Runde: »Spürt ihr das auch?«

»Was denn?«, fragen wir.

»Diese Testosteron-Aura.«

»Nicht wirklich, nein.«

»Jedes Mal, wenn ich da vorbeigehe, werde ich davon beinahe erschlagen.«

»Dann können wir nur hoffen«, gibt Basti von sich, »dass du den heutigen Abend überlebst.«

»Sind die nicht ein bisschen zu jung für dich?«, gibt Cornelia zu bedenken.

»Hallo?«, ruft Lilly entsetzt. In dieser Hinsicht ist mit ihr nicht zu spaßen. »Sehe ich etwa älter aus als die?«

»Natürlich nicht«, meint Basti und zieht die beiden Krüge zu sich heran. »Ihr könntet zusammen bei McDonald's Kindergeburtstag feiern, und niemand fände das merkwürdig.«

Später, als es etwas ruhiger geworden ist, gehe ich zu Lilly und frage sie: »Hast du Stefan angerufen?«

»Ich hab tagelang hin und her überlegt, dann hab ich ihn angerufen.«

»Und?«

»Wir hatten ein Date. Er hat mich in ein tolles Restaurant ausgeführt.«

»Und?«

»Nichts und.«

»War es ein mieses Date? Ist Stefan doch nicht so toll?«

Lilly wendet den Blick ab. »Es war das schönste Date, das ich hatte, und Stefan ist... perfekt.«

»Das ist doch wunderbar!«, rufe ich und drücke ihre Schulter.

Sie schüttelt den Kopf. »Seitdem hat er ein paarmal angerufen, aber ich melde mich nicht. Nächste Woche fliegt er zurück nach Amerika und... egal. Wir hatten einen netten Abend.«

»Ich hab da mal 'ne Frage.«

»Ja?«

»Was ist dein Problem?«

»Was?«

»Du bist dein Leben lang auf der Suche nach der großen Liebe. Deinen letzten Typen hab ich gesehen, als er hier war. Jeder hätte dir auf den ersten Blick sagen können, dass der eher in die Kategorie *Entzugspatient* fällt, als in die Kategorie *potenzieller Lebenspartner*. Und Stefan...«

»Verstehst du denn nicht?« Lilly hat plötzlich Tränen

in den Augen. »Für so einen Mann wie Stefan bin ich einfach nicht gut genug. Was soll er denn mit so jemandem wie mir?«

»Bist du eigentlich noch zu retten? Sieh dich an. Du bist klug, hübsch, hast ein gutes Herz... Okay, du hast ein bisschen 'ne Klatsche mit deiner Fixierung aufs Aussehen, aber jeder hat irgendeine Macke, auch Stefan.«

»Aber ich...«

»Überleg mal, was du da sagst. Mit so einer Haltung, Lilly, wirst du immer nur kaputte Leute anziehen.«

Sie sieht mich an, dann sagt sie: »Lass mich jetzt in Ruhe«, und geht weg.

Top Five der Männer/Frauen-Phänomene:

Gast beharrt darauf, man müsste von allem eine halbe Portion anbieten. »Also, ich war selber schon in der Gastronomie...«
Wo denn? 'ne Woche bei McDonald's hinterm Tresen?

Die Dame legt sich theatralisch eine Hand über die Stirn und fragt melodramatisch: »Das ist unser Tisch? Der hier?«
Irgendwann ... wird sie darüber hinweg sein.

Gast macht sich daran, die lange Firmenrechnung gründlich anzusehen. Er sagt zum Kellner: »Sie können sich auch hinsetzen, während ich lese, dann gehen wir das zusammen durch.«
Das ist absolut so üblich. Normalerweise spielt man danach noch ein Brettspiel miteinander.

»Ich weiß einfach nicht, was ich trinken soll«, sagt die Frau leicht verzweifelt. »Können Sie mir vielleicht einen kleinen Orangensaft, ein kleines Wasser und ein kleines Radler bringen?«
Darf's zusammen in ein Glas?

»Siegi, mein Stuhl wackelt«, sagt die Frau zu ihrem Mann.
»Ach, Schmarrn«, meint Siegi, »des is bloß der Schnaps.«
Alles eine Frage der Interpretation.

Die Asiaten winken hektisch. Kollegin sagt in breitestem Bayerisch: »Don't wave, please. We don't like it here.« Gehorsam lassen sie die Arme sinken. Als die Kollegin später an ihnen vorbeigeht, haben sie die Arme immer noch brav an den Körper gepresst, haben aber einen anderen Weg gefunden, sich bemerkbar zu machen: »Hello!? Hello!? Hello!?«

»Mei bin i froh, dass i koa Japaner bin« – andere Länder, andere (Un)Sitten

Eleni hat ein bisschen Kreuzschmerzen. Das Lokal kann sie nicht putzen, weil das zu anstrengend ist, weshalb eine Aushilfe kommt. Die Wohnung vom Chef kann sie machen, meint sie, aber sie muss halt mit dem Taxi kommen.

Der Chef sieht zufällig gerade zum Fenster hinaus, als er Eleni dabei beobachtet, wie sie aus der Straßenbahn aussteigt.

»Bekomme ich zwanzig Euro für Taxi«, sagt sie sogleich, als sie in der Wohnung steht.

»Erzähl doch nicht so einen Schmarrn. Du bist mit der Tram gekommen.«

»Waaas? Na und? Hab ich mit Schmerzen Straßenbahn gefahre wegen Geld spare. Meine Sache!«

Es versteht sich von selbst, dass jeder Mensch ein Individuum ist. Allerdings bestehen in der Welt eben auch

Mentalitätsunterschiede, geprägt durch die verschiedenen Kulturen.

Deutsche

Die regionalen Unterschiede sind so klein nicht. Der Bayer ist halt ein bisschen grantlerisch, aber er gibt gutes Trinkgeld. Bei den Bayern gibt es keine komplizierten Sonderwünsche, eventuell mag er einen Semmelknödel statt einem Kartoffelknödel zum Schweinsbraten, das war's auch schon.

Die Rheinländer sind klasse. Sie sind fröhlich und herzlich und plaudern mit uns, als würden wir uns längst kennen. Leider ist Trinkgeld bei ihnen eher so etwas wie eine »Aufrundungsgeschichte«, was bedeutet, dass bei neunundfünfzig auf sechzig aufgerundet wird.

Berliner? Was soll ich sagen, ich mag sie einfach. Sie sind so echt, mit Ecken und Kanten. Manche Kollegen finden sie etwas knorrig.

Die Norddeutschen sind großzügig mit Trinkgeld, überraschend offen (gegen das Klischee) und finden die Bayern und das Bayerische insgesamt irgendwie surreal, alles wird augenzwinkernd amüsiert betrachtet.

NRW... immer wieder gerne. Rauer Charme, direkter Humor.

Fünfzehn Leute im Schalke-Trikot nach einem Fußballspiel: »Ey, wieso dauert das mit dem Bier so lange? Könnt ihr's nicht verkraften, wenn euch Schalke rauskickt?!«

Was ein typisch deutsches Phänomen ist: Nach dem Essen pfeift der Deutsche sich mit einem Latte Macchiato 'n halben Liter Milch rein. Das macht keine andere Nation.

Russen

Die beiden korpulenten Herren blicken nicht auf, als ich an ihren Tisch komme. »Wuodka. Zwei.«, sagt einer von ihnen und zieht sogleich an seiner Zigarre.

»*Absolut* oder *Moskovskaya*?«, will ich wissen.

»*Muosskowsskaya*«, antwortet er gelangweilt und cool, wie ein... na ja... russischer Auftragskiller.

Ein paar Minuten später stelle ich zwei Stamperl mit 2 cl vor die beiden Herren. Mein Gesprächspartner nimmt ungläubig das Glas, hebt es hoch und ruft, ohne mich dabei anzusehen: »Waas iist daas?«

»Wodka *Moskovskaya*.«

Er reicht mir das Glas und ruft, nun etwas lauter: »Groooß!«

Wieder ein paar Minuten später stelle ich zwei doppelte Wodka vor die beiden und bin ganz sicher, dass meine Mission nun erfüllt ist.

Der Herr, mit dem ich das Vergnügen hatte, bisher zu kommunizieren, reicht mir (mittlerweile ziemlich genervt) wieder das Glas und ruft entschieden: »Groooooß!«

Wieder nehme ich die Gläser an mich, gehe zu Harry an die Schänke und bestelle: »Zwei achtfache Wodka.«

»Bitte was?«

»Die Doppelten, die du mir gegen hast, sind für die beiden wieder zu klein. Also tippe ich noch den Rest auf Getränke divers...«

Harry scheint mir gar nicht zuzuhören, sondern ist damit beschäftigt, vor dem Gläserregal nach einem passenden Behälter für das gewünschte Getränk zu suchen. »Wo soll ich denn einen achtfachen Wodka reintun? In einen Bierkrug?«

»Tu es doch ins Colaglas«, schlage ich vor.
»Wie sieht denn das aus?«, sträubt er sich.
»Ich glaube, das interessiert die beiden einen Dreck.«
Er wendet den Kopf in meine Richtung. »Russen?«
Ich nicke. »Russen.«
Nach zwei Minuten serviere ich den achtfachen Wodka. Die beiden nehmen das Glas in die Hand und wollen trinken.
»Ist das jetzt gut so?«, frage ich.
»Ja. Gut.«

Russen schätzen große Portionen und schnellen Service, denn sie sind manchmal etwas ungeduldig. Sie können viel essen, ebenso viel trinken, und dementsprechend hat man mit einem russischen Tisch immer einen guten Umsatz. Sie geben immer und grundsätzlich gutes Trinkgeld.

An einem russischen Tisch kassiere ich, bekomme kein Trinkgeld, und fünf Minuten später steht der Zahler vor mir und will einen Zwanzigeuroschein gewechselt haben. Ich denke: *Kein Trinkgeld geben, aber für Zigaretten wechseln wollen.* Trotzdem hätte ich ihm gewechselt, aber an diesem Abend habe ich schon viel Kleingeld gebraucht und auch einigen Gästen Geld für Zigaretten gewechselt, sodass ich die paar Münzen und kleinen Scheine nicht entbehren kann. Ich sage ihm, es täte mir leid, aber ich könne ihm wirklich nicht wechseln. Er geht zu einer anderen Kollegin, die bedauerlicherweise das gleiche Problem hat wie ich. Er geht zu einer Dritten, die ihm wechselt, dann nimmt er zehn Euro, geht auf mich zu und sagt: »Das ist für Sie.«

Oje. Hätte ich doch bloß meine letzten Kröten zusammengekratzt, um ihm zu wechseln!

Ein zweites Beispiel dafür, dass ein Russe immer Trinkgeld gibt, und keinen Bewertungskatalog aufstellt, ob und wie viel und weshalb es eine Servicekraft verdient hat oder nicht:

Es ist Wiesn-Samstag, was bedeutet, dass es von morgens bis Mitternacht brechend voll ist. Wir kommen nicht einmal dazu, die Tischdecken zu wechseln oder etwas zu essen. Vier Russen, zwei Männer und zwei Frauen, setzen sich an einen dreckigen Tisch, weil dieser noch nicht abgeräumt ist. Sie bestellen vier Weißbier, als ich noch beim Saubermachen bin. Nachdem ich die Getränke gebracht habe, will eine der Frauen einen Bierwärmer. Als ich ihr diesen bringe, habe ich für einen anderen Tisch die Speisekarten unterm Arm und Getränke in der anderen Hand. Ich stelle den Bierwärmer ab, kann mich aber wegen der Speisekarten unterm Arm nicht normal bewegen, und so landet das Ding laut auf dem Tisch und ein Drittel des Wassers schwappt über. Als ich mich gerade entschuldigen will, werde ich von einem dicken Gast zur Seite geschubst, dann stellt Merve sich neben mich und sagt: »Tisch sechs will zahlen. Und hast du in der nächsten halben Stunde zwei Plätze?« So bleibt die Entschuldigung aus, und später ist es einfach zu spät, weil ich es erklären müsste und sie nicht gut Deutsch sprechen.

Als die vier später fertig mit dem Essen sind, sitzen sie lange vor dem schmutzigen Geschirr, weil ich in einer Tour gefordert bin. Als ich irgendwann bei ihnen abräume, sagen sie, dass sie zahlen wollen. Ich bringe die Rechnung und sage: »Mit den drei Brezen macht es sechsundachtzigzwanzig.«

»Drei Breze?«, fragt einer der Männer, der seinen Geldbeutel geöffnet hat.

»Ja, Sie hatten drei Brezen«, und ich zeige auf den Brezenkorb.

Er sieht mich an, dann den Brezenkorb, dann wieder mich und gibt mir hundert Euro. Natürlich bekomme ich kein Trinkgeld. Schmutziger Tisch, überschwappendes Wasser, schmutziges Geschirr steht so lange wie der Böhmerwald ... Kann ich verstehen.

Als sie weg sind, wird es allmählich etwas ruhiger. Gerade will ich diesen Tisch abräumen, als Nicole auf mich zukommt. Sie hält ein paar Münzen in der Hand und sagt: »Hab dir von Tisch acht drei Brezen aus dem Korb genommen, aber ich hatte keine Zeit, sie dir gleich zu bezahlen.« Ich schäme mich beinahe zu Tode. Ich habe den Russen drei Brezen berechnet, und trotz der Defizite, die sie an diesem Abend erleben durften, haben sie es einfach hingenommen. Es bringt auch nichts mehr, nach draußen zu gehen und zu versuchen, sie noch zu erreichen, da sie seit über zehn Minuten weg sind. Mit meinem schlechten Gewissen gehe ich zum Tisch, klaube die Servietten auf und werfe sie in den leeren Brezenkorb. Scheiße, denke ich immer wieder, aber es hilft ja nichts mehr.

Ich hebe den Bierwärmer hoch – und darunter liegen zehn Euro.

Russen haben das Lächeln nicht erfunden, so viel ist klar. Einem Russen oder einer Russin ein Lächeln zu entlocken ist ungefähr so schwierig, wie einen Japaner dazu zu bringen nicht zu winken.

Aber: Sie sind nicht unfreundlich. Sie sind wie sie sind – im wahrsten Sinne des Wortes. Ein Russe spricht mit dem Kellner in gleicher Art und Weise wie mit seiner Frau, die ihm gegenübersitzt.

Sie sind total unkompliziert. Es gibt keine Sonderwünsche und keine Änderungswünsche. »Vier Bier. Zwei Haxen. Zwei Spanferkel.« Russen bestellen schnörkellos. Wenn wir fragen, ob es gut war, nickt der Russe. Und auch, wenn's vielleicht mal nicht so gut war, reklamiert wird nur in den seltensten Fällen und wenn es wirklich angebracht ist.

Wenn die Russen mit Essen, Service und allem zufrieden waren, dann bekommt man es hier und da doch manchmal: ein klitzekleines, kaum merkliches Lächeln.

Franzosen

Die ruhigsten und entspanntesten Gäste überhaupt. Keine Hektik; diese Gäste machen keinen Stress. Sie studieren ziemlich lange die französische Speisekarte, können so gut wie nie Englisch und sind äußerst kultiviert. Franzosen als Restaurantgäste haben einen zurückhaltenden Charme, der nach einer kleinen Unterhaltung und der Nachfrage, woher sie kommen, durchaus etwas herzlicher werden kann.

Es gibt meinerseits Daumen hoch, da ich so gut wie immer zauberhafte Französinnen und Franzosen bedient habe. Einziger Wermutstropfen: Kein Trinkgeld.

Italiener

Die Italiener in Bayern sind wie die Man-spricht-Deutsch-Touristen in Italien: Bier, Wurschto, Sauerkraute, Schniitzel...
»I can recommend you something...«
»No, no... Bella Axe et Birra grande...«

Obwohl die Italiener eine der besten Küchen der Welt haben (finde ich), so loben sie in den höchsten Tönen die bayerische Küche. »Bellissima« und »Perfetto« sagen sie stets nach der Frage, ob es geschmeckt hat.

Als Dessert wird häufig ein Schnaps bestellt. Welcher? Schulterzucken. »Schnaps, eh?«

Es ist nicht so, dass Italiener kein Trinkgeld geben wollen. Viele wissen es einfach nicht, denn in Italien gibt es das sogenannte coperto, was unter anderem heißt, dass das Trinkgeld bereits im Rechnungsbetrag enthalten ist. Seit wir irgendwann einen Stempel eingeführt haben und auf der Rechnung steht »Tip not included«, geben die Italiener das großzügigste Trinkgeld.

Dennoch kann man eines nicht unerwähnt lassen: Junge Italiener muss man im Auge behalten. Deshalb kassiert man sie im Garten häufig gleich ab.

Holländer

Sie haben auf gewisse Weise eine erfrischende Art und sind einfach gut drauf. Herrlich unkompliziert, nie überheblich, aber, liebe Oranjes: Zwanzig Cent als Trinkgeld zu bezeichnen ist ungefähr so, als würde man Arjen Robben einen Skandinavier nennen!

Österreicher

So gut wie immer äußerst kultiviert, hervorragende Umgangsformen und manchmal auch ein kecker Scherz auf den Lippen. Als eine neue Kollegin (fünfzig Jahre alt) sagt: »Das weiß ich nicht, denn ich bin neu«, sagt der Wiener: »Ah sooo ... grod erst aus der Lehrschul draußen?«

Man braucht eine Weile, um ihre Getränke ins Deutsche zu übersetzen, weil kleiner Brauner und Spritz-dies-und-das hierzulande nicht so geläufig sind.
»Ich hätt' gern a Bananenweizen, bitt'schön.«
»Ha?«, rutscht es der Kollegin heraus.

Schweizer

Basti nimmt die Bestellung der fünf Schweizer auf. Einer der Herren blickt von seiner Speisekarte auf und kommentiert: »Wie kann das sein, dass auf dem sogenannten bayerischen Käsebrett die meisten Käsesorten schweizerisch sind?«
Die anderen Herren lachen.
Basti tut, als würde er scharf darüber nachdenken. »Hmm... keine Ahnung. Vielleicht ist das so wie mit der Schweizer Schokolade. Man munkelt, die Schokolade kommt eigentlich aus Südamerika.«
Die Herren lachen wieder, und einer sagt: »So gesehen...«
Über die Schweizer lässt sich gar nichts Schlechtes sagen (außer vielleicht ihre Knausrigkeit oder mangelnde Information – an irgendetwas liegt es wohl, dass sie gar kein Trinkgeld geben oder dreißig Cent). Sie fallen nicht auf, sind einfach da, sind brav und umgänglich.

Mittel- und Südamerikaner

Auch wenn natürlich hier Mentalitätsunterschiede herrschen, geprägt durch unterschiedliche Geschichte, politische Stimmungen und den Lebensstandard, so lässt sich sagen, dass Mexikaner, Peruaner, Argentinier und Brasilianer sich dadurch hervorheben, dass sie eine großartige Ausstrahlung und eine einnehmende Art haben. Sie sind freundlich und geradezu herzlich.

US-Amerikaner

Der Amerikaner ist immer und grundsätzlich begeistert.

Hat es geschmeckt? »Oh, it was amazing, delicious, gorgeous, awesome, fantastic...« Ich finde das toll, aber es ist halt auch nicht immer besonders glaubwürdig. Wenn man den kleinen Teller des Beilagensalats abräumt, der als Vorspeise bestellt wurde, und der Ami sagt: »It was absolutely wonderful«, dann ist das zwar süß, aber wir reden hier von drei Salatblättern, ein paar Tomaten- und Gurkenscheiben und geraspelten Karotten.

US-Amerikaner sind, bis auf extrem wenige Ausnahmen, die nettesten Gäste. Sie begegnen einem immer auf Augenhöhe, zeigen kein Klassendenken und sind neugierig. Sie wollen alles wissen. Woher du kommst, wie du lebst, was du sonst noch tust, warum du diesen Job machst... Sehr markant bei ihnen: Sie finden das total okay, dass du kellnerst, aber das kann doch nicht alles sein, oder?

Tatsächlich hatte ich von meinen zehn schönsten Begegnungen mit Gästen acht mit Leuten aus den USA.

Sie sind die besten Tipper! Da es in den Staaten üblich ist, fünfzehn bis zwanzig Prozent Trinkgeld zu geben, tun sie das auch bei uns. Eine Rechnung von hundert Euro wird nicht selten mit hundertzwanzig beglichen. Ja, ein Traum, natürlich, und wir sind ihnen auch dankbar dafür, trotzdem hat die Sache einen Haken. Nur einen kleinen zwar, der in Stressphasen mitunter aber höchst anstrengend werden kann: Sie haben viele Fragen zur Speisekarte (so weit so gut, kein Problem), interessieren sich für sämtliche Zutaten und die Zubereitungsart, ändern immer (!) mindestens eine Beilage, wollen das Dressing im extra Schälchen und überhaupt noch einen extra Teller... hat wohl Meg Ryan in *Harry & Sally* eingeführt.

Demnach kann man die Bedienungen in den USA wegen ihres Trinkgelds kaum beneiden – zumal sie auf einem minimalen Grundlohn arbeiten –, denn diese Leute haben jeden Cent dieser zwanzig Prozent redlich verdient.

Japaner

Ich könnte sagen, dass es uns immer eine Freude ist, Japaner zu bedienen, und wir frohlocken, wenn sie das Lokal betreten. Klar, kann ich machen, aber das hier ist ein ehrliches Sachbuch und kein Fantasyroman.

Zunächst sei gesagt: Japaner sind höflich, freundlich und in jeder Situation gefasst und kontrolliert. Kein einziges Mal habe ich einen lauten, wütenden oder ungehaltenen Japaner erlebt.

Was sie aber in der Beliebtheitsskala der Gästenationalitäten nach unten katapultiert, sind: Winken und Trinkgeld.

Japaner winken. Immer. Ständig. Penetrant. Ein Japaner, der während seines Restaurantbesuchs nicht winkt? Eher friert die Hölle zu!

In einem leeren Lokal geht die Bedienung mit den Speisekarten auf ihren (einzig besetzten) Tisch zu – und die Japaner winken. Kaum haben sie sich die Getränke ausgesucht, warten sie nicht etwa, bis man an den Tisch kommt, nein, es wird gewinkt. Essen ausgesucht – sie winken. Getränk nachbestellen – sie winken.

Wenn sie mit dem Essen fertig sind, so darf man die leeren Teller nicht abräumen, sondern soll sie stehen lassen. Wahrscheinlich ist das in Japan so üblich – hier aber nicht.

Trinkgeld gibt es keinen müden Cent. Nie.

Sie haben viele lustige Bilder in ihrem Reiseführer. Da sieht man Leberknödelsuppen, Weißwürste, Schweinsbraten mit Knödel...

Das ist ganz toll und aufwendig recherchiert, liebe Reiseführerautoren in Japan. Schönen Gruß aus Deutschland, mit ein paar Tipps, was man in die Reiseführer noch aufnehmen könnte:

- Nicht winken. Die Kellner kommen von sich aus an den Tisch. Wenn die Servicekraft nicht sofort nach Getränke- oder Essenswünschen fragt, heißt das nur, dass sie beschäftigt ist. Es gibt mehrere Tische zu betreuen, und es wäre bezaubernd, wenn Sie etwas mehr Geduld walten lassen würden. Gegebenenfalls heben Sie die Hand, um auf sich aufmerksam zu machen. Es ist nicht nötig, sich kontinuierlich den Arm auszukugeln! In Europa ergibt dies auch keinerlei Sinn, da die Bedienungen nicht einfach so herumstehen und darauf warten, bis jemand winkt. Das Personal kommt von sich aus an den Tisch und bewegt sich in regelmäßigen Abständen durch die Tischreihen.
- Wenn Sie fertig mit dem Essen sind, so lassen Sie die Kellner Ihr Geschirr abräumen. Leeres und somit schmutziges Geschirr gehört in die Küche.

– Trinkgeld ist in Japan eine Beleidigung – aber in Deutschland ist es umgekehrt. Die Kellner leben größtenteils vom Trinkgeld.

Berta legt die englischen Speisekarten wieder auf den Stapel und seufzt vor sich hin: »Mei, bin i froh, dass i koa Japaner bin.«
Ich frage lieber nicht. Sie wirkt ziemlich genervt.

Ein Amerikaner hat eine Frage zu einem Gericht. So beuge ich mich über den Tisch, stütze mich mit den Händen ab und antworte ihm gerade, als ein japanischer Gast, der zu meiner Linken sitzt, anfängt zu winken. Ich drehe den Kopf und sage: »Just a minute, please.« So spreche ich weiter mit dem Amerikaner, der Japaner winkt immer heftiger, und zu guter Letzt streckt er seinen Arm aus und winkt wie ein Scheibenwischer zwei Zentimeter vor meinem Gesicht! Der Amerikaner hört auf zu sprechen und sieht den Japaner etwas verblüfft an. Ich weiche zurück, um Abstand zu seiner winkenden Hand zu bekommen, dann postiere ich meinen Zeigefinger vor seinem Gesicht und sage langsam und bestimmt: »Don't! Do! This!«
Er weicht zurück, lacht verlegen und sagt: »Sorry, sorry, sorry, sorry, sorry ...«
Später tut er mir ein bisschen leid, und ich sage ihm, dass das nicht böse gemeint war, aber dass ich mich nicht mit jemand unterhalten könnte, wenn jemand anderer vor meinem Gesicht herumwedelt. Er lacht wieder verlegen und sagt: »Sorry, sorry, sorry ...«
Irgendwie habe ich das Gefühl, er nimmt das Gesagte gar nicht richtig auf.

»Sind die jetzt immer noch nicht mit dem Essen fertig?«, nörgelt Monika, die endlich den Tisch der Japaner abräumen will. »Ist doch sowieso schon alles ganz kalt.«

»Das dauert«, meint Leni, »ich glaube, wenn die Japaner uns beim Essen sehen, kommen wir ihnen vor wie Schleuderaffen.«

Berta geht am Tisch der sechs Japaner vorbei, die gerade ihre Weißwürste auf unansehnliche Weise zerstückeln. Sie bleibt stehen, geht wieder einen Schritt zurück und stellt sich vor den Tisch.

Die Japaner halten erschrocken inne und starren sie an.

»Ja, verreck!«, ruft Berta und schüttelt den Kopf. »D'Weißwürscht wenns schrei'n kannt'n…«

Als sie davongeht, steht den Japanern die Verwunderung immer noch ins Gesicht geschrieben.

Manchmal gibt es eine Gruppe von Touristen, die sich danebenbenehmen, aus dem einfachen Grund, weil man sich nicht mehr wiedersehen wird. Egal, aus welchem Land sie kommen.

Eine Kollegin trägt einen langen Zopf. Ein deutscher Tourist fasst ihren Zopf an, während sie ihm gerade den Rücken zuwendet, zieht daran und ruft heiter: »Ding, dong!«

Sie dreht sich um, mit einem leeren Bierkrug in der Hand. »So, jetzt pass amoi auf, Spezi. Du hast gleich mit voller Wucht den Krug hier am Kopf, und dann macht's in deiner Birne ding, dong!«

Top Five der Touristen-Erlebnisse:

Fünf Japaner beim Weißwurstfrühstück. Die Breze wird, wie alles andere auch – mit Messer und Gabel bearbeitet.
Sie haben gehört, in Europa wird alles mit Besteck gegessen.

Kolleginnen streiten darüber, ob sie dem Amerikaner erlauben sollen, sich alleine an den großen Tisch zu setzen. Die eine sagt ständig »Yes«, die andere »No«. Er sieht die beiden abwechselnd an und fragt schließlich: »What's the point of that? Good cop, bad cop?«
Nein, einfach nur ein kleiner Zickenkrieg zwischendurch.

Engländer will wissen, was der Unterschied zwischen normalem und Oktoberfest-Bier ist. »The Oktoberfest-Beer is stronger...« Er freut sich:»Yes! Yes! Yes! I want this!«
Für so manchen ist der Alkoholgehalt das Kriterium Nummer eins.

»Sie glauben wohl, Sie können den Touristen jeden Dreck vorsetzen!«
Exakt. Das ist unsere Philosophie und unser Slogan.

Mitternacht. Wir sind am Aufstuhlen, und vier Japaner kommen herein und fragen, ob geöffnet ist. Kollegin zeigt demonstrativ auf die Stühle. Japaner nickt lächelnd und fragt: »Yes, but are you open?«
Ja, klar haben wir geöffnet. Wir stuhlen nur schon mal auf, weil uns langweilig ist.

Kollegin geht zu der jungen Dame, die sich vor Kurzem
an einen großen Tisch in der Ecke gesetzt hat.
»Grüß Gott. Wollen S' schon was zu trinken?«
»Ich möchte bitte drei Stück Weißwürste und ein
Glas warmes Leitungswasser.«
Kollegin dreht sich um und murmelt auf den Weg zur Kasse:
»Do konn's ja glei des Weißwurschtwasser sauffa.«

Kellnern – von Status, Ausrastern und verpassten Chancen

Bärbel ist heute hundemüde. Sie setzt sich auf die Bank, zwischen Damen- und Herrentoilette und schließt für ein paar Minuten die Augen. Sie hört, wie die Tür der Herrentoilette aufgeht, und kurz danach vernimmt sie ein Geräusch neben sich auf der Bank. Sie öffnet die Augen und sieht ein Fünfzigcentstück. Da hat sie wohl jemand für die Toilettenfrau gehalten... »So verdient man sich sein Geld im Schlaf«, meint sie daraufhin amüsiert.

Lilly trinkt hin und wieder kurz vor Feierabend eine Weinschorle, ist aber weit davon entfernt, dem Alkohol verfallen zu sein. Heute Abend nippt sie gerade an ihrem Schörlchen, als Leni vom Garten nach drinnen kommt und sie warnt: »Chef kommt!«

Lilly verschluckt sich beinahe – und dann schmettert

sie das Glas in hohem Bogen in den Wäschekorb, in dem die schmutzigen Tischdecken stecken.

Ein paar Wochen später ist sie in ihrer Urlaubswoche beim Shoppen, als sie sich in den Garten setzt, eine kleine Weinschorle bestellt und ein wenig mit Leni quatscht. Während Lilly eine Zigarette raucht und einen Schluck von ihrer Weinschorle nimmt, erinnert sie Leni daran, dass es eigentlich verboten ist, als Angestellte Alkohol zu trinken – auch an einem freien Tag (was auch verständlich ist, da die Stammgäste einen ja kennen – und dies keinen guten Eindruck macht). »Mist«, äußert Lilly, »was, wenn der Alte jetzt ums Eck biegt?«

»Tja«, meint Leni schulterzuckend, »von hier aus triffst du den Wäschekorb jedenfalls nicht.«

Lilly hat sich noch ein paarmal mit Stefan getroffen, bevor er wieder nach San Francisco zurück ist. Sie schreiben sich täglich E-Mails, und er ruft sie jede Woche an. »Er hat mich nach San Francisco eingeladen«, erzählt sie mir eines Nachmittags, als wir im Garten stehen und die Sonnenstrahlen genießen.

»Wirklich?

Lilly nickt. »Also, ich ... hab zugesagt.«

»Aha.«

Wir stehen uns eine Weile schweigend gegenüber, dann sagt sie: »Ich kann ja mal hinfliegen und so. Übrigens, wir haben uns bis jetzt nur geküsst. Ist das nicht süß? Ich komme mir wieder vor wie ein Teenager. Und ich kenne ihn, als er auch ein Teenager war, und da scheint der Junge durch. So alt kann er gar nicht werden, dass da nie der Junge ist, den ich in ihm sehe. Und vielleicht sieht er das Mädchen von damals in mir.«

Ich sehe sie lächelnd an.

»Es gibt Momente, da überfällt mich nackte Panik. Dann erinnere ich mich daran, was du gesagt hast – und das gibt mir Kraft.«

Ich ziehe sie zu mir heran, und wir nehmen uns in den Arm.

Mein Freundes- und Bekanntenkreis war schon immer sehr durchmischt. Akademiker, Leute mit großer Familiengeschichte ebenso wie Sozialhilfeempfänger oder das, was die Gesellschaft Versager nennt. An einem Sonntagnachmittag besucht mich ein Kollege, der Literaturwissenschaften und Biologie studiert hat, mit seiner Freundin. Er ist gerade mal Mitte zwanzig, ebenso wie seine Freundin, die Jura studiert. Wir haben uns in einem Schriftstellerkreis kennengelernt und haben einen ähnlichen Schreibstil. An diesem Sonntag trinken wir Kaffee und unterhalten uns über das neue Buch seines Lieblingsautors, als es an der Tür klingelt. Überraschend kommt ein Freund von uns, der in der Nähe wohnt, ebenfalls auf einen Kaffee vorbei. Matthias ist der Typ, der nach außen hin ein anderes Bild vermittelt, als er in Wirklichkeit ist: tätowierte Arme und ausgeprägter Muskelaufbau im Fitnessstudio (sein jahrzehntelanges Hobby), aber ein Herz aus Gold, ein hingebungsvoller Vater für seine Kinder und nach Aussage seiner Frau der beste Ehemann der Welt.

Mein Kollege, seine Freundin, Matthias, mein Mann und ich trinken gemeinsam Kaffee und reden eine Stunde über neutrale Themen. Die menschliche Chemie zwischen Matthias und meinen neuen Bekannten ist nicht die beste, das ist deutlich zu spüren, wobei ich das Gefühl habe, dass es Matthias ist, der mit der negativen Schwingung zu kämpfen hat, und nicht meine beiden Bekannten.

Als Matthias später geht, fragt der Kollege: »Was macht er denn beruflich?«

»Er ist Müllfahrer«, gebe ich zur Antwort.

Er rümpft die Nase. »Hmmm... na ja, wenn ihm der soziale Status nicht wichtig ist...«

In diesem Moment frage ich mich, welches Bild er denn von *mir* hat. Meine Jobs als Kassiererin, Babysitter, Bäckereiverkäuferin und Kellnerin imponieren ihm mit Sicherheit nicht mehr als Müllfahrer. Irgendwann bestätigt sich das dadurch, dass er sagt, mein *Gehalt* sei eher als *Schmerzensgeld* zu betrachten.

Als ich Matthias das nächste Mal sehe, sagt er: »Deine Freunde sind nett.«

Diese Bekanntschaft hat sich irgendwann verlaufen. Der Kollege war ein kluger und netter Mensch, gutmütig und anständig, aber er hat meine Welt nicht wirklich verstanden. Das ist nicht schlimm, denn schließlich kann man nicht jedermanns Welt verstehen.

Der Status ist eine angenehme Sache, weil er meistens auch an finanzielle Unabhängigkeit gekoppelt ist. Aber Status für sich alleine ist eigentlich unwichtig, wenn man ein gesundes Selbstbewusstsein hat.

Mein Mann sieht das alles recht entspannt. Er hat im Ausland studiert und ist Schiffsbauingenieur. Wenn ihn jemand darauf anspricht, warum er hier als Elektriker arbeitet, antwortet er: »Ein Schiffsbauingenieur in München ist ungefähr so gefragt wie ein Solariumbetreiber in der Karibik. Außer vielleicht, ich konzipiere was für die Isar.«

Es mag für manchen polemisch klingen, aber es ist wahr, wenn ich sage, dass ich die Erfahrung gemacht habe, dass Bildung und Literatur den Horizont zwar erweitern können, ich aber oft erlebt habe, dass es Menschen gibt, die sich beruflich und statusmäßig stetig weiterentwickeln, dabei aber merkwürdig überheblich und lebensfremd bleiben. Das Wissen wurde hier nur als Information gespeichert, und nicht das Herz geöffnet und Empathie entwickelt.

Meine Freundin, die Unternehmerin, sagt: »Du bist für mich doch keine Kellnerin. Du bist Schriftstellerin.« Sie meint es wohl nett, aber dass es auch etwas Kränkendes hat, bedenkt sie dabei nicht. Außerdem bin ich nun mal beides. Für so manchen ist das wohl nicht miteinander vereinbar. Eine Dame vom Amt ruft mich an und meint: »Bei Ihrer Angabe zum Beruf habe ich Kellnerin gestrichen und Autorin gelassen.«

»Warum?«, will ich wissen.

»Na ja«, meint sie, »Autorin ist ja was Tolles, wissen Sie, aber Kellnerin…, also ich finde es besser, wenn wir das rausnehmen.«

Vieles hat mit der Identität zu tun, unter anderem auch die Arbeit, die jemand verrichtet. Wenn jemand diese Arbeit mies macht, ist es nun mal das, was es ist: eine Beleidigung.

An meinem freien Tag gehe ich zu einem Verein, um einen Raum für ein Schreibseminar zu mieten. Die Frau fragt mich, ob ich noch einen anderen Beruf habe, denn »vom Schreiben kann ja kaum einer leben«. Das ist leider wahr.

»Ja, ich bin Kellnerin.«

Sie sieht mich erstaunt an. »Ja? Und wo?«

»Im *Bräufassl*.«

»Ach, das kenne ich, war schon ein paarmal zum Essen da. Also, das finde ich sehr interessant.«

»Ja?«

»Absolut. Und wissen Sie was? Ich glaube, Sie haben das gut gelöst.«

»Wie meinen Sie das?«

»Diese einsame Arbeit am Schreibtisch, abgekapselt und isoliert. Mit der anderen Arbeit haben Sie sich einen guten Kontrast geschaffen. Schreiben ist schöpferisch, das Kellnern ist ein Knochenjob. Ich bewundere, was Sie tun, und damit meine ich *beides*.«

Ich habe den ganzen Tag ein Lächeln im Gesicht. Da ist ein dir unbekannter Mensch, der sagt dir so etwas Nettes, in einem Moment, wenn du überhaupt nicht damit rechnest.

Ein anderes Mal fragt mich eine Seminarteilnehmerin in der Pause: »Was haben Sie denn studiert? Literaturwissenschaften? Germanistik?«

»Ich habe nicht studiert.«

»Oh«, meint sie freundlich nickend, »Sie haben Abitur gemacht und dann...«

»Ich habe auch kein Abitur«, unterbreche ich sie.

Sie lächelt wieder, fixiert mich mit ihrem Blick und sagt: »Wissen Sie, ich habe den klassischen Weg gemacht. Abi. Studium. Auslandsjahr. Ich bewundere Leute, die es autodidaktisch schaffen.«

»Sehr nett, was Sie da sagen.«

»Das hat so was Underdogmäßiges. Ich wollte immer ein Underdog sein. Aber meine Eltern wollten lieber, dass ich Jura studiere.«

»Sind Sie denn glücklich mit Ihrem Jurastudium?«
»Eigentlich schon.«
»Nun dann... hatten Ihre Eltern recht.«

Jede Kellnerin und jeder Kellner ist sich im Klaren darüber, dass uns viele Leute generell und pauschal für Hohlköpfe halten. Das ist nun mal so, ob uns das gefällt oder nicht. So sagte einmal ein Wirt zu seiner Geschäftsführung: »Ach, des was du machst, konn jeder Aff!«

Manche Kellner sind deshalb verletzt, und das war ich früher auch. Heute denke ich, dass dieses Vorurteil mehr über den Urteilenden als über den Kellner verrät. So sagt mir einmal eine Akademiker-Dame, deren trockenen Humor ich so mag und die Stammgast ist: »Mit meiner Kollegin (die ebenfalls Stammgast ist) spreche ich nicht mehr.«

»Ach?«, sage ich nur und verzichte lieber darauf zu fragen, weshalb. Wahrscheinlich hatten sie Krach bei der Arbeit.

»Wissen Sie, was die mir gesagt hat?«

Nun frage ich doch. »Was hat sie gesagt?«

»Sie wollte wissen, warum ich denn immer so angeregt mit Ihnen plaudere und Scherze mache. Dann sagte sie so abschätzig: ›Mit dem Servicepersonal.‹« Beim letzten Wort betont sie jede Silbe.

Ich zucke die Achseln. »Tja, manche Leute sind halt so.«

Sie denkt eine Weile nach. »Vielleicht hätte ich Ihnen das nicht erzählen sollen.« Sie sieht mich zerknirscht an. »Das hat sie jetzt bestimmt gekränkt.«

Ich schüttle den Kopf. »Da machen Sie sich mal keine Sorgen.«

»Wirklich?«

»Wirklich«, versichere ich.

»Habe ich Ihnen schon mal erzählt, dass ich als Studentin viele Jobs gemacht habe?«

»Nein, haben Sie nicht. Und was war das?«

»Ich habe geputzt, Babysitting gemacht, Regale eingeräumt – und gekellnert.«

»Ach, echt?«

Sie grinst. »Das Kellnern war am schlimmsten.«

»Warum?«

»Ich habe mich total idiotisch angestellt. Ständig habe ich Bestellungen und Tische durcheinandergebracht, und ich konnte gerade mal zwei Teller tragen. Als ich nach zwei Wochen eines Abends heulend zusammengebrochen bin, hat der Besitzer des Cafés gemeint, ich soll mir mal lieber was anderes suchen.«

»Aber Sie sind Chefredakteurin. Da sind Sie Stress doch gewöhnt.«

»Ja, schon. Aber da bin ich allmählich reingewachsen.«

»Verstehe.«

»Es war ein Horrortrip.«

In gespielter Anteilnahme lege ich ihr die Hand auf die Schulter. »Es ist vorbei. Es ist vorbei.«

An einem Samstagabend kommt ein Ehepaar, das ich kenne. Unsere Kinder gehen auf dasselbe Gymnasium, und wir kennen uns von den Elternabenden. Auf dem Weg zu ihrem Tisch merke ich, wie gelöst ich bin, wie stark mich dieser Job gemacht hat, dahingehend dass es mir sowas von schnuppe ist, was sie davon halten, dass ich Kellnerin bin. Als ich an ihren Tisch komme und sie mich erkennen, sind sie verlegen und tun so, als sei mir seit unserer letzten Begegnung ein drittes Auge im Gesicht gewachsen.

Als ich später Monika davon erzähle, wie ich immer Angst hatte, dass hier Leute aufkreuzen, die ich kenne, und es mir jetzt nicht mehr das Geringste ausmacht, sagt sie: »Ich sag doch, Sophie, dass alles seinen Grund hat. Die beiden sind hier reingekommen, damit du erkennst, welchen Fortschritt du gemacht hast. Es hat alles seinen Grund…«

Ziemlich witzig finde ich den Gast, der automatisch davon ausgeht, dass ich nicht auf der Kasse die Buchstaben tippen kann.

»Wir haben die Möglichkeit, den Firmennahmen mit Adresse auf den Bewirtungsbeleg zu tippen«, erkläre ich ihm.

»Ja, sehr gut«, meint er zufrieden.

»Den Firmennamen weiß ich ja durch die Reservierung. Sagen Sie mir die Adresse an?«

»Ach, lassen Sie mich lieber selbst tippen.« Er stellt sich vor die Kasse, und ich gehe freiwillig einen Schritt zur Seite, damit er mich nicht wegschubst. »Wissen Sie«, erklärt er mir, »ich schreibe viel am PC, da ist mir die Tastatur vertraut.«

Wenn ich etwas auswendig kenne, dann ist es eine Tastatur, aber gut, soll er mal selber tippen.

Nebenbei: Es hat eine Weile gebraucht, bis er den Bindestrich gefunden hat.

Ja, ja, der soziale Status… Manche sind viele Jahre damit beschäftigt, ihn zu erreichen, nur um Anerkennung zu finden, ohne sich zu fragen, ob sie das, was sie anstreben, wirklich aus vollem Herzen wollen. Ich liebe die wahren Geschichten, in denen Leute aus einfachen Verhältnissen »es geschafft haben«. Aber diejenigen, die es zu Wohlstand und Erfolg bringen, haben meistens einen langen Weg harter Arbeit und eine gehörige Portion Disziplin investiert. Früher habe ich mir gerne abendliche Talkshows angesehen, was ich mittlerweile vermeide, weil man sich manchmal Dinge anhören muss, die an Ignoranz und Dummheit nicht zu überbieten sind. Da sagt die alte Schauspielerin, sie sei mit achtzig immer noch dabei, weil sie findet, ein Mensch solle sein ganzes Leben arbeiten und sich nicht auf seiner Rente ausruhen. Offenbar ist dieser Frau noch nie aufgefallen, dass es einen Unterschied gibt zwischen Leuten, die einen Text auswendig lernen und zwei Stunden auf einer Bühne stehen, und Leuten, die durch ihren Beruf wie etwa Maurer, Kellner, Straßenbauarbeiter oder Möbelpacker so kaputt sind, dass sie mit achtzig oft gar nicht mehr am Leben sind.

Da ist auch die erfolgreiche Anwältin, die die These so mancher Manager, Unternehmer und Politiker vertritt, es können nicht alle den gleichen Wohlstand haben, weil nicht alle das Gleiche leisten. In solchen Momenten bin ich versucht, vor Wut den Fernseher aus dem Fenster zu werfen. Solche Aussagen ziehen eventuell ein Raunen nach sich – aber im Grunde ist das eine klare Beleidigung und ein Skandal! Was haben denn die Erben per se geleistet? Wenn man wirklich allein durch Leistung reich werden würde, dann müssten Kellner Milliardäre sein. Diese Leute, die sich herausnehmen, solchen Unsinn zu sagen, würde ich gerne eine Woche lang unseren Job machen lassen, damit sie erfahren, was Arbeit und Leistung wirklich sind.

Zunächst einmal gilt: Ein Beruf ist ehrenhaft, wenn man für das, was man arbeitet, angemessen bezahlt wird. Zusätzlich gibt es eine unsichtbare Tugend, die sich Anstand nennt. So mancher Manager, Spitzensportler oder Trainer, Politiker und Unternehmer mag einen Status haben, und die Bewunderung der breiten Masse ist ihm sicher, allein dadurch, dass er in der Öffentlichkeit steht. Das sieht man daran, wenn ein Promi die Beherrschung verliert und vor laufender Kamera einen Wutanfall bekommt. Wie reagieren die Menschen? »Och, das ist doch auch nur ein Mensch, gell« oder »Das macht ihn richtig menschlich«. Interessant. Wenn ein Kellner mit nur einem Fünftel der Unverschämtheit reagiert, gibt es daraufhin böse Bewertungen, oder die Gäste rennen zum Chef und beschweren sich lauthals. Der Kellner darf dann quasi nicht menschlich sein. Als eine Kellnerin in der größten Hitze einen vollen Biergarten bedient und ihr ein Gast zuruft: »Zahlen! Sofort, denn ich hab's eilig«, lässt sie die drei Teller mit dem dampfenden Essen auf den Steinboden fallen und ruft: »Ach, sofort? Ja, wenn's sofort sein muss, dann renne ich natürlich gleich los und bringe Ihnen die Rechnung.« Sie hat die Nerven verloren. Gutzuheißen ist das nicht, aber ein nachsichtig lächelndes »Ist doch menschlich« hat sie nicht bekommen.

Manche Gäste scheinen zu glauben, dass sie auf einem höheren Sockel sitzen, einfach weil sie Gäste sind. Aber wer die Toilettenfrau, Kassiererin, Straßenfeger nicht respektiert, hat selbst ebenfalls keinen Respekt verdient, aus dem einfachen Grund, weil er den Wert eines Menschen anhand seines Status bestimmt. Es soll Leute da draußen geben, die immer noch nicht wissen, dass Schulabschluss und Intelligenzquotient nicht immer übereinstimmen.

Bei manchen, die über die Hauptschule nicht hinausgekommen sind, waren vielleicht die familiären Umstände schwierig. Auch viel zu oft bemüht: der sogenannte Migrationshintergrund. Ausländische Schüler, deren Eltern Arbeiter sind, müssen einiges mehr tun, um einen höheren Schulabschluss zu erreichen. Abgesehen davon habe ich durchaus auch mit einigen Kolleg(inn)en zusammengearbeitet, die Abitur haben, sehr intelligent sind und deren Eltern von Kindermädchen und Privatlehrern großgezogen wurden. Unvergessen der Mann, der seine Tochter ermahnt, während die Kollegin gerade abräumt: »Deine Noten müssen unbedingt besser werden! Oder willst du später das hier machen, was diese Frau macht?« Meine Kollegin sieht ihn an, hebt die Augenbrauen und sagt: »Ich muss doch sehr bitten!«

Das unfreiwillig Komische daran ist: Diese Kollegin ist adligen Ursprungs, hat Abitur und ein abgeschlossenes Studium, und ihre Eltern besitzen ein Unternehmen. Sie hat diesen Job angenommen, weil sie die Zeit zwischen Studium und dem Schritt in die Arbeitswelt überbrücken wollte.

Ganz anders dagegen ist es Basti ergangen. Als er gerade einen Tisch bei sechs Erwachsenen und vier Kindern abräumt, sagt ein kleiner Junge zu ihm: »Ich will auch mal Kellner werden. Das macht bestimmt total Spaß.«

Basti stapelt die Teller aufeinander und meint emotionslos: »Ja, ich lebe einen Traum.«

Ich habe mit Kellnern/Kellnerinnen zusammengearbeitet, die Töchter und Söhne von Ärzten, Ingenieuren, Richtern und anderen Akademikern sind – und damit nicht selten eine Art Enttäuschung für ihre Eltern. Umso »mutiger« die Arroganz mancher Gäste, denn es kann ja niemand garantieren, dass deren Kind nicht irgendwann im Service landet. Aus welchem Grund auch immer. So viele Leute interessieren sich für Esoterik, Zwischenmenschliches, Psychologie... rümpfen aber die Nase über bestimmte Berufe. Offenbar vergessen sie manchmal, dass derjenige auch jemandes Sohn, Vater, Bruder oder Freund ist.

Natürlich will ich nicht sagen, dass alle Kellner kluge Köpfe sind. Es gibt auch die andere Seite: Kollegen, die zweistellige Beträge nicht ohne Taschenrechner addieren können. Kollegen, die auf die Frage des Gastes: »Haben Sie nur Espresso oder auch regulären Kaffee?« antworten mit: »Regu...was?«

Auch erstaunlich ist die Kollegin, die an ihrem dritten Arbeitstag neben dem klingelnden Telefon steht, den Hörer abhebt und in die Runde fragt: »Wie heißt der Laden hier noch mal?«

Es gibt Situationen, da verstehe ich einen Gast, wenn er uns für durchgeknallt hält:

– Kollegin macht im größten Stress Tai-Chi-Übungen, weil ihr die Therapeutin dazu geraten hat. Die andere Bedienung packt sie bei den Schultern und schüttelt sie hin und her. »Räum jetzt sofort deine Tische ab!«, schreit sie nach Leibeskräften. Die Gäste wirken etwas erschrocken, aber sie fängt sich gleich wieder, räuspert sich, atmet tief durch und verzieht die Lippen zu einem Lächeln. »Und? Schmeckt's?«

- Eine Kollegin muss derzeit starke Schmerzmittel wegen ihrem Fersensporn nehmen. Leider schlägt sich das auf ihre Konzentration nieder. »Ein Spezi und einen kleinen Schweinsbraten«, bestellt die freundliche alte Dame.

  Sie geht zur Kasse, dann wieder zurück und fragt die Dame: »Großer Schweinsbraten und kleines Spezi?«

  Die Dame schüttelt lächelnd den Kopf. »Nein, umgekehrt.«

  Kollegin geht wieder zur Kasse, tippt, bricht ab und geht noch mal zurück. »Kleiner Schweinsbraten und... was war das andere?«

  »Äh...«, äußert die arme Dame verwirrt, »jetzt weiß ich's selber nicht mehr... ach ja, kleines Spezi.«

  »Nee, warten Sie, der Schweinsbraten war klein, aber das Spezi groß, oder?«

  Die Dame legt die Stirn in Falten. »Keine Ahnung... was? Ach ja, stimmt.«

- Kellnerin in einem anderen Lokal hat gerade das Getränk am Tisch abgestellt, als an ihren Füßen eine Maus vorbeiflitzt. »Aaaaahhhh!«, schreit sie schrill.

  Der Gast bekommt beinahe einen Herzanfall vor Schreck. »Um Gottes willen! Was haben Sie denn?«

  »Ich? Nichts. Wieso?«

- Der (sehr alte) Herr nimmt seine Rechnung entgegen. »Achtzehnneunzig«, sage ich.

  Er reicht mir fünfzig Euro und sagt »Fünfundzwanzig.«

  Ah, offenbar ist der arme Mann schon ziemlich schwerhörig, sonst würde er mir nicht so viel Trinkgeld geben wollen. »Achtzehnneunzig« sage ich deshalb, ziemlich laut, nahe an seinem Ohr.

Er hält die Hand an sein Ohr, blinzelt irritiert und meint: »Ich höre sehr gut, ich höre sehr gut. Sie sagten achtzehnneunzig. Ich sagte fünfundzwanzig.«

»Oh, bitte entschuldigen Sie.«

»Kein Problem. Ich nehme an, das mit dem Klingeln im Ohr geht wieder weg?«

Ich muss lachen, und er stimmt mit ein.

– »Scheiiiiße!«, schreit meine Kollegin mitten im Lokal. Sie blickt auf ihre Hand, die Gäste starren in ihre Richtung, alle laufen zu ihr hin, und sie sagt: »Mein Fingernagel ist abgebrochen!«

– »Ich möchte nichts essen, denn ich bin Frutarier.« Der Gast lächelt freundlich. »Wissen Sie, was das ist?«

»Glaub schon«, gibt diese zur Antwort, »das sind doch die Leute, die nur Obst essen, das Selbstmord begangen hat.«

»Wie bitte?«

»Das Obst, das sich freiwillig vom Baum gestürzt hat.«

Der Gast beißt sich auf die Lippen, dann sagt er: »Interessante Erklärung.«

Manchmal hält man einander aus einem Missverständnis heraus für unhöflich.

Das Ehepaar ruft seinen Hund: »Brezel! Brezel! Breeezeel!«

Die Bedienung kommt mit dem vollen Brezenkorb ums Eck und zetert: »Jetzt schreien S' halt ned so rum; bin ja scho dabei!«

Die Überheblichkeit herrscht überall, auch in der Arbeiterklasse. Eines Abends sage ich über unseren Zeitungsmann: »Das ist aber auch ein harter Job, den er macht.« Mir fällt nicht zum ersten Mal auf, wie die Leute ihn behandeln: Wegwinken, genervtes Kopfschütteln oder schlicht und einfach pure Ignoranz. Die Kollegin meint darauf: »Wieso das denn? Der soll doch froh sein, dass er in Deutschland ist!« Ach so, das habe ich nicht bedacht. Sei froh, dass du beschissen behandelt wirst, du könntest ja auch geschlagen werden. Ja, dann ...

Eines Abends kommt der Zeitungsmann später als sonst. Ich komme gerade aus der Umkleide und trete auf die Straße, als er zu seinem Mofa geht. »Sophie, deine Zeitung.« Er reicht sie mir, aber ich habe es furchtbar eilig, weil in fünf Minuten meine Straßenbahn kommt und ich ansonsten eine halbe Stunde warten muss. »Tut mir leid, aber mein Geldbeutel ist ganz unten in der großen Tasche. Ich habe keine Zeit!«

Er reicht mir die Zeitung und sagt: »Egal, nimmst du. Zahlst du nächste Mal.«

»Und wenn ich es vergesse?«

Er winkt ab. »Dann wir auch leben weiter.«

Ich sitze im Park auf einer Bank und sehe meinem Hund dabei zu, wie er mit einem anderen Hund herumtollt. Der Hundebesitzer setzt sich neben mich, und wir fangen eine Unterhaltung an. Eine ganze Weile geht es um Hunde und Urlaub. Irgendwann wird das Thema ein bisschen politisch angehaucht, und aus dem Kontext heraus sage ich: »Es ist schon eine Schande für ein so fortschrittliches Land wie Deutschland, dass die Frauen im Durchschnitt ein Viertel weniger verdienen.«

Er sieht mich stirnrunzelnd an. »Woher haben Sie denn diese Information?«, fragt er verblüfft.

Woher? Aus Zeitung, Fernsehen, Radio... Ist das nicht allgemein bekannt? Er verneint vehement. Das sei nun überhaupt nicht so, und die Frauen aus seinem Freundeskreis und der Familie verdienen genauso viel wie die Männer. »Es ist doch nur in bestimmten Branchen so. Krankenschwestern, Sprechstundenhilfen und solche Berufe halt.«

Alles klar, Meister. Da reibt sich so mancher Politiker die Hände, dass es so ignorante Leute gibt.

Manchmal fragen uns Gäste, wie man uns eigentlich ansprechen soll. »Fräulein« sei doch blöd, »Hallo« sei auch irgendwie nichtssagend, und ständig »Entschuldigung?« fände man auch nicht gut, als müsse man sich ständig entschuldigen, wenn man etwas möchte. Die Unsicherheit ist verständlich, denn eine klare Ansprache gibt es eigentlich nicht. Herr Ober ist längst passé und eine Frau Oberin hat es in der Gastro nie gegeben. An »Fräulein« stören sich viele Bedienungen, die ich kenne. Ich finde es zwar nicht schlimm (kommt auch oft von alten Gästen, die das noch von früher kennen), aber das Wort ist nicht umsonst aus dem Sprachgebrauch gestrichen. Feministinnen meinen zu Recht, demnach müsste es auch ein Herrlein geben, und es klinge verniedlichend. Ich denke, dass »Hallo« in Ordnung geht, und »Entschuldigung?« ist freundlich und hat als Wort, um auf sich aufmerksam zu machen, nichts von Demut an sich.

Ein altes texanisches Ehepaar unterhält sich mit mir über Texas, München, das Oktoberfest und darüber, wie der Urgroßvater des Mannes aus München nach Texas ausgewandert ist. Der alte Mann trägt die coolsten Cowboystiefel, die ich in meinem Leben gesehen habe. Als ich das Gespräch langsam beende, da ich wieder an die Arbeit muss, fragt die Frau mit warmer Stimme: »So, tell us, what is your dream?«

Nun ja, mit Stammgästen nimmt hin und wieder eine Unterhaltung eine Wendung, die ein bisschen ins Private geht, was sich aber eher auf Basisinformationen beschränkt. Mit Gästen, die ich nicht kenne, kommt es nur selten zu einer Unterhaltung, in der ich über mich spreche. Aber diese beiden Leute hier sind wirklich bezaubernd. Die Frau ist wie eine liebe Omi, und der Mann wirkt ein bisschen wie eine Mischung aus Priester und Psychotherapeut.

Das Interesse wirkt echt, in ihren glasigen Augen spiegelt sich auf merkwürdige Weise Nachsicht und Großmut.

Aber was soll ich sagen? Weltfrieden? Gesundheit für meine Familie und meine Freunde? Wünscht sich wohl jeder. Während ich weiter darüber nachdenke, fragt die Frau, was ich sonst noch so mache. Ich sage: »I'm a writer.«

Dann interessieren sie sich dafür, was ich schreibe und ob ich schon etwas veröffentlicht habe. Als ich bejahe, wollen sie wissen, ob ich schon einen Bestseller geschrieben habe.

»Ha!« Ich lächle und zeige mit den Händen auf mein Dirndl. »Hey, I'm here.«

Das amüsiert sie.

Er sieht sich den Kreditkartenbeleg an und schiebt ihn zu mir rüber. Er sagt, ich soll das Trinkgeld selbst eintragen, so viel ich möchte.

So viel ich möchte? »I can't do that.«
»Why?«
»Come on, you are kidding.«
Er schüttelt den Kopf.
Die Frau sagt, das mache er immer so.

Der Betrag beläuft sich auf achtundvierzig Euro. Also gut, dann bin ich halt so frech und schreibe zwölf Euro.

Er zieht den Zettel heran und unterschreibt, dann reicht er ihn mir wieder.

Ich frage, ob er ihn auch unterschrieben hätte, wenn ich zweiundfünfzig Euro Trinkgeld draufgeschrieben hätte.

»Of course«, meint er, »but… you messed up your chance.«

Ich kann nicht leugnen, dass mich dieses Gespräch mehrere Tage beschäftigt hat. Habe ich wirklich jede Chance als solche erkannt? Habe ich für meinen Traum wirklich hart genug gekämpft?

Seit einem Jahr hatte ich nicht wirklich etwas geschrieben, vor zwei Jahren war mein letztes Buch erschienen. Ein bisschen habe ich das alles schleifen lassen, weil ich unbewusst so allmählich die Hoffnung aufgegeben hatte und keinen Sinn mehr darin sah.

Drei Tage nach diesem Gespräch mit dem Texaner fange ich ein neues Manuskript an, schreibe an jedem freien Tag und manchmal auch nachts. Ich stecke jeden Tropfen Herzblut rein, während in der Küche das Essen anbrennt.

Viele Leute, die heute Stars sind, haben mal gekellnert. Augenzwinkernd behauptet man in Los Angeles, dass beinahe jeder Kellner eigentlich Schauspieler oder Schriftsteller ist. Wobei wir wieder beim Status wären: Nur Kellner sein ist wohl irgendwie ungenügend (besonders in USA), weshalb man eigentlich etwas anderes ist. Manche schaffen es, die meisten aber schaffen es nicht. Man hört eben nur von den Geschichten, die gut ausgehen. Die traurigen Geschichten von einsamen Alkoholikern, die vierzig Jahre Leute bedient haben, interessieren niemanden. Mir fällt da nur ein Beispiel ein: Im Film *Frankie und Johnny* mit Michelle Pfeiffer und Al Pacino, gibt es eine Nebenfigur, die stirbt. Die alte Kollegin von Frankie (Michelle Pfeiffer). Ihre Kollegen sind ihre Familie und der Alkohol hat ihr die Einsamkeit erträglicher gemacht.

Die Kellner/innen in Spielfilmen entsprechen meistens immer derselben Schablone: Ungebildet, aber clever, alleinerziehend, vom Schicksal gebeutelt, selbstbewusst und sensibel.

Es ist manchmal unerträglich mit anzusehen, wie Hollywood die Rollen der Kellnerinnen besetzt: Frauen, die so ungelenk zwei Teller tragen, dass man sich zwangsläufig fragt: »Hört man nicht immer, die Schauspieler würden sich monatelang auf ihre Rolle vorbereiten?« Die einzige Ausnahme, die mir positiv aufgefallen ist und der ich die Rolle der Kellnerin sofort abgenommen habe, ist Helen Hunt in *Besser geht's nicht*.

Ich habe den Film zweimal gesehen, und beide Male musste ich heulen, als Jack Nicholson ihr am Ende des Films ein Kompliment macht. Man könnte fast sagen, ein schöneres Kompliment kann es für eine Kellnerin kaum geben:

»...und dass du dir über alles Gedanken machst und dass du sagst, was du meinst, und dass das, was du meinst und sagst, fast immer etwas zu tun hat mit Anstand und Größe. Ich

glaube, die meisten Leute übersehen das bei dir. Und ich sehe ihnen zu und frage mich, wie sie es schaffen, dir zuzusehen, wie du ihnen ihr Essen bringst, ihnen den Tisch abräumst, und nie begreifen, dass sie soeben der tollsten Frau der Welt begegnet sind. Und dass ich das begriffen habe, gibt mir ein gutes Gefühl.«

Dieser Mann muss einfach geheiratet werden!

Auf amerikanischen Seiten finden sich viele Infos rund um VIPs, die sich Servicepersonal gegenüber respektlos verhalten. Über so manchen ist man sehr überrascht. Wenn ein Sänger einer Hardrock-Band immerzu Essen zurückgehen lässt und bescheidenes Trinkgeld gibt, ist das sowas von gar nicht Rock 'n' Roll.

Es gibt einen Satz von Sandra Bullock, den ich sehr mag. Sie hat früher gekellnert und sagt heute: »Ich finde, jeder Mensch, auch der Präsident der Vereinigten Staaten, sollte mindestens sechs Monate im Leben gekellnert haben. Es gibt keine bessere Schule des Lebens.«

Es kommt wohl nicht von ungefähr, dass das Lied *She works hard for the money* von Donna Summer in einer Kellnerinnenuniform gesungen wird.

Der Song *Postcards from L. A.* von Joshua Kadison erzählt die Geschichte eines Pianospielers, dessen Kollegin Rachel eine Kellnerin ist. Rachel hat große Träume, und er unterstützt sie dadurch, dass er ihr zuhört und an sie glaubt. Eine Strophe zu Anfang erzählt:

> *When it's time for closing, I play while Rachel cleans*
> *She listens to my music, I listen to her dreams*
> *She swears she's gonna make it, she's going all the way*
> *And I say »Send me picture postcards from L.A.«*

Später singt Kadison:

> *She'll even buy a ticket and pack her things to leave*
> *Though we all know the story we pretend that we believe*
> *But something always comes up something always makes her stay*
> *And still no picture postcards from L.A.*

Das Lied ist traurig – aber realistisch. Tatsächlich haben viele Kellner das Potenzial, mehr zu erreichen, trauen sich aber nicht, die vertraute Kuschelzone zu verlassen und etwas Neues anzufangen.

Das Lied ist deshalb traurig, weil wir alle wissen, dass Rachel in zehn Jahren immer noch ihr Kellnerinnenkostüm tragen wird, gefangen in ihrer Traumwelt.

Kellner/innen haben oft große Pläne. Ich kenne so viele Geschichten von Luftschlössern und Zukunftsvisionen. Im Grunde steht man zwar zu dem Beruf, will aber eigentlich was ganz anderes machen. Ab fünfzig planen sie immer weniger, zählen nur noch die Tage bis zu ihrer Rente.

Im Fernsehen war ein Bericht, in dem von einem Kellner in den USA erzählt wurde, der seinem Kollegen in der Arbeit darüber berichtete, dass sein Auto kaputt sei und er nun nicht mehr zur Arbeit kommen könne. Stammgäste, ein reiches Ehepaar, hörten das und schenkten ihm fünftausend Dollar, damit er sich ein Auto kaufen und zur Arbeit fahren könne.

In der Sitcom *Roseanne* werden Roseanne und ihr Ehemann von der Geschäftsführerin zum Tisch geführt. Diese zeigt auf einen jungen Kellner und sagt: »Das ist Charles. Er wird Sie heute Abend bedienen.«

Als Roseanne sich setzt, fragt sie den Kellner: »Und Charles, sind Sie Student?«

Charles: »Nein, ich bin Kellner.«

Top Five – wenn Exzentriker aufeinandertreffen:

»Hallo?«, ruft der Gast meinem Kollegen zu. »Tun Sie uns bitte noch weitere Weißwürste auf unsere Teller, ja?« Kollege: »Wieso? San Sie olle miteinander gelähmt, oder wos?«
Nein, sie wollen nur den VOLLEN Service.

»Sagen Sie mal«, nölt die aufgedonnerte Achtzigjährige, »was ist denn bei den Nürnberger Rostbratwürstchen dabei?« Eigentlich, wie immer, Sauerkraut. Aber die Kollegin antwortet: »A Dutzend Austern und a Glasl Prosecco.«
Irgendwann ... kommt einer dieser Starköche drauf.

»Ich brauch unbedingt den (!) Zahnstocher!« Kollegin: »Tut mir leid, der ist grad besetzt!«
Diese Wortklaubereien! Zudem muss »der Gast« häufig umständlich erklärt werden, da es bekanntlich keine »Gästin« gibt.

Gast trägt einen Tisch zum anderen Ende des Gartens, daraufhin wechselt er den Stuhl aus, legt drei Kissen darauf und breitet sein mitgebrachtes Deckchen auf dem Tisch aus. Kollegin geht hin und fragt: »Schon was zu trinken, Mr. Bean?«
Was ist der Unterschied zu manchem Hollywoodstar, der fürs Hotelzimmer die eigene Bettwäsche mitbringt?

Gast (jung und vital) fordert von der Kollegin, sie solle ihm das Schnitzel klein schneiden. »Wenn Gott gewollt hätte, dass ich eine Idiotin werde, würde ich das machen.«
Was kommt als Nächstes? Nach dem Essen dem Gast den Mund abtupfen?

*Der Kollege stellt das Essen vor den Gast,
der daraufhin meint: »Das ging aber flink.«
Kollege: »Flink ist mein zweiter Vorname.«
Der Gast blickt auf. »Tatsächlich?
Woher kommt Ihr Name?«*

WARUM RESTAURANTBEWERTUNGEN HÄUFIG UNBRAUCHBAR SIND

Heute ist Hansens letzter Tag. Als ich vollbeladen mit schmutzigen Tischdecken in den Lagerraum komme, um sie in den Wäschewagen für die Wäscherei zu werfen, steht Hansen am Fenster und sieht nachdenklich hinaus. Bisher habe ich nie ein privates Wort mit ihm gewechselt (bis auf sein Dirndl-Kompliment); dafür ist er nicht der Typ. Aber als er so dasteht, mit einer Hand an der Wand abgestützt, kann ich mir gut vorstellen, was in ihm vorgeht. Er ist seit fast fünfzig Jahren Koch, hat den Großteil seines Lebens in der Küche verbracht und dabei den einen oder anderen Nerv verloren. Und ab morgen ist alles anders.

Ich werfe die Tischdecken in den Wäschewagen und frage: »Freuen Sie sich auf Ihre Rente?« Etwas Besseres fällt mir nicht ein. Wahrscheinlich wird er sowieso nicht darauf antworten, oder mir sagen, ich solle ihn in Ruhe lassen.

Er lässt den abgestützten Arm sinken, dreht sich langsam zu mir um und sagt ruhig: »Wieso? Hab noch gar nicht darüber nachgedacht.«

Sehr glaubwürdig.

»Es gibt bestimmt eine Menge Dinge, die Sie jetzt tun können, für die Sie bisher nie Zeit hatten.« Ich weiß, dass er gesundheitliche Probleme hat, und jeder weiß, dass er sich seine Rente mehr als hart erarbeitet hat.

Er denkt eine Weile nach, dann sagt er: »Es ist, wie es ist.«

Nicole geht zu dem älteren Ehepaar, das fertig mit dem Essen ist. Sie nimmt den ersten leeren Teller an sich und fragt: »War alles in Ordnung?«

»Na ja«, meint der Mann missmutig.

Seine Frau drückt sich etwas klarer aus: »Das werden Sie in Kürze im Internet nachlesen können, ob es uns geschmeckt hat.«

Was will man darauf noch sagen. Trotzdem versucht es Nicole und schlägt vor: »Aber wenn Sie es mir jetzt sagen, ist uns auf gewisse Weise damit geholfen. Wissen Sie, wenn es zum Beispiel versalzen war, dann…«

»Es war nicht versalzen«, unterbricht sie die Frau.

»Und was war nicht in Ordnung?«

»Sehen Sie morgen bei *Tripadvisor* nach, dann erfahren Sie es.«

Bewertungen über Restaurants, Hotels, Bücher oder andere Waren oder Dienstleister sind an sich keine schlechte Sache. Als Kunde kann man lesen, welche Erfahrungen andere Leute damit gemacht haben. Daran wäre nichts auszusetzen, wenn damit vernünftig umgegangen würde. Aber da wird ein Hotel schlecht bewertet, weil am Frühstücksbüffet kein Honig angeboten wird; das Buch bekommt einen Stern, weil die Lieferung zu lange gedauert hat; manchmal kaufen sich Leute auch Bücher à la »Mit High Heels auf Shoppingtour« und vergeben einen Stern, weil das Buch »seicht« ist. *Wer hätte das gedacht?* Und der Film wird schlecht bewertet, weil bei der DVD keine deutschen Untertitel dabei sind.

Immer wieder muss man Texte lesen, die so wutschnaubend verfasst worden sind, dass einem das Blut in den Adern gefriert. Manche können das Wort Rezension nicht vom Wort Rezession unterscheiden, schreiben aber zehn Seiten darüber, warum alles scheiße ist.

Repräsentativ ist hier wahrlich das Ehepaar, das Lippenstiftspuren am Glas hatte. Angeblich war später auf dem Teller auch ein Käfer. Ja, das Ding war sichtbar, aber es soll Leute geben, die sich die Mühe machen, so etwas mitzubringen, um noch etwas rauszuschinden. Ich habe in den gesamten vier Jahren in diesem Lokal keinen Käfer gesehen. Jedenfalls entschuldigte sich Nicole (beide Male) und Leni ging ebenfalls zum Tisch, um ihr Bedauern auszusprechen. Man brachte ihnen zwei Espresso und ein kleines Dessert.

Am nächsten Tag gab es im Internet einen üblen Verriss.

Jeder Gast interpretiert seinen Besuch auf seine eigene Weise, so wie jeder Mensch die Welt durch seinen eigenen Filter betrachtet. Nicht selten wird übertrieben und auch gelogen. Kleinigkeiten werden aufgebauscht und einfache Tatbestände als großes Manko dargestellt. So kritisiert der eine Gast das Lokal als zu laut und der andere als zu schlecht besucht. Was sollte man im ersten Fall also tun? Die Gäste bitten, leiser zu sprechen? Oder sollte man das Lokal nur zu zwei Dritteln füllen, damit es leiser bleibt?

Immer wieder wird darüber lamentiert, dass man andere Gäste dazusetzt. Bayerische Lokale haben meistens große Tische, und an einem Zehnertisch kann man nicht davon ausgehen, dass man den ganzen Abend zu viert bleibt.

»Bedienung kann kaum Englisch«, steht in einer Kritik. Sicherlich ist es für alle Beteiligten von Vorteil, wenn die Bedienung Englisch spricht, aber es gibt wichtigere Fähigkeiten als diese. Wenn sie nicht weiterkommt, fragt sie halt bei Kolleginnen nach, ob diese bei der Übersetzung weiterhelfen können. Ich finde es bedauerlich, wenn eine fähige und sympathische Servicekraft nur deshalb eine Absage erhält, weil sie nicht gut Englisch spricht.

Ärgerlich und rufschädigend sind natürlich besonders Bewertungen, die schlicht unwahr sind. »Knödel und Soße aus der Packung« oder »Kartoffelsalat aus dem Eimer« sind solche Beispiele. Ja, es gibt Restaurants, die so arbeiten, aber im *Bräufassl* werden Knödel, Soßen, Salate etc. tagtäglich frisch zubereitet! Es ist schon dreist, sich hinzusetzen und in einer Rezension zu unterstellen, dieses Lokal würde nur Fertigprodukte aufwärmen. Es sind nicht mal Verdachtsäußerungen, sondern Behauptungen.

Eine Gruppe von drei Damen sagt zu Merve: »War okay, bis auf die Aldi-Lidl-Knödel.« Aldi-Lidl-Knödel? Ist das ein geflügeltes Wort?
Was will man von einer Bewertung halten, in der steht: »Das Essen war gut, aber es war nicht mit Liebe zubereitet.« Was genau ist hier die Kritik? Verbrannt? Halbroh?
Was meinen Leute, wenn sie schreiben: »Unser Essen

hat zwar gut geschmeckt, aber vom Hocker gehauen hat es uns auch nicht.« Es hat gut geschmeckt, okay, soweit klar. Die Kritik ist also, dass man nicht das Bewusstsein verloren hat vor lauter Begeisterung. Lesen die Leute eigentlich ihre Kritik durch, bevor sie sie abschicken? Wie muss man sich das hier vorstellen? Da liegt jemand am Boden, die Gäste gucken besorgt, aber das Personal erwidert: »Ach, nee, da hat es mal wieder jemanden vom Hocker gehauen. Passiert ständig.«

Richtig schlimm wird es jedoch, wenn das Servicepersonal beschrieben oder namentlich erwähnt wird. »Auf der Rechnung steht Hans-Gerald Fichteneder«, kann beim armen Hans-Gerald ein Trauma auslösen, weil dieser vielleicht am besagten Tag gar nicht anwesend war und eine Aushilfe mit seinem Kassenschlüssel gearbeitet hat. Auch Aussagen wie »die stark geschminkte Bedienung« haben weder Informationswert, noch geht ihr Erscheinungsbild irgendjemanden etwas an.

Total spannend und interessant sind auch Rezensionen, in denen bei vier Personen bis ins kleinste Detail beschrieben wird, was wer konsumiert hat: »Ich hatte ein Bier mit einer ansprechenden Schaumkrone, gut gefüllt und angenehm temperiert. Zum Essen hatte ich eine Schweinshaxe mit Knödel. Die Haut der Haxe war knusprig und der Knödel schön fluffig. Der Speck im Krautsalat war …. und so weiter und so fort … Warum nicht einfach »super Essen« oder »alles war vorzüglich«, statt eine Rezension abzugeben, die mehr einem forensischen Bericht gleicht als einer Restaurantkritik.

Ja, München ist teuer. Die Lokale in der Innenstadt sind es ganz besonders. Ich habe nichts davon, für die Wirte einzustehen, aber ganz ehrlich: Die Unkosten, die ein Wirt zu tragen hat, sind immens. Wenn er das Bier am Marienplatz für drei Euro verkaufen würde, dann könnte er einpacken. Die Preise zu kritisieren ist müßig, da es in jeder Stadt dieser Welt billige und teure Lokale gibt. Jeder Gast sieht vor dem Lokal und in der Speisekarte die Preise ausgezeichnet. Es ist ja nicht so, dass man aus allen Wolken fallen müsste, wenn die Rechnung kommt. So wie jeder Gast die freie Wahl hat, ob er ein Lokal mit oder ohne Musik besuchen möchte, weshalb die Forderung, man möge die Musik leiser drehen, auf taube Ohren stößt.

Wenn man eine Kritik liest, kann man sie meistens auch dem jeweiligen Gast zuordnen. Besonders erstaunlich sind Kritiken, die von Gästen kommen, die eine Kollegin als Anti-Gäste bezeichnet. Da ist der Gast, der seine Apfelschorle in einem Weinglas möchte, später von seiner Kellnerin fordert, sie möge den ganzen »Krempel« (Bierdeckel, Kerze, Brezenkorb) entfernen. Das Essen muss sie an einem anderen Tisch abstellen, weil er und seine Kollegen nicht bereit sind, Platz zu schaffen, damit sie die Teller abstellen kann. Bei den vielen Getränke-Nachbestellungen ist es grundsätzlich so, dass jeder jedes Mal einzeln bestellt. Beim Abräumen wird ihr kein Teller gereicht, sondern sie muss sich über den ganzen Tisch strecken, um den letzten Teller heranzuziehen. Das Kassieren wird zu einem anstrengenden Unterfangen, da keiner der Anwesenden bereit ist, die zwei Biere zu bezahlen, die noch offen sind. Gnädigerweise legen sie dann zusammen, ohne ihr Trinkgeld zu geben, da es ja angeblich keiner getrunken hat. Einer jedoch gibt ihr doch noch Trinkgeld: Er leert seinen Geldbeutel kopfüber aus und schiebt ihr die roten Münzen hin. Beim Kassieren wünscht sie der Tischdecke noch einen schönen Abend, denn keiner hört hin. Zu guter Letzt darf sie auch noch die Zahnstocher, die lose am Tisch liegen, aufsammeln.

Am nächsten Tag gibt es eine üble Kritik – weil sie schon besser gegessen hätten und man sie um zwei Getränke betrogen hat!

Leider kommt es immer wieder vor, dass offene Posten Misstrauen wecken. Keiner will es gewesen sein. Bei zehn Leuten und dreißig Getränken kann schon mal etwas von den Gästen vergessen werden, aber wenn es in der Kasse drin ist, dann wurde es auch bestellt. Nicole wird in so einer Situation einmal ziemlich sauer und sagt: »Wissen Sie, ich bin ja nicht überempfindlich, aber ich lasse mir nicht Betrug unterstellen.«

Als ich einmal so einen Fall habe und die Leute partout die offene Rechnung von fünfundzwanzig Euro nicht zahlen wollen, frage ich in die Runde: »So, und was ist jetzt die Alternative? Die Rechnung muss beglichen werden. Es kann ja wohl nicht sein, dass *ich* das zahlen soll.«

»Wir zahlen's jedenfalls nicht«, kommt es kokett von einer Dame.

»Und wie Sie das zahlen! Wir rufen jetzt die Polizei, ganz einfach.«

»Die Pooolizeiiii?«

»Wenn Sie in einem Laden etwas stehlen, holt man auch die Polizei. Wo ist der Unterschied? Ich bezahle doch nicht Ihre Rechnung!«

»Sie nennen uns Diebe?«

»Sie nennen uns Betrüger?«

Am Ende bezahlen sie doch. Dabei tun sie auch noch so, als müsste ich ihnen dankbar sein.

Das alles soll nicht bedeuten, dass es nur unbegründet schlechte Bewertungen gibt, die verteilt werden. So manches Mal bin ich regelrecht schockiert, was Gäste so alles erleben. Am glaubwürdigsten sind natürlich diejenigen, die nicht nur schlechte Kritiken abgeben, was sich in ihren Rezensionen einsehen lässt. So mancher jedoch vergibt (als Hobby?) grundsätzlich nur einen Stern. Manches bringt mich auch zum Schmunzeln, so etwa die Rezension einer Dame, die schreibt: »Unser Kellner war nicht etwa unfreundlich. Im Gegenteil, er war so scheißfreundlich, dass es schon fast peinlich war.« Ich weiß genau, was sie meint. Es ist dieser aufgesetzte Singsang, den manchmal auch Verkäuferinnen haben. Hohe Stimme, singender Text, abgespulte Floskeln...

Einmal war ich nahe dran, auch eine schlechte Bewertung zu schreiben. Die Kellnerin war an unseren Tisch gekommen, ohne Begrüßung, warf die Speisekarten hin, beim Abräumen wurde nicht gefragt, ob es in Ordnung war. Bei der Getränke-Nachbestellung kam sie sogar leicht genervt angedackelt. Letztendlich habe ich es nicht getan, weil ich dachte: »Wenn ihr Chef das liest und sie wegen mir gefeuert wird...« Klar, nicht *ich* sollte mir Gedanken darüber machen, sondern sie selbst. Aber ich will nachts ruhig schlafen können, ohne Gewissensbisse, dass jemand wegen mir vielleicht seinen Arbeitsplatz verliert.

Ich kann über vieles hinwegsehen, aber was ich als Gast wirklich hasse, sind zwei Dinge: Erstens, wenn die

Bedienung zum ersten Mal an den Tisch kommt und nichts sagt, sondern einfach dasteht wie ein Vollpfosten und wartet, bis man bestellt. Oder noch besser: kurzes Kinn hochheben im Sinne von »Was willste?«

Zweitens, ständiges und penetrantes Nachfragen, ob alles in Ordnung ist, und dann noch das mehrmalige Hinweisen auf Dessert, Kaffee, Schnaps... Wenn ich das will, dann komme ich schon selbst auf die Idee, das zu bestellen. Einmal nachfragen genügt. Viele meiner Kollegen machen das und halten es für guten Service, den Gast beim Essen zu stören und zu fragen, ob es schmeckt; ihn zu zwingen, mit vollem Mund zu antworten. Sie begründen es mit: »Dann kann er später nicht sagen, dass es nicht gut war«. Kann er trotzdem, was manche auch tun. Auch die mehrmalige Nachfrage, ob jemand noch dies und das möchte, kann man zwar als aufmerksam werten, aber es ist eher bei Firmen und großen Gruppen angebracht. Privatpersonen bestellen Kaffee und Dessert von sich aus. Bei gemischten Firmengruppen (Männer und Frauen oder verschiedene Nationalitäten) ist einmal nachfragen nach Dessert und Kaffee wünschenswert und aufmerksam.

Dass man einen Gast mit leerem Glas vor sich fragt, ob er noch etwas trinken möchte, ist selbstverständlich.

Hansens letzter Tag ist heute ein großes Thema. Wir überlegen, wie wir uns von ihm verabschieden sollen. Ein paar nette Worte, mit oder lieber ohne Handschlag? Sollen wir ihn fragen, ob er uns mal besuchen kommt? Sollen wir ihm danken? Wenn ja, wofür genau? Sollen wir das lieber ganz ernst sagen, oder doch lieber humorvoll und leicht?

Irgendwann, am späten Abend, kommt er aus der

Küche, nimmt die Klinke in die Hand, sagt »Servus« wie immer und verschwindet in der Dunkelheit. Wie immer. Das war's.

Danach kommen andere Köche, und nach Hansens Abgang ist etwas passiert, das wir nie für möglich gehalten hätten: Wir vermissen ihn irgendwie. Nicht selten fallen Sätze wie »Also, der Hansen hat das aber besser gemacht« oder »Beim Hansen hat es das nicht gegeben«. Und je mehr Zeit vergeht, desto häufiger hört man: »Weißt du noch, wie der Hansen...«

Unser Wirt hat das *Bräufassl* groß gemacht, und er ist ein talentierter Gastronom. Aber ein Restaurant steht und fällt mit dem Küchenchef. Unser Wirt war klug genug, das zu wissen, weshalb er ihn einfach nahm, wie er war. Bei Hansen gab es die original bayerische Küche, ohne Schnickschnack. Alleine aus diesem Grund waren Internetbewertungen wie »reiner Touristentrap« oder »Touristenabzocke« unbegründet und unfair. Das *Bräufassl* war zu diesem Zeitpunkt für viele Münchner das Stammlokal schlechthin, und dort bekamen ältere Herrschaften die authentische Küche, die sie anderswo vergeblich suchten.

Ein Lokal, das sich in der Innenstadt befindet, ist alleine schon aus dieser Tatsache heraus ständig Anfeindungen ausgesetzt, es würde sich nur auf Touristen fokussieren und dahingehend eine Massenabfertigung betreiben. Nebenbei fragt man sich, warum die Touristen einen einheimischen Gast eigentlich derart »stören«, dass dieser Tatbestand inflationär kritisiert wird. Wenn diese Rezensenten verreisen, möchten sie doch auch die authentische Küche kennenlernen und wären vielleicht gekränkt darüber, dass die Einheimischen dort über ihre

Präsenz die Nase rümpfen. Wo ist eigentlich das Problem, wenn Touristen am Nebentisch sitzen?

Ende des Jahres gibt es zum ersten Mal ein offizielles Meeting. An einem Montagnachmittag sitzen wir alle, Service und Küche, in der hinteren Ecke des Lokals und werden darüber informiert, dass unser Wirt das *Bräufassl* an einen befreundeten Kollegen abgibt. Es gab zwar schon das eine oder andere Gerücht darüber, aber nun ist es offiziell. Unser Chef bringt das menschlich über die Bühne, verpackt es in nette Worte und bedankt sich aufrichtig für die gute Zusammenarbeit. »Es wird ein paar Tage oder Wochen geschlossen werden, wegen Umbauarbeiten. Niemand von euch muss sich nach einer anderen Arbeit umsehen, denn alle werden übernommen.«

Jede Bedienung, die so etwas schon erlebt hat, weiß: Die neuen Pächter/Wirte tendieren dazu, ihr eigenes Personal einzustellen und das alte loszuwerden. Deshalb haben wir alle kein allzu gutes Gefühl. Der Grund für dieses Verhalten der neuen Chefs resultiert eigentlich aus einer plausiblen Erklärung heraus: Altes Personal zieht Vergleiche, findet meistens alles besser, wie es früher war, und fängt Sätze an mit »Wir haben das aber immer so gemacht...«. Irgendwie ist es deshalb sogar auf gewisse Weise verständlich, wenn die neuen Vorgesetzten dann lieber ganz von vorne anfangen möchten. Psychologisch ist das erklärbar, und es macht sie deshalb längst nicht zu schlechten Menschen. Es wäre allerdings beiden Seiten damit geholfen, wenn man entweder gleich mit offenen Karten spielt und das Personal eben nicht übernimmt – oder in der Anfangszeit diese Dinge überhört und abwartet, bis sich das Ganze eingespielt hat.

Manche kündigen oder sehen sich schon mal nach einem anderen Job um. Ein paar bleiben und warten, was passieren wird.

Am schlimmsten ist für mich die Kündigung von Cornelia. Sie ist der Fels in der Brandung in diesem Lokal. Wir haben zusammen gelacht, uns aufgebaut und uns vertraut. Ihr letzter Arbeitstag ist so ziemlich der traurigste, den ich im *Bräufassl* erlebt habe.

Der Chef spricht sie auf ihre Kündigung an und sagt: »Dass du ausgerechnet jetzt kündigst, so kurz vor der Übergabe...«

Sie lässt sich kein schlechtes Gewissen einreden, sieht ihm selbstbewusst ins Gesicht und sagt: »Wenn ich hier eines gelernt habe, Chef, dann ist es, dass jeder für sich allein kämpft.«

Darauf sagt er nichts mehr.

Ihr letzter Gast möchte die Reste des Essens mitnehmen. Sie ruft dem Küchenhelfer zu, mit dem sie acht Jahre zusammengearbeitet hat: »Gibst du mir ein Stück Alufolie, bitte?«

Er reißt ein Stück von der Rolle, bringt es zum Küchenpass, legt es hin und sagt leise: »Ich dich werde vermissen, Cornelia.«

Wir beide stehen da und blinzeln blöde, um die Tränen zurückzuhalten.

Als ich mich später von ihr verabschiede und wir uns umarmen, sagt sie: »Du wirst mir fehlen, bist mir so ans Herz gewachsen.«

»Mir geht's genauso.«

Top Five der Bewertungen:

»Die Bedienung unbekannter Herkunft…«
Warum dies relevant sein soll, erschließt sich mir nicht. Vorschlag: Jeder trägt eine kleine Fahne seines Landes als Brosche.

»Wir mussten die Brezen bezahlen, die am Tisch standen und die wir gegessen haben. So etwas ist mir aus keinem anderen Restaurant bekannt.«
Wie heißen die Restaurants, in denen die Brezen gratis verteilt werden?

»Als Münchner bin ich unfreundlichen Service ja schon gewohnt…«
Etwas unwahrscheinlich, dass ein (freundlicher?) Mensch immerzu unfreundlich behandelt wird.

»Das Spaten-Bier ist im Löwenbräu-Glas. Darauf angesprochen meint der Kellner, das sei egal, denn es ist eine Brauerei.«
Der Kellner hat es schlüssig erklärt. Es mag durchaus etwas stillos sein, aber der Gast scheint enorme Wohlstandsprobleme zu haben.

Ich bin Stammgast dort, und es ist immer wieder schön, die alten Gesichter zu sehen.
Kein Kommentar ☺

Unser Wirt beißt in eine Breze und sagt:
»Furchtbar! Wer hat heute die Brezen gebacken? Sind zu lange im Ofen gewesen und hart wie Stein.«
Niemand von uns weiß, wer von den Küchenhelfern es war. Der Wirt geht Richtung Küche, beugt sich über den Pass und fragt: »Wer hat heute die Brezen gebacken?!«
Der Küchenchef dreht sich um, stützt sich auf der anderen Seite ebenfalls am Pass ab und die beiden Alphatiere stehen sich gegenüber.
Der Küchenchef sagt laut: »Ich! Warum!?«
Der Wirt überlegt eine Sekunde, dann meint er:
»Ach, bloß so. Sind knusprig heute.«

Letzte Runde – Servus, schön war's

Die Dinge ändern sich. Manchmal zum Guten und manchmal zum Schlechten. Das *Bräufassl* ist einfach nicht mehr dasselbe. Das haben wir auch nicht erwartet, und jedem war klar, dass es Änderungen geben würde. Dass es eine andere Speisekarte und eine andere Einrichtung gibt, ist uns ziemlich egal. Die Art der Personalführung jedoch ist ein Desaster. Leni ist mittlerweile wieder im Service, hat es selbst so gewollt. Es gibt drei neue Bedienungen, denn Merve und Lilly sind nach der wochenlangen Schließung nicht mehr zurückgekommen. Merve hat einen anderen Job in einem Tagescafé gefunden – und Lilly ist aus San Francisco nicht zurückgekommen. Wie ich hörte, hat sie Stefan geheiratet.

Berta ist in Rente gegangen.

Die beiden Geschäftsführerinnen, eine Dunkle und eine Blonde, haben zwar unterschiedliche Führungsstile, aber beide gleich inhuman. An wen man sich auch wenden mag: Man hat die Wahl zwischen Pest und Cholera.

Die Dunkle lächelt nie, wirkt gefasst, durchaus souverän, aber völlig kalt. Fachlich ist sie top, Gastronomie ist ihr Leben. Deshalb gebührt ihr der Respekt, der in dieser Hinsicht angebracht ist. Die Dialoge laufen stets auf Sparflamme, nur das Nötigste. Wenn ich frage: »Warum haben wir zwei verschiedene Servietten?«, antwortet sie: »Die kleineren für die Besteckkrüge, die größeren zum Eindecken.« Kurz und knapp. Das ist ihre Art, und es ist okay für mich. Damit kann ich leben.

Die Blonde lächelt ständig, hat von Gastronomie nicht mehr Ahnung als eine Studentin als Aushilfe. Das hält sie aber nicht davon ab, ständig zynisch zu sein. Wir haben eine neue Kasse, und als ich frage: »Soll ich zuerst auf *erster Gang* und dann das Essen tippen, oder erst das Essen und dann auf *erster Gang*?«, antwortet sie: »Nun denken Sie mal scharf nach, ja? Wie wird das wohl gehen?«

Ich zucke etwas zurück und sehe sie verwundert an. »Das hat weniger mit scharf nachdenken zu tun, als vielmehr damit, dass Kassen unterschiedlich funktionieren.«

Das gefällt ihr nicht. Offenbar findet sie es in Ordnung, freche Antworten zu geben, verbittet sich das aber bei anderen.

Die Dunkle stellt sich militärisch vor uns hin und meint: »Wenn Gäste hereinkommen, sagt man Guten Abend und wenn sie gehen, sagt man Auf Wiedersehen.«

Ah ja. Wieder was dazugelernt.

Merkwürdig ist auch die Aufforderung, dass wir

(Frauen) den Gästen (Männern) in den Mantel helfen sollen. Die meisten von uns tun es nicht. Sie tut es. Es ist nicht zu übersehen, dass manche Männer sich in dieser Situation etwas unwohl fühlen.

Die Blonde geht die Reihen ab und fragt ständig: »Ist alles in Ordnung? Ist alles zu Ihrer Zufriedenheit? Fühlen Sie sich wohl?« Freundlichkeit in allen Ehren, aber dieses Katzbuckeln muss man mögen...

Ein Gast sagt: »Ja, vielen Dank« und möchte gerade weiterspeisen, als die Blonde sagt: »Sie können es ruhig sagen, wenn etwas nicht in Ordnung ist.«

Ich glaube, ich spinne. Offensichtlich wird hier Material gesucht, das gegen einen verwendet werden kann. Der Mann wirkt etwas irritiert und sagt: »Wie? Nein, nein. Es ist wirklich alles bestens.«

Als ich mit Monika spätabends zum Rauchen gehe, haben wir jede nur noch ein paar Gäste. Natürlich sind wir unseren Service abgelaufen, bevor wir verschwinden, um sicherzugehen, dass die Gäste gerade nichts wollen. Nachdem wir die Hälfte der Zigarette geraucht haben, reißt die Blonde die Tür auf und ruft laut: »Tisch zwei einen Espresso, Tisch drei will zahlen und Tisch sieben noch einen Veltliner.« Sie wirkt wütend, dreht sich um und wirft die Tür hinter sich zu. Wir drücken die Zigaretten aus, und Monika schüttelt ungläubig den Kopf. »Ist dir klar, was die da draußen gerade abgezogen hat?«

»Sicher. Das alles hätte auch noch drei Minuten warten können. Aber sie ist die Tische abgegangen und hat unsere Gäste belästigt.«

Wenn eine Kollegin sich gerade umdreht, schüttelt eine der beiden nicht selten den Kopf über diese und macht der anderen gegenüber eine Grimasse; wenn jemand einen Storno hat, geht das nicht ohne Kommentar vonstatten, und einmal unterhalten sie sich über uns, in unserer Anwesenheit, und die Blonde bezeichnet unsere Arbeit als »Bauernservice«. Weil wir die Gläser in der Hand halten, was man im *Hotel Bayerischer Hof* wahrscheinlich nicht macht, aber in einem bayerischen Restaurant ist das gang und gäbe. Deshalb führt sie die Sitte ein, einen Bierkrug auf einem Tablett spazieren zu tragen! Das sieht so dermaßen bescheuert und befremdlich aus, dass wir sogar von Gästen darauf angesprochen werden. Als sie das mitbekommt, gibt sie nach und meint, Krüge könnten wir nun doch wieder ohne Tablett tragen.

Die Blonde hört, wie ein Stammgast zu mir sagt: »Diese neue Tischdeko passt überhaupt nicht hier rein.«
  Ich zucke mit den Schultern.
  »Fanden Sie es früher nicht auch schöner?«, fragt er.
  »Na ja, irgendwie schon«, gebe ich zur Antwort.
  Die Blonde fängt mich ab und meint entrüstet: »Was reden Sie da?«
  »Bitte was?«
  »Sie müssen hinter uns stehen!«
  Grundsätzlich stimmt es, dass ein Angestellter zu dem Betrieb stehen muss, in dem er arbeitet. Nur merke ich in diesem Augenblick, dass das bei mir in letzter Zeit immer mehr verloren geht. Wenn ein Vorgesetzter Solidarität fordert, dann muss er eben auch die Voraussetzungen dafür schaffen. Ansonsten lügt man sich in die eigene Tasche.
  Eine Dame, die ebenfalls regelmäßig im *Bräufassl* ist,

sagt mir: »Irgendwie ist in letzter Zeit hier so eine angespannte Atmosphäre. Früher ging es so locker zu, und man hat euch lachen gesehen. Das ist jetzt nicht mehr so.«

Unverständlich finde ich auch die Tatsache, dass der neue Wirt sich einen Dreck dafür interessiert, warum es so viele Kündigungen gibt. Er unterschreibt einfach, ohne nach den Hintergründen zu fragen.

Nach drei Monaten im neuen *Bräufassl* habe ich endlich Urlaub, und ich bin wahrlich urlaubsreif. Während dieser zwei Wochen wird mir mit jedem Tag klarer, dass ich dort unmöglich bleiben kann. Ich kann das nicht mehr länger ertragen, gehe nur noch mit Widerwillen in die Arbeit und fange an, meinen Job zu hassen. Es spricht auch gegen meine Prinzipien, mir so ein Verhalten bieten zu lassen. Als auch noch eine SMS von Leni kommt, dass sie unter fadenscheinigen Gründen gefeuert wurde, steht meine Entscheidung fest. Manche Leute (darunter der Hilfskoch, der seit über zwanzig Jahren dabei war) wurden dazu gedrängt, selbst zu kündigen.

Meine Kündigung geht unkompliziert über die Bühne.

An meinem letzten Abend gehe ich an den Tischen entlang und werde ein bisschen nostalgisch. Jeder Tisch erzählt eine Geschichte oder mehrere. Lustige Geschichten, traurige, berührende...

An Tisch zwei waren die beiden Männer, der eine Mann war zum Ende hin so alkoholisiert, dass er gar nichts mehr kapiert hat. Ich erklärte ihm: »Sie hatten sechs Bier, aber auf der Rechnung stehen fünf Bier und eine Apfelschorle, weil ich mich vertippt habe. Deshalb sind hier zwanzig Cent auf *Getränke divers*.«

»Ich hatte keine Apfelschorle.«

Also wiederholte ich meinen Text.

»Ich hatte keine Apfelschorle«, beharrte er.

»Ja, ich weiß, aber ...«

»Lassen S' mich mal machen«, sagte der andere freundlich in meine Richtung. »Also, pass auf«, klärt er den anderen Mann auf, »die haben hier einen Vertrag mit der Brauerei, und wenn die nicht genug Apfelschorle verkaufen, dann kriegen's Ärger.«

»Ach so«, kommt es vom Anti-Apfelschorle-Typen. Er reicht mir endlich seinen Geldschein.

An Tisch drei saß der Kerl, der zu mir sagte: »Ich kann Ihnen leider kein Trinkgeld geben, weil ich gestern auf einem Boxkampf war, und das war so ein teurer Abend ...«

Bei Tisch vier muss ich lächeln. Da waren die beiden Damen in Abendkleidern und die zwei Herren im Smoking, Stammgäste. »Wow«, sagte ich, »Sie sehen heute fantastisch aus. Waren Sie im Konzert?«

»Nein«, kam es von einem der Männer. »In der Oper. Boah, war das ein langer Abend. Wir brauchen unbedingt etwas zu trinken. Großer Gott, ich hab gedacht, das hört nie auf ...«

An Tisch sechs war die Frau, die einen Schlaganfall hinter sich hatte und deren Mann genüsslich seinen Schweinsbraten verspeiste, während ich sie zur Toilette begleitete.

Ich bleibe vor Tisch acht stehen und denke an das alte amerikanische Ehepaar, das ich am letzten Wiesn-Samstag bedient hatte. Hinter mir lagen zwei Wochen Schuften, ich war müde und hungrig und meine Augen tränten.

Während der Mann in der Geldbörse seine Kreditkarte suchte, stützte ich mich mit einer Hand am Tisch ab, in der anderen Hand hielt ich meinen Geldbeutel. Plötzlich blickte die Frau zu mir hoch, lächelte mich an und legte behutsam ihre Hand auf meine. »You make a very good job.«

Ich sehe die Frau und ihren kleinen Sohn vor meinem inneren Auge an Tisch elf sitzen. Ein kleiner Hund ging an ihrem Tisch vorbei, und der Junge zeigte auf den Hund und rief fröhlich »Auau...«
Die Mutter sah ihn mahnend an. »Wie haben wir das gelernt, Hannes-Benedikt? Das heißt wau, wau!«

An Tisch vierzehn saß der Amerikaner mit diversen Sonderwünschen und extra Schälchen, den ich bei der zehnten Extrabestellung mit einem kleinen Seufzer bedachte. Als ich die Erdbeeren und das extra Schälchen Schlagsahne vor ihn hinstellte, lächelte er mich an, sprang plötzlich auf, schwenkte in seinen Händen einen imaginären Stab und rief durch das ganze Lokal: »Yeah! I wave my flag for you!«

Bei Tisch sechzehn fällt mir spontan die Begegnung mit der jungen Touristin ein. Nachdem sie mir ein paar Fragen über München gestellt hatte, fragte ich sie, woher sie kommt. Daraufhin dachte sie kurz nach, dann meinte sie: »Diese Frage ist für mich immer schwierig zu beantworten.«
»Oh.«
»Mein Vater ist Italiener und meine Mutter Spanierin. Geboren bin ich in Paris, eingeschult wurde ich in Stock-

holm, meine Teenagerjahre verbrachte ich in Istanbul und danach in Wien.«

»Ihre Eltern waren beruflich viel unterwegs?«

»Mein Vater, ja. Ich habe dadurch so viele Freundschaften verloren.«

Ich verzog den Mund. »War bestimmt nicht einfach.«

Sie neigte den Kopf und sah mir ins Gesicht. »Nun halten Sie mich bestimmt für so eine oberflächliche Göre, die über solche Dinge heult, obwohl so viele Menschen ganz andere Probleme haben.«

»Wenn Sie oberflächlich wären, dann würden Sie sich über solche Dinge keine Gedanken machen.«

Sie lächelte etwas verlegen. »Jedenfalls kann ich Ihre Frage nicht beantworten.«

»Vielleicht aber doch.«

Sie runzelte fragend die Stirn.

»Also, eines sind Sie auf jeden Fall: Europäerin.«

»Ja.« Sie nickte. »Das bin ich. Absolut.«

An Tisch neunzehn setzte sich eine sehr betagte Dame, öffnete ihre Handtasche, holte ein gerahmtes Bild heraus und stellte es auf den Tisch. Monika, die neben mir stand, meinte: »Was soll'n das werden? Fährt jetzt gleich der Möbelwagen vor, oder was?«

Ich ging zum Tisch und fragte, was sie trinken möchte.

»Zur Feier des Tages hätte ich gerne ein Gläschen Prosecco.« Mein Blick fiel auf das Bild. Es zeigte ein Hochzeitspaar. Das Foto war alt und schon leicht vergilbt. Ich sah die Frau an, dann fragte ich: »Ist heute Ihr Hochzeitstag?«

Sie nickte. »Ich hab heute goldene Hochzeit, wissen Sie.«

Ich versuchte, den Kloß im Hals loszuwerden, was mir nicht ganz gelang. »Wann ist Ihr Mann... denn... gestorben?«

Sie sah mich traurig an, hielt die Tränen zurück, was deutlich zu spüren war. Ihr altes, aber schönes Gesicht wurde von seidigen Locken umrahmt. »Vor vier Jahren.«

»Tut mir sehr leid für Sie.«

Sie zuckte die Schultern. »Ja, so ist das Leben.«

Später bestellte sie eine Suppe, ein Filetsteak und ein Dessert. Nachdem sie bezahlt hatte, standen Monika und ich neben der Kasse und sahen ihr dabei zu, wie sie das Foto wieder in die Tasche steckte. »So, Walter, jetzt gehen wir nach Hause und ziehen uns fürs Theater um.« Sie stand auf, und als sie an uns vorbeiging, sah sie mich an und sagte: »Auf Wiedersehen, Kindchen. Vielen Dank für alles.«

Nachdem sie weg war, tat ich so, als würde ich die Speisekarten irgendwie sortieren. Monika sah mich von der Seite an. »Ach, Sophie. Es gibt doch Tausende solcher Geschichten da draußen.«

»Ich weiß.«

Als ich an diesem Abend, meinem letzten Arbeitstag, auf die Straßenbahn warte, schalte ich meinen MP3-Player ein und da ertönt der Song *Locomotive Breath* von Jethro Tull. Es ist verrückt. Ich erinnere mich so genau daran, wie ich damals die Schule am letzten Tag verlassen, meinen Walkman eingeschaltet habe, dieser Song kam und ich dachte: Jetzt fängt etwas Neues an.

Zwei Wochen bin ich auf Jobsuche und finde schließlich etwas in einem Steakhaus, also eine ganz andere Schiene als das *Bräufassl*. Die Bezahlung ist spärlich, weshalb ich nicht vorhabe, hier lange zu bleiben. Das Team macht einen netten Eindruck, allerdings sind die Arbeitszeiten (täglich 10 bis 14 Uhr und 18 bis 24 Uhr) ein Grund mehr, warum ich weitersuchen möchte.

An meinem ersten Tag frage ich die Gäste ständig, ob sie Brezen hatten. Die Macht der Gewohnheit. Ich muss an Leni denken, die mal gesagt hat: »Auf meinem Grabstein wird mal stehen: ›Ham S' Brezen g'habt?‹«

Hier gibt es keinen Schankkellner, was bedeutet, dass man die Getränke für die Gäste selbst zubereiten muss. Ein Albtraum, wenn man eine volle Station hat und fünf Leute einen Hugo möchten.

Was ich hier auch herausfinde, ist: All-you-can-eat-Angebote sind die Hölle! Manche Restaurants bieten an bestimmten Wochentagen bestimmte Gerichte bis zum Abwinken an. Erstens ziehen solche Angebote bestimmte Leute an (»Ey, bringst gleich mal zwei Portionen, hä«), zweitens bedeutet das Rennerei für null Cent mehr, und Sie brauchen nicht glauben, dass es nicht Leute gibt, die sieben oder acht Portionen essen können und dreißig Cent Trinkgeld geben. Das Sahnehäubchen: »Die letzte Portion hab ich nimmer geschafft. Packen Sie mir das ein!«

Den Teufel werde ich tun.

Aber auch ganz normale Leute können fünf oder mehr Portionen essen, wenn es um All-you-can-eat geht. Da wird das Schwein so gut es geht verramscht. Egal ob Schnitzel oder Spareribs – im Grunde sind wir alle scheinheilig.

Und am day after All-you-can-eat gehen wir mit Fluffy Gassi, streicheln die Katze der Nachbarin und klopfen uns auf die Schulter, weil wir Kosmetik ohne Tierversuche verwenden und keinen Pelz tragen.

Mein Plan, nebenbei einen anderen Job zu suchen, geht nicht auf, weil ich dafür wegen der Arbeitszeiten keine Zeit habe.

Manchmal, wenn das Lokal leer ist, sehe ich zum Fenster hinaus und frage mich, wie das weitergehen soll. Meine freien Tage brauche ich für Familie, Erledigungen und zum Ausruhen. Zum Schreiben komme ich gar nicht mehr.

Als ich an einem Sonntagabend den Tisch neben dem Fenster aufstuhle, sehe ich, wie der Küchenhelfer aus dem Lokal über die Straße geht. Er ist auf dem Weg zur Parkbank. Letzte Woche wurde er aus seiner Unterkunft geworfen, und nun muss er um seinen Job fürchten, wenn er nicht bald etwas findet. Ohne Wohnung kein Job, ohne Job keine Wohnung. Er hat mir erzählt, dass er einmal im Monat seine Mutter in der Heimat anruft, und um sie nicht zu beunruhigen, erzählt er ihr jedes Mal, was für ein wundervolles Leben er hier hat. Ich überlege über mehrere Tage, ob ich ihm bei mir zu Hause einen Schlafplatz geben soll, für ein paar Tage. Aber ich mache es dann doch nicht, obwohl er mir so unendlich leidtut. Was, wenn ich ihn nicht mehr losbekomme und aus den paar Tagen ein Horrortrip von ein paar Monaten wird? Ich fühle mich mies deshalb, aber ich schiebe es so lange vor mir her, bis er irgendwann nicht mehr zur Arbeit kommt. Er bleibt einfach weg.

Einen Arbeitsplatz wie im alten *Bräufassl* wird es nicht mehr geben, so viel ist klar. Von allen Jobs, die ich hatte, hat es mir dort am besten gefallen. Das wird es kein zweites Mal geben.

Die Tage vergehen, die Wochen, und irgendwann sind vier Monate rum, als ich um halb ein Uhr nachts auf die

Straßenbahn warte und mein Handy piept. Ich hole es aus der Tasche und sehe, dass die SMS von Cornelia ist. Sie habe erfahren, dass die Geschäftsführung im *Bräufassl* gewechselt hat, und wenn ich in dem Steakhaus nicht hundertprozentig zufrieden sei, solle ich es noch mal versuchen. Ich lasse das Handy sinken und bin einfach nur glücklich. Verdammt! Wäre ich doch nur dort geblieben und hätte ausgeharrt. Wenn ich das gewusst hätte.

Am nächsten Tag rufe ich dort an, und bald stelle ich mich dort der neuen Chefin vor. Wir finden uns sympathisch, und die Sache ist ziemlich schnell besiegelt. Ich kündige also im Steakhaus und fange wieder im *Bräufassl* an. Es ist schön, wieder hier zu sein, und manche Gäste freuen sich, mich wiederzusehen, was umgekehrt ebenfalls der Fall ist.

Langsam aber sicher kristallisiert sich jedoch heraus, dass ich für die neue Geschäftsführerin nicht die richtige Angestellte und sie für mich nicht die richtige Chefin ist.

Es gibt keinen Konflikt, keinen Unmut. Wir verabschieden uns anständig und mit den besten Wünschen.

Vielleicht hat Monika recht, wenn sie sagt: »Fang niemals zweimal im selben Lokal an. Es hat einen Grund, warum man von dort weggegangen ist.«

Kollegin steht vor der Kasse und tippt eine Bestellung. Plötzlich springt ein Knopf von ihrem knappen Dirndl ab und landet laut klirrend auf der Tastatur der Kasse. Der Schankkellner hat das Klirren gehört und fragt: »Was war'n das eben? Hast 'n Zahn verloren?« Der selbständig gewordene Knopf hat eine Bestellung in der Kasse aufgegeben, denn aus der Küche kommt es gedonnert: »Hundertzwanzig Spanferkel?«

Epilog

Man soll ja bekanntlich nie nie sagen … Meine Befürchtung, ich würde niemals wieder so einen tollen Job finden wie im *Bräufassl,* hat sich zum Glück nicht bewahrheitet.

Seit über einem Jahr arbeite ich wieder in einem bayerischen Restaurant, fernab der Innenstadt. Kein großes Lokal, aber rustikal-nett. Mein neuer Arbeitsplatz hat etwas beinahe Familiäres. Der Wirt ist einer vom alten Schlag. An meinen Probetag steht er hinter der Theke, sieht mich an und sagt: »Nix frag'n, gell?«

»Wie bitte?«

Er hebt die Arme und erklärt: »Mi nix frog'n, bitte. Ned, wo die Salate dazua gengan, ned wie de Kasse funktioniert, goar nix.«

Ich nicke, da mir diese typische Wirte-Attitüde bekannt ist. »Von mir haben Sie nichts zu befürchten.«

Nach einer Weile sagt er: »I moans ja ned bes, wissen'S,

aber wenn Sie ned mit mir redn, dann hamm's mit mir des schenste Leb'n.«

»Ois klar.«

Die Geschäftsführerin nimmt ihre Arbeit ernst und sorgt für Regeln, hat aber ebenso einen erfrischenden Humor, und jeder kann mit ihr über alles entspannt sprechen. In der Küche gibt es keine Ich-koche-also-bin-ich-Allüren (und hier meine ich nicht Hansen. Der Mann war einfach so, ob Koch oder nicht).

Solche Kollegen im Service, wie ich sie jetzt habe, kann man sich nur wünschen. Aber trotzdem gibt es die eine oder andere Person aus dem *Bräufassl*, die ich nie vergessen werde und die niemand ersetzen kann. Natürlich, jeder ist ein Unikat – aber manche sind halt unikater als andere.

Wie oft habe ich gesagt: »Also, bis zu meiner Rente will ich das hier nicht machen...« Aber wenn das Schicksal es für mich so vorgesehen hat, dann kann ich mir das in diesem Laden gut vorstellen. Vielleicht ergibt sich irgendwann auch etwas anderes, mal sehen. Irgendwann werde ich mir ein letztes Mal den Geldbeutel umhängen, ein letztes Mal ein Essen servieren und ein letztes Mal die Rechnung bringen. Wenn ein letztes Mal die Tür hinter mir zufällt, werde ich mich vielleicht noch mal umdrehen; vielleicht auch nicht. Aber bis dahin fließt noch viel Wasser die Isar runter...

Vielleicht ist auch Rachel mittlerweile in L.A. angekommen und schickt 'ne Postkarte.

Glossar

Boazn: Spelunke

Bonieren: eine Bestellung in die Kasse tippen

Glump: wertloses Zeug

Grattler: Taugenichts

»Ja verreck!«: »Das darf doch nicht wahr sein!«

Küchenpass: hier wird das Essen von der Küche an den Service übergeben

Schmier: Polizei

Schratz: Kind

Stamperl: Schnapsglas

DANK

Immer wieder liest man in Danksagungen der Autoren: Ohne die Hilfe von X und Y wäre dieses Buch nie entstanden... Aber es ist so wahr!

Ein großes Dankeschön an das Team von Blanvalet, ganz besonders meiner überaus netten und geduldigen Lektorin Beatrice Lampe.

Meinem Agenten Kai Gathemann kann ich gar nicht genug danken. Dafür, dass er die Kellnerstory als Idee grundsätzlich interessant fand, und dann viel Zeit investierte, um aus einem Grundgerüst ein Buch zu machen.

Meiner Familie danke ich für die immerwährende Unterstützung, an dieser Stelle besonders meiner Mutter, dass sie jede meiner Entscheidungen respektiert und mich und meinen Weg nie infrage gestellt hat.

Danke an meine Freundinnen und Freunde, die sich meine Gäste-Erlebnisse immer wieder gerne angehört haben.

Ich habe in all den Jahren und den verschiedenen Lokalen mit so vielen tollen Leuten zusammengearbeitet:

Ljubinka, Adriana, Adrian, Susi, Lucy, Boris, Roberto, Walter, Markus, Melanie, Evi, Franjo, Rudi, Anna, Heidi, Utjen, Hansi, Zoran, Michaela, Biggi, Sahra, Süleyman, Ali, Andrea, Martina H., Brigitte, Nadine, Kathrin, Milena, Paula, Elly, Heike – und der Küchenchef vom *Bräufassl*, dessen Namen man nicht aussprechen darf!

Ganz herzlich bedanken möchte ich mich bei:
Steffi (ein Humor, wie ich ihn liebe)
Ute (du bist die coolste Oma, die ich kenne)
Gabi (eine Chefin mit Herz)
Marion (fleißiges Bienchen und liebe Kollegin)
Thomas (Nerven wie Drahtseile – Respekt!)
Paul (Balkanjunge)
Isabel (ein Vorbild an Integrität)
Khan (Kollegaa)
Charles (ein super Koch, ein netter Mensch)
Martina B. (»Drück dich!«)
Sandra (mit dir zu arbeiten war immer eine Freude)
Klaus (mein alter Hardrocker)
D. S. (Was soll ich sagen? Danke für alles!)

P. S. und R. S. – zwei Wirte, denen ich dafür danken möchte, dass sie mich in Ruhe arbeiten ließen und imstande waren, auch mal ein Auge zuzudrücken, wenn die eine oder andere unserer Macken zum Vorschein kam.

Meinen liebsten Stammgästen ein herzliches Dankeschön für die netten Gespräche:

Frau Brandt: Das selbstbestickte Taschentuch hat einen Ehrenplatz in meiner Kommode!

Herr Normann: Die Pralinen, die Sie uns oft mitgebracht haben, waren zwar nicht gut für die Hüften, aber gut für die Seele!

Kathy: It was a real pleasure to be your waitress!

Ich bedanke mich aufrichtig bei allen netten Gästen, die in uns den Menschen sehen und nicht nur einen Tellerträger! Es gibt so viele wunderbare Gäste – und ohne die Gäste gäbe es uns nicht. Viele Menschen bedienen wir regelmäßig und gerne, ohne dass wir ihren Namen kennen.

DAS IST MEIN VERLAG

... auch im Internet!

 twitter.com/BlanvaletVerlag

 facebook.com/blanvalet